光文社文庫

# 問題物件

大倉崇裕

光　文　社

目次

# 居座られた部屋

一

カーテンを開けると、初春の眩《まぶ》しい日の光が、さしこんできた。

若宮恵美子《わかみやえみこ》は、眩しさに目を細めながら、緑の香りのする空気を胸一杯に吸いこむ。

都会のど真ん中とは思えない——。

窓の外に生い茂る木々は、天然のカーテンで、汚れた空気も、行き交う車も、慌ただしい雑踏も、すべて覆い隠してくれていた。

天井の高い、がらんとした広間を出ると、左右に長い廊下が延びている。

この家に来たばかりのころは、方向を見失って迷子になったものだった。

家の中で迷子になるなんて、漫画の世界だけだと思っていたのだが……。

七つの部屋の風通しを終え、家具の埃を払い、床に掃除機をかけた恵美子は、長い廊下を進み、吹き抜けの玄関ホールへと入る。天井からはシャンデリアが下がり、床は大理石張りになっていた。

ホール南側にある通路から、食堂に入る。食堂といっても、ホテルの広間ほどの大きさがあった。中心にある長いテーブルには、二十人が座ることができる。

食堂を抜け、隣にある円形の部屋へ。部屋にはドアが三つあった。一つはいま来た食堂に通じるドア。一つは、厨房に通じるドア。そしてもう一つは、恵美子用にあてがわれた、十二畳の部屋だ。

水回りの一切が揃い、冷蔵庫、電子レンジなどもある。小さいながらもテレビも置いてあり、すべて恵美子の裁量に任されていた。

エプロンを取り、時間を確認する。午後二時半。

食器棚からコップをだし、浄水器を通した水を注ぐ。それを盆に載せると、再び、食堂を経由して玄関ホールに戻る。正面にある階段を上り、二階へ。長い廊下を進み、突き当たりまで行く。そこに、観音開きの厳《いか》めしいドアがあった。

ノックをすると、すぐにか細い声で返事があった。

ノブを回して、中に入る。

カーテンを通して、暖かな日差しが室内を照らしていた。

部屋は、恵美子のものより少し大きい程度だ。家具調度類はほとんどなく、窓際にあるベッドと、その脇にある戸棚、サイドテーブルくらいだ。

テレビやステレオセットは壁際に寄せられ、まったく使われていない。

恵美子はゆっくりとベッドに歩み寄った。

「お薬の時間ですよ」

掛け布団がもぞもぞと動き、痩せた青白い顔がこちらを向いた。大島雅弘《おおしままさひろ》、二十歳である。

「あれ、もうそんな時間？」

「はい。少し休めました？」

「うつらうつらしてただけ。かえって、疲れちゃったなぁ」

「熱が下がったばかりですから」

「薬を飲んだら、本を持ってきてくれないかな」

「あら、ダメですよ。まだお医者様に止められているでしょう？」

「退屈なんだよ」

恵美子はサイドテーブルに盆を置く。

「判りました。お医者様にきいてみます。許可が出たら、一冊だけ、お好きな本を持ってきますから」

「一冊だけ？」

「雅弘さん！」

恵美子は、やや赤みが戻りつつある顔を睨みつける。

「怖い顔しないでよ。言ってみただけだから」

「夜更かしは絶対にダメですからね」

「判ってるって。恵美子さんは夕方で帰っちゃうから知らないだろうけど、夜来る人は、怖いんだ。九時になると、電気を消しちゃうんだから」

「雅弘さんの体を心配しているんですよ」

「そうかなぁ」

「さあ、お喋りはこのくらいにして、お薬の時間です」

「はいはい」

ベッドの上の主《ぬし》は、大儀《たいぎ》そうに上半身を起こす。首や手は細く、胸から腹にかけても、ほとんど肉がついていない。

恵美子は戸棚の真ん中にある引き出しを開け、薬の袋を取りだした。食間に三錠。薬の種類、数、服用時間は、体に染みこんでいる。

黄色い粒を三つ、小皿に載せ、コップの横に置いた。

細い手がそれを取り、口に入れる。

白い肌は、春の日に透《す》けるようだった。

「ありがとう」

華奢《きやしや》な雅弘は、笑うとさらに幼く見える。高校生でも通用するだろう。

「明日は通院ですね。朝十時に迎えが来ます」

「恵美子さんも一緒？」

「いいえ。ヘルパーの方が付き添ってくれます」

「なんだ……」

「雅弘さんがお留守の間、この部屋の掃除と、シーツの交換をしておきますから」

「あ、掃除するなら、その戸棚の……」

「判ってます。『犬太《いぬた》』には、くれぐれも触らないようにします」

「よろしくね」

大きな戸棚の中ほどに、ガラス戸のついたスペースがあった。その中に、汚れて茶色くなった犬のぬいぐるみが、ちょこんと座っている。

もともとはタオル地で、クリーム色をしていたらしい。それが年を経て、つぎはぎだらけとなり、戸棚の中におさまっているのだった。

「これ、雅弘さんが一歳のときからいるんですよね」

「そう。誰がくれたのか忘れたけど、一歳の誕生日のプレゼントだったんだ。ニューヨークのデパートで見つけたものらしい」

「雅弘さんのお気に入りだったんですね」

「肌身離さず、持っていたらしいよ。おかげでボロボロになっちゃったけど」

「ということは、二十年近く、一緒にいるんですね」

「そう。誰よりも長く、僕と一緒にいるんだ。いつでも僕を見ていてくれる。守り神みたいなものかな」

「じゃあ今年で十九歳になるんですね。犬の年齢は人間の数倍だっていいますから、百歳くらいの貫禄がありますね」

「老犬だよ」

「でも、どうして犬太なんですか？」

「よく判らない。いつごろ名付けたのかも含めてね。でも、ちょっといいセンスだろう」

「え、ええ……」

「その返事、納得がいかないなぁ」

唇を尖らせながら、雅弘は戸棚のぬいぐるみを見上げる。

彼が、日本を代表する大企業「大島不動産グループ」の四代目社長になるべき男と言われても、信じる人はいないだろう。


若宮恵美子が「大島不動産販売」に入社したのは、ただの偶然だった。

親の勧めで短大には入ったものの、就職できる目処《めど》はまったくたっていなかった。そこで、初年度から介護関係の専門学校に通い、卒業前に、ヘルパーの資格を取ることができた。就職活動は介護業界を中心に回ったが、どこもほぼ門前払い。意気消沈しているとき、たまたま見つけたのが、「大島不動産販売」の社員募集の広告だった。

半ば自棄《やけ》になっていた恵美子は、深く考えることもなしに、エントリーした。

一次面接の通知がきたのは、それから一週間後だった。喜びより、困惑が先に立った。不動産業界には、興味も何もない。むろん、資格も経験もない。

そんな人間が、どうして書類審査を突破できたのだろう。

新手の詐欺なんじゃないか。そんなことまで疑ってみたが、今は、選り好みをしていられる身分ではない。恵美子は面接に出かけていった。

会場は「大島不動産販売」の本社である、丸の内の高層ビルだった。面接の内容はあまりよく覚えていない。緊張のあまり、かなりトンチンカンな受け答えをしたことだけが、記憶の片隅に残っている。

二週間後、メールで採用通知がきた。

恵美子はここでも、詐欺ではないかと疑った。思い切って本社に電話をかけ、確認までとった。

土壇場のウルトラC。恵美子は大島不動産販売の総務部総務課で働くこととなった。

多くの希望者がいたはずだろうに、なぜ、自分が採用されたのか。

その疑問はすぐに解けた。

一週間の簡単な研修を受けた後、恵美子は東京都内にある立派な屋敷に連れて行かれた。

先導を務めるのは、直属の上司である片山《かたやま》総務課長だった。細面の長身で、いつも眉間に皺《しわ》を寄せている。神経質で、すぐに怒鳴り散らす、あまり評判のよくない人物だった。

彼は甲高《かんだか》い声で、これから恵美子が行うべき業務について、説明した。

この屋敷は、「大島不動産グループ」の創業者、大島六朗《ろくろう》が建てたものであり、以来、創業者一族の住居となってきたという。

片山は言った。

「現在、ここには大島雅弘様が、一人でお住まいだ。君の仕事というのは、この屋敷の維持管理と、雅弘様のお世話だ」

「は？」

恵美子は耳を疑った。腹の底からメラメラと怒りが湧いて出る。

「いくら就職先がないからって、人を見くびらないでください！」

恵美子の怒鳴り声に、片山は目をぱちくりさせた。それがますます怒りを増幅させた。

「それなら、お手伝いさんでも雇えばいいじゃないですか。その上、雅弘だとかいう人のお世話ですって？　そんなのまるで……」

涙があふれ、そこからは言葉にならなかった。

一方、片山は目を白黒させ、その場でグルグルと回り始めた。

皺一つないスーツを着たエリート気取りに、恵美子の激高は処理不能だったようだ。

結局、片山のそのまた上司である篠崎《しのざき》部長が急遽、やってくることになった。篠崎は、片山とは対照的に恰幅《かっぷく》のよい紳士で、貫禄と迫力が見事に同居していた。

恵美子はお屋敷の玄関ホール脇にある小部屋に通され、さらなる説明を受けた。片山は篠崎の隣で小さくなっていた。

篠崎はゆっくりとした口調で話し始めた。

「知っての通り、我が『大島不動産販売』を含む大島グループは、大島六朗氏が一代で築きあげられたものだ」

「はい」

「六朗氏の死後、長男である信昭《のぶあき》氏が社長となられた。バブルの波にも乗って会社は急成長し、その後のバブル崩壊も綺麗に乗り切り、今や、世界でも注目される……」

篠崎はそこで口をつぐみ、咳払いをした。

「いや、失礼。君も我がグループの一員だ。この程度のことは当然、知っているだろう」

「はい」

実際のところ、あまりよく知らない恵美子であったが、ここはとぼけるしかない。

「順風満帆だった我がグループに影がさしたのは、七年前のことだ。信昭社長が出張先の海外で飛行機事故に遭い、奥様共々、亡くなられてしまった」

そのニュースは、おぼろげではあるが、恵美子も覚えていた。他にも数人の日本人が犠牲となり、大騒ぎになった。

「会社の方は、信昭社長の弟、当時副社長であられた大島高丸《たかまる》氏が社長に就任。現在に至っている。私が言うのも何だが、高丸社長は信昭社長とはまた違った経営方針の持ち主だ。この不況下にも拘わらず、我が社が業績を伸ばしているのは、偏《ひとえ》に高丸社長の手腕と言えるだろう」

また会社の自慢になっている。

だが、そんな篠崎の顔が曇った。

「ただ一つだけ、大いに気がかりな問題がある。それがこのお屋敷におられる、雅弘様のことだ。彼は信昭社長の遺児で、今年二十歳になられる」

篠崎が何に悩んでいるか、恵美子にもピンときた。いわゆる、お家争いだ。

ここまで、大島グループのトップは、創業者一族が務めている。現在、社長を務めている高丸も、一応、大島の血筋ではあるが、本来、グループを継ぐべきだったのは、雅弘なのだ。

篠崎は声を落として続けた。

「実を言うと、雅弘様はご病気で床に就いておられる。治療法がいまだ確立されていない難病だ。闘病を始められて、もう十年になる」

「十年！　ということは……」

「そう。信昭社長もどれだけ心残りだったことか」

「もしかして、雅弘様のお世話っていうのは……」

「雅弘様は現在、ほぼ寝たきりの状態だ。身の回りの基本的なことは、専属のスタッフがやってくれている。ただ、あくまでも部外者であるから、社の内情などを知られたくないという理由がある。雅弘様は名目上、我が社の役員ということになっていてね。これも形式的なことなのだが、サインなどを頂戴することも多い。君にはそうした会社関係の連絡員として、ここに詰めてもらいたいのだ。そして、手の空いているときは、屋敷内の清掃などもしてくれるとありがたい。それから、もう一つ」

篠崎はドアの向こうを眺めやりながら、続けた。

「雅弘様の話し相手になってあげてくれないか。最近、めっきり口数も少なくなられてね。心配なのだよ。長く勤めてくれた者が、昨年、辞めてしまってね。それ以降、なかなか人が定着しない。君ならば、上手くやってくれるだろうと見こんでの頼みなのだよ」

恵美子がなぜこの大企業に採用されたのか、ようやく理解できた。介護関係の資格が役に立ったということか。

恵美子は笑顔でうなずいた。

「判りました。喜んで勤めさせていただきます」

空になったコップを盆に戻し、恵美子は戸棚を雑巾で拭《ふ》いた。

ガラス戸の向こうから、「犬太」がこちらを見つめている。ぱっちりとした大きな目。他と比べて色が鮮やかなのは、後からつけ直したからだろう。

恵美子にも、裁縫の心得はあった。その目から見ても、犬太の繕《つくろ》いは見事だった。フェルトや麻、綿など、様々な布を組み合わせ、元の形をなるべく崩さぬよう、細心の注意を払って縫われている。

雅弘が言った。

「それを縫ってくれたのは、父の代からうちに来てくれていたお手伝いさんだ。去年、引退して国に戻ってしまったけど」

「犬太がいまあるのは、その人のおかげなんですね」

恵美子はつぎはぎだらけになったぬいぐるみに目を戻す。

両親の死、難病。過酷な運命の中にあって、このぬいぐるみは、いつしか、彼の魂の拠《よ》り所《どころ》となったのかもしれない。

だが正直なところ、恵美子には、犬太が少し怖かった。まるで雅弘の念を吸収したかのように、犬太には言いしれぬ妙な迫力があった。実際、日によって、表情が変わるときがある。雅弘の容体が思わしくないときは、幾分、険しい表情に。逆に経過が良好なときには、穏やかな顔に。

恐らく、布の中のスポンジが、湿気の作用によって微妙に収縮しているだけなのだろう。だが、人の念によって物が意思を持つという話を、恵美子は聞いたことがあった。

バカバカしいと思いつつも、犬太の前にくると、つい手に力が入ってしまう恵美子である。戸棚を拭き終えると、床にモップをかける。

今日は午後から主治医の往診だ。明日の通院に備え、事前に体調チェックや血圧などの検査をやっておくのだ。

ぼんやりと天井を見上げながら、雅弘が口を開いた。

「恵美子さんがここに来始めてから、どのくらいになった?」

「もう一年ほどになります」

「そっか。もう一年か」

雅弘がそうつぶやく意味が、恵美子にも判っていた。恵美子が来た、丁度一年前、彼の病気に効果があるという新たな治療法が提案された。既存の薬を組み合わせることで、症状を飛躍的に改善できるかもしれないという。現在の治療法では、病気の進行を遅らせるのが精一杯で、いずれは植物状態になると言われている。

成功の確率はかなり低く、深刻な副作用が出る恐れもあった。それでも雅弘は、新たな治療法を試すことを了承した。いや、了承するしかなかった。

そして治療が始まって、一年。幸い、副作用は出なかったが、現在のところ、目立った治療効果も表れてはいなかった。

治療法の実施期間は二年と決められている。来年、効果が出なければ、治療は失敗ということになる。

雅弘の中にある、焦りや苛立ち、恐怖が、恵美子にも感じられた。

それに対し、彼女にはかける言葉がない。

ただ、悲しい思いで目をそらし、黙々とモップをかけ続けるだけだった。

モップについた埃を取りながら、恵美子はふと戸棚のぬいぐるみを見た。犬太の表情は険しく、じっと恵美子を睨んでいるようだった。

慌てて目をそらし、そそくさと掃除を終えた。

「それじゃあ、雅弘さん、また明日来ますから」

雅弘は弱々しく笑うと、細い手を振って、見送ってくれた。

この一年、彼を訪ねてくるのは、会社関係者と医療関係者ばかり。同年代の友人は一人もいない。

寂しいだろうな。

千坪の屋敷にたった一人。恵美子なら、孤独に耐えられなくなるだろう。

玄関ホールに戻ったとき、来客を知らせるベルが鳴った。

インターホンで確認すると、聞こえてきたのは、篠崎部長の太い声だった。

「実は、君に伝えなければならないことがあってね」

重苦しい口調から、良くない知らせであることが判った。

「君は今日付で異動になることが決まった」

寝耳に水の話だった。

「は？」

恵美子用の小部屋の真ん中で、篠崎は居心地悪げに、もじもじと肩をゆする。

「私もかなり抵抗したんだが、社長命令でね……」

「あのう、私、何か異動になるようなこと、したのでしょうか」

「いや、そんなことはない。君は実に良くやってくれている」

それを言葉通りに受け取っていいものかどうか、恵美子の頭は混乱していた。

入社以来、恵美子は本社にある総務課のデスクと、このお屋敷しか知らない。週に一度、本社に顔をだせば、後はこの屋敷にいることを許されていたからだ。

午前八時四十五分から、午後五時半まで、基本的に残業はなし。土日の休みも保証されていた。もっとも、予定のない日は、土日、祝日も、この屋敷のこの部屋で、ほとんどの時間を過ごしていたのだが。

篠崎は言った。

「君が休みの日もここに来て、雅弘様の話し相手になってくれていることは知っている。これは主治医から聞いた話だが、君が来てから、雅弘様のメンタル面が、かなり良くなっているらしい。それは判っているのだが……」

篠崎の携帯が鳴った。それを無視して、彼は恵美子と向き合った。

「君は今日付で、大島不動産販売・販売特別室に異動となる」

聞いたこともない部署だった。

「それは、具体的にどういうことをするのでしょうか」

「簡単に言えば、不動産、物件に対するクレームを処理する部署ということになる。ただ、問題なのは、取り扱うクレームが、我が社の管理物件だけに留《とど》まらない点だ」

「それは、どういうことでしょうか？」

「様々な相談やクレームが全国から寄せられるということだよ。他社が扱ったり、管理している物件のクレームについても、相談にのるという建前だからね。無茶な話だと思う。だが、この案件を指揮しているのは、社長直々だ。誰にも止められなかったのだよ」

ますます訳が判らなくなった。資格もなく、営業経験もない自分が、どうして、そんなところに異動させられるのか。

篠崎が低い声で言った。

「本来、異動に関して、上司である私があれこれいうのは御法度《ごはっと》なのだが、今回は事情が事情だ。他言無用ということで、私の話を聞いて欲しい」

篠崎は数秒の間を置いてから、おもむろに語り始めた。

「すべての原因は、雅弘様にあるんだ。知っての通り、現社長の高丸氏は、先代の事故死を受け、急遽社長となられた。現在のところ、グループの経営は順調なのだが、高丸社長に不満を持つグループもあるのだよ。社長はもともと先代の信昭氏とは、あまり相性がよくなくてね。役員会などでも、よく衝突をしていた。そんな遺恨もあるのだろうが、社長就任と同時に、苛烈《かれつ》な粛清人事を行った。信昭派と呼ばれる者は閑職に回され、あからさまな降格も行われた。そのときの火種が、まだくすぶっているんだ」

大島という安定した巨大グループの中で、そのような派閥争いが行われていたなんて、今に至るまで、気づきもしなかった。しかも、知らず知らずの内に、その奔流に巻きこまれていたなんて。

「反高丸派の拠り所は、雅弘様だ。だが、さすがの高丸派も、寝たきりの雅弘様に対して、あれこれ手をだすことはできなかった。そもそも、不治の病であるのだから、焦る必要はなかったのだな。ところが、ここに来て、状況が変わった」

「例の治療法ですね」

「そうだ。上手くすれば、表舞台への登場も可能なのではないか。そう考える輩《やから》が出てきたのだよ」

「そんなの、雅弘さんには、関係のないことです」

「その通り。その通りなんだがね……」

篠崎は重苦しいため息をついた。心労が重なっているのか、髪に混じる白いものが、一気に増えた気がする。

恵美子は言った。

「これから、雅弘さんはどうなるのでしょうか。そんな派閥争いに巻きこまれて……」

「いや、いま話したことは、まだ水面下での動きに過ぎない。実際、治療の効果がどう出るか、まだ判らないのだから。雅弘様は今まで通り、このお屋敷で治療に専念される。今回の人事異動は、雅弘様に近しい者を狙い撃ちにし、少しでも雅弘様から遠ざけようという目的があるんだ」

「異動になったとしたら、私、もうこちらには来られないのでしょうか」

そこが、一番気になるところだった。

「いや、そこだけは私も譲らなかった。君は明日からもここに来て、今まで通り、雅弘様のお世話をしてくれて構わない」

「本当ですか！」

「ああ。ただし今後、君は販売特別室の人間となる。そちらの業務を優先してもらうことになるが」

「その特別室って、具体的に何をするんですか？　何人くらいの部署なんですか？」

篠崎は大きくため息をついた。

「特別室の人員は三人だ」

「三人……」

「室長は雅弘様」

「え？」

「その下に室長代理ということで、片山君が付く。そして、課員は君一人だ」

何が何だか判らなかった。とまどう恵美子に対し、篠崎はついに、核心部分を口にした。

「つまるところ、これは雅弘様を追い落とすための策略なんだよ」

「は？」

「雅弘様は名目上とはいえ、大島不動産販売の役員だ。高丸社長は、その肩書きを引きはがそうとしている。そして、雅弘様を社から追放し、反社長派グループを根絶やしにする目算なんだ」

「そんなこと、私には関係ないし……」

ただ呆然とするしかなかった。篠崎はゆっくりとした口調で続けた。

「恐らく高丸社長は、片山君を通して、君に様々な無理難題を押しつけてくるだろう。そして、一つでも失策があれば、それを糾弾する。室長は雅弘様だ。その責任を取らせる形で、特別室は解散。雅弘様を追放する――そういうシナリオだ」

「そんなことになったら、雅弘さんは……」

「このお屋敷に住むことはできなくなる。幸い、先代の残したかなりの財産がある。施設に入り、治療を続けることになるだろう」

「そんな……」

「こんなことにならないよう、今まで気を配ってきたつもりなんだが」

ここまでの話を総合すると、篠崎は雅弘を支持する反社長派であるらしい。一方、片山は現在の高丸社長派。まさに社を二分しての戦いとなっているようだった。

篠崎は決然と顔を上げ、言った。

「こんなことになって、申し訳ないと思っている。君の処遇《しょ》については、先に言った通りだ。もし、辞令を受け、特別室に行けば、大変な苦労を背負いこむことになると思う。雅弘様のために尽くしてくれた君に、こんなことを言うのは、心苦しいのだが、あえて、異動を拒み、退社するという選択もある」

言われるまでもなく、恵美子は頭の中で、すでに辞表を一通書き上げていた。こんな自分を採用してくれた恩はある。でも、きな臭い争いに巻きこまれるのは御免だ。

その一方で、後ろ髪を引かれる自分もいた。

「私が辞めたら、雅弘さんのお世話は誰が？」

「まあ、社内から後任が選ばれることになる」

「その人も、やはり特別室の所属に？」

「当然だ。社長派は必死なんだよ。何としても、この機会を使って雅弘様を追放するつもりでいる」

「そうですか……」

「とにかく、伝えるべきことは伝えた」

篠崎が立ち上がった。「冷たいようだが、明日の朝までに結論をだしてくれ」

「あの、待って……ください」

篠崎が戸口で振り返る。

恵美子は頭の中で、辞表を真っ二つに引き裂いた。

「私、異動します。その後、どうなるか判らないけれど、とにかく、やれるだけ、やってみます」

二

一睡もできず、重い体を引きずるようにして、恵美子はお屋敷の門をくぐった。

時刻は午前八時半。今日は雅弘の通院日だ。迎えが十時にやってくる。それまでに、着替えを用意し、車椅子の準備を整え、保険証などの書類もまとめておかねばならない。

異動のことは、あえて考えないようにしていた。

特別室だか何だか知らないが、やれるだけやってやろうじゃないの。

ドアを開けると、ホールに片山が一人立っていた。陰気な笑みを浮かべ、「やあ」と右手を上げた。

恵美子は喉まで出かかった悲鳴を飲みこみ、何とか平静を装った。

「あ、あら、片山課長……」

「課長じゃない。室長代理だよ」

「あ……」

「さっそくだが、君にやって貰いたいことがある。ここに書いてある住所に行ってくれ」

差しだされた紙には、地図と住所が印字されていた。

反射的に受け取ってから、恵美子はきいた。

「これは？」

「これは、じゃないよ。君は今日から特別室のメンバーなんだ。こんな所で油を売ってないで、手早く仕事を片づけてもらわなくちゃ」

「別に油を売っているわけでは……」

「口ごたえをするんじゃない。君は僕の部下なんだから」

「はあ……」

「とにかく、今日中に確認をして、報告書をあげること。その上で解決策を考え、実行する。

一週間以内に成果が上げられなければ……」

「ちょっと、ちょっと待ってください」

「何だ？」

「ここに書いてあるのは、住所と地図だけです。仕事内容については、何も書いてないんですけど」

片山は聞こえよがしに舌打ちをした。

「そのくらい、前もって、把握しておけよな」

恵美子は何だか悲しくなって、目を伏せた。

「品川区にあるマンション『コーポ・ゴア』の五〇一号室。ここに居座っている男がいる。その実態を調査し、部屋を明け渡すよう、交渉してもらう。それが仕事の内容だ」

「それ、誰がやるんですか？」

「君に決まってるだろう」

「誰と？」

「一人でだ」

「できません！」

「やるんだ。期限は一週間」

片山は肩をいからせながら、屋敷を出ていった。

居座っている男……、もしかして、それって占有屋《せんゆうや》のこと？

家主の立ち退き要求に応じず、部屋に居座り続ける事案があることは、恵美子も知っていた。今の法律は、借り主を保護するようにできている。家主の都合だけで、店子《たなこ》を追いだすことはできないのだ。

多くの場合は話し合いや金銭の授受で決着がつくが、立ち退き料のつり上げを狙い、わざと立ち退きを拒否したり、というケースもまれにあるらしい。中には、暴力団などが絡み、暴力沙汰になることも——。

今回の案件がどういったものかは知らないが、恵美子一人の手に負えるものでないことだけははっきりしている。

どうしよう……。

手にした紙を無意識に丸めながら、恵美子は階段を上り、雅弘の部屋に入った。

カーテンを閉めたままの部屋からは、かすかに薬の臭いがした。

「あれ、恵美子さん？」

雅弘はベッドの上に起き上がっていた。「いま、カーテンを開けようと思っていたところなんだ」

彼の声は、いつもと同じように、弱々しい。

返事がないことを訝《いぶか》ったのだろう。雅弘はこちらを向いて、「どうかしたの？」と首を傾《かし》げた。

恵美子はどうすればいいか判らなかった。

病人である雅弘に、心配をかけるわけにはいかない。それでも、何もない風を装う気力は、恵美子にはなかった。

「あの……雅弘さん、すみません」

ただ、頭を下げるしかなかった。

事情をまったく知らない雅弘は、ただぽかんとするだけだった。

「どういうことなの？」

恵美子は昨日、篠崎から聞かされたことをすべて語った。そして、先ほど、片山から下された業務命令についても。

恵美子が語り終わっても、雅弘はこれといった反応を示さなかった。ただ、うつむいたまま、寂しげな目で自分の手元を見つめていた。

恵美子はもう一度、頭を下げた。

「ごめんなさい。やっぱり、私には無理みたいです。これから、会社に戻って、辞表を書きます」

「それはしょうがないよ」

信じられないほど穏やかな声で、雅弘は言った。「恵美子さんに、責任はないから」

カーテンの隙間から差しこむ朝日を浴びて、雅弘のか細い体は、今にも、この世から消え去ってしまいそうだった。

そんな雅弘を、祖父や父が築いた会社から追放し、その上、この屋敷も取り上げようとするなんて。

ふつふつと怒りが湧いてきたが、恵美子は無力だった。

「一応、篠崎部長に相談して……」

「今回ばかりは難しいと思うな。篠崎さんはいつも僕のために走り回ってくれた。もうこれ以上、迷惑はかけられないよ」

「でも……」

「この屋敷を出るのは寂しいけど、やっぱり、仕方ないよ」

「雅弘さん……」

「今まで、いろいろとありがとう。僕は犬太さえいてくれれば、大丈夫だから」

犬太……。恵美子は戸棚に鎮座するぬいぐるみを見上げる。

今日の犬太は、かなり不機嫌そうな顔をしていた。

恵美子は心の内でため息をつく。

唯一の頼みが、ぬいぐるみじゃねぇ……。

インターホンが鳴った。すっかり忘れていたが、今日は通院日だ。

「いけない。準備が全然、できていないわ」

恵美子は慌てて立ち上がった。


いつもより十分ほど遅れて、雅弘は迎えの車に乗りこんだ。

こうして彼を見送るのも、今日が最後になる。

人気《ひとけ》のなくなった屋敷に戻り、雅弘のベッドを整える。シーツや枕カバーも交換し、洗い物は洗濯カゴにまとめていれた。

床にモップをかけ、戸棚の埃をはらう。

部屋の中を見渡し、やり残しのないことを確かめる。

「よし」

そうつぶやいて、部屋を出た。

エプロンや手袋など、私物がいくつか残っているが、辞表をだした後、戻って来る暇くらいはあるだろう。

足早に玄関ホールを横切り、ドアを開ける。

そこに、背の高い、細身の男が立っていた。

黒のスラックスに黒のシャツ。その上に、黄色いジャケットを羽織っていた。鼻は高く、さらさらの髪が風になびいている。

「君が恵美子君か。待ちかねたよ」

まつげの長い、細い目が、鋭い光を帯びて、恵美子を射貫《いぬ》いた。

「は？」

男と顔を合わせるのは初めてだった。一度でも会っていれば、忘れるはずがない。

「あのう、どちら様ですか？」

男は顔をしかめると、蠅でも追うように手を左右に動かした。

「面倒な挨拶は抜きだ。さあ、行くぞ」

「行くぞって、どこへ？」

「品川に決まっているだろう。マンションの部屋に居座っている、愚か者を叩きだすんだ」

三

タクシーの後部シートで、恵美子は渡された名刺と、隣に座るノッポの男を交互に見た。

名刺の左上には、「有限会社　犬頭《いぬがしら》」とあり、有限会社が二重線で消してある。そしてその上に、汚い手書き文字で「探偵社」と書かれていた。

肩書きなどはなく、名刺の真ん中には、黒々とした大きな文字で、「犬頭光太郎《こうたろう》」とある。

「あのぅ……」

「何だ？」

「いぬあたまさん？」

「いぬがしらだ」

「あなたは、探偵さんなんですか」

「まあ、そのようなものだ」

タクシーは、一路、品川を目指している。事態の推移に、恵美子はついていけなくなっていた。

「これから、マンションに行くんですよね」

「そうだ」

「どうしてですか？」

犬頭の太い眉が上下した。

「理由がいるのか？」

「当たり前です。ちょっと混乱していて、うまく言えないのですけど、これは、大島不動産販売特別室の仕事で、それをやるのが私の仕事で……」

大きな手が、恵美子の頭をポンと叩いた。

「細かいことは気にするな。要するに、言われたことをきちんとやればいいのだろう？　居座るヤツを叩きだせばいい。私はそのために来たのだ」

よく判らないが、どうやら、犬頭は恵美子の味方らしい。

窮屈そうに長い足を組み替えながら、犬頭は飛び去る外の景色を見つめていた。

恵美子は言う。

「探偵さんということは、依頼人がいるということですよね」

「まあな」

「誰なんですか？」

「秘密だ」

とはいえ、恵美子には何となく想像がついていた。篠崎だ。彼が恵美子、いや、雅弘のために探偵を雇ったのだ。そうに違いない。

タクシーが目的地に着いた。高台にある、五階建てのマンション「コーポ・ゴア」だった。築年数は古く、外壁にはひび割れが走り、元は青かっただろう屋根も、今では灰色になっている。

エントランスに通じる小道には雑草が生い茂り、段ボールの空き箱などのゴミが、あちこちに散らばっていた。

元は古くからの住宅地だったのだろう。木造の家々がひしめき合っていたに違いない。今ではその面影はなく、周辺には更地が広がるだけだ。

犬頭が言った。

「坂を下って行けば、駅がある。そこまでの道は、高級住宅街として整備されつつある。間に寂れた商店街もあるが、いずれはそこも取り壊され、住宅となるのだろう。味気ない話だが、それが時代というヤツだな」

「犬頭さん、詳しいんですね」

「少し調べれば判ることさ。さて、問題はこのマンションだが……」

犬頭が、五階の辺りを見上げながら言った。

「これを壊せば、かなりの面積が確保できる。ここには高層マンションが建つ予定だそうだ。立ち退き交渉も終わり、現在、居残っているのは、あの五〇一号の住人だけ」

道路に面したベランダには、男ものの洗濯物がかかっていた。

「早く明け渡さないと、いろいろ面倒なことになるらしい。手立てに窮した管理会社が、さっそく、大島不動産販売のクレーム係にすがりついたというわけだ」

「そんなことまで、調べたんですか」

「いちいち驚くことはない。仕事をするに際し、このくらいの情報収集は必須だ」

「私は、何も聞いていませんが」

「片山の馬鹿者が、あえて隠したのだろう。あやつらは、君が失敗することのみを願っているわけだからな」

犬頭は革靴の音を響かせ、建物に入っていく。

エレベーターはなく、階段だけのようだった。埃っぽく、カビ臭い階段を、恵美子は上る。犬頭は、何が楽しいのか、陽気に鼻歌を口ずさみながら、一段飛ばしで上っていた。

五階に着いたとき、犬頭は既に、五〇一のドアをノックしていた。

「ちょっと犬頭さん……」

恵美子が追いつくのと、ドアが開くのは同時だった。顔を見せたのは、五十代の中年男だ。白いシャツを着て、片手には新聞を持っていた。彼は目の前に立つ、珍妙な格好の男に、怪訝な視線を向ける。

「誰、あんた？」

「犬頭だ」

「あん……？」

「君がこの部屋に居座っていて困るという相談を受けたものでね。さっそくやって来たのだ」

恵美子は表札のプレートに目をやった。

「猪俣広巳《いのまたひろみ》」とある。

その猪俣は新聞を靴脱ぎ場に投げると、憤然とした調子で言った。

「私は別に居座っているわけじゃない。ここを追いだされたら、行くところがないんだ」

「新しい住居を探し、契約できるだけの金は支払うと言っている。それだけの期間も与えたはずだ」

犬頭の居丈高な口調に、猪俣はムッとした様子で言い返す。

「私はこの部屋に愛着もある。それを金だけで解決すると言っても……」

「あんたは、この一年間、定職についていない。日がな一日、こんなボロ家で何をしているんだ？」

「私がどんな生活をしているのか、おまえには関係ないだろう」

「大ありだ。あんたに居座られているおかげで、日々、俺のクライアントには損害金が発生している。あんたの方で、金銭以外の条件があるのならば、聞く用意はあるぞ」

恵美子は、犬頭があれこれとまくしたてながら、少しずつ、ドアに身を寄せていることに気がついた。室内の様子を、それとなく観察しているのだ。

犬頭の口車に乗って激高した猪俣は、そのことに気づいていない。

「何を言われても、私はここを立ち退くつもりはない」

「あんたは何が欲しいんだ？　金ならもう少しだすぞ。保証人だって紹介してやる。どこか郊外の、もっと家賃の安い、小綺麗な場所に移ってだな、人生一からやり直すってのも、まんざら捨てたものでも……」

「人の人生に、あれこれ口だしするんじゃねえ」

猛烈な勢いで、ドアが閉じられた。犬頭は挟まれる寸前、さっと足を引いた。

猪俣の迫力に圧倒された恵美子は、しばらくその場から動けずにいた。ドアの閉まる轟音《ごうおん》が、まだ耳の奥に残っている。

一方の犬頭は、口をへの字に結び、忌々《いまいま》しげにドアを睨んでいた。

「でかい口を叩きおって。いずれ、両手両足をへし折ってくれる」

犬頭の背後から、ゆらゆらと青白い炎が立ち上るのが見えた。

恵美子は慌てて目をこする。視線を戻すと、炎は消えていた。

「あの、犬頭さん……」

「恵美子君、見たか？」

「見たって何をです？」

「あやつの部屋だ。家具もソファも何もない。あるのは、小型のテレビだけ。そのくせ、これだ」

犬頭は、表札の上を示す。

「NHKの受信料は払っている」

「言ってる意味がよく判りませんけど」

「一年間無職で、家具も何もない部屋。ヤツは間違いなく占有屋だ。退去を拒み、何事かを企んでいる。金で動かないところを見ると、目的は違うところにある——」

「それじゃあ、何なんです？」

「もう一つ、気になるのは――」

犬頭は歩きだし、また一段飛ばしで階段を下り始める。今度は恵美子も、遅れないように続いた。

「新聞だ。部屋の隅に新聞の束が置いてあった。ビニール紐で綺麗に束ねられていた」

「古紙回収にだすつもりなんでしょう」

「だが、普通の新聞ではなかった。『ギヤマンの鐘』なる宗教団体が発行している新聞だ」

「それって、新興宗教の一つですよね。聞いたことあります」

「テレビしかない殺風景な部屋に住む無職の男が、そのような得体の知れない新聞だけは取っている。おかしいだろう」

「お金を全部、教団にとられちゃったんじゃないでしょうか」

「それほどに敬虔な信者だったのなら、ビニール紐で縛ったりはするまい。それに、室内に教団を示すようなものは、何一つなかったぞ」

「そんなところまで見たんですか」

「視力は天井知らずだ。何でも見えるぞ」

階段を下りきり、表に出ると、犬頭は道を右に取った。空き地が続く、寂しい道だ。

坂を下りきると、左右に一戸建ての住宅が現れる。道は掃き清められ、庭の手入れもしっかりとされている。

「古い町並みは駆逐されるのさ」

犬頭はブツブツ言いながら、早足で進んでいく。

少し行くと、また景観ががらりと変わった。シャッターを下ろしたみすぼらしい商店が、数十メートルにわたって続いている。

人通りもまばらであり、すでに更地となっている区画もあった。

「駅前にスーパーができてから、この様《ざま》よ。結局、生き残ったのは、あの二つだけさ」

二十メートルほど先に、外壁を黒く塗った、三階建ての建物が見えた。看板などの類は一切なく、何とも威圧的な外観であった。

「あれは、何なんです？」

「パシフィック株式会社。俗に言う暴力団さ」

建物に近づくにつれ、犬頭の言うことが本当であると判った。一階は事務所になっているようだが、窓ガラスにはフィルムが貼られ、中の様子を見ることはできない。

犬頭は歩速を緩めるわけでもなく、ダンスでもするようなステップで、道を進んでいった。

「大して大きくはないが、長年、この地区を縄張りにしてきた組だ。今でも、それなりの力はある。もっとも、最近ではすっかり落ち目で隣町にある『セントラル株式会社』におされっぱなしらしいがね。さてと、一つ、ご挨拶といくか。おっ、その前に……」

犬頭は、通りかかった老人に声をかけた。

「ちょっとききたいことがあるのだが」

「んん？」

杖をついた老人は、分厚いメガネの向こうから、犬頭を見上げた。

「ワシはこれから、マッサージに行くところなんじゃが」

「手間は取らせない。おまえは、この辺りに住んでいるのか？」

老人は杖で、歩いてきた道の先を示す。

「ここを二分ほど行ったところじゃよ」

「あそこの組事務所について少しききたいのだが」

皺《しわ》だらけの顔がくしゃりと歪み、老人はカチカチと歯を鳴らした。

「まったくあそこのヤツらはけしからぬ。若い者が、妙ちきりんな格好をして、いつもゴロゴロ……」

「気にすることはない。もうまもなく、ヤツらは消えてなくなるだろう」

「ほう、それはめでたい。あんた、警察の人かね」

「まあ、そのようなものだ。あそこは、いつもこんな感じなのか？」

事務所の前では、三人の若い男が、タバコを吸いながら欠伸《あくび》をしている。

「目立った警備もしていないようだが」

老人は眠そうな表情で、犬頭の指した方を見やり、

「まあ、普段はあんなもんじゃよ。ただ、時々、えらく物々しいときがあるがの」

「それは、どんなときだ？」

「詳しくは知らんよ。ただ、真っ黒な車がやって来てな。建物の前に横付けされるんじゃ。そんときは、おっかない顔した若いのが道を埋め尽くしての。往来も止めてしまいおる。迷惑この上ない。ワシも一度、マッサージに間に合わなかったことが……」

「なるほど。時間を取らせて悪かった。ところで、マッサージに行くということは、どこか悪いのか？」

「腰と膝がのう」

「そうか」

犬頭は老人の腰と膝に手を当てると、カッと目を見開いた。

「キエエエエ」

老人は電気に触れたかのように、ぴょんと跳び上がった。

「な、な、なんじゃ？」

「これでおまえは長生きするぞ。あ、それから、去年死んだおまえの妻だが、おまえに大いに感謝している。居間のタンスの上から三番目に、封筒がある。そこにへそくりが隠してあるのだそうだ。好きに使っていいらしいぞ。温泉にでも行くといい」

老人はメガネをはずし、犬頭に顔を近づけた。

「おまえさん、なんで秀子《ひでこ》のことを知っておる？」

「気にするな。それより、腰と膝はどうだ」

老人は恐る恐る、腰に手を当てる。

そのとたん、はっと息を飲んだ。

「痛くないぞ。膝も軽くなっておる」

「達者でな」

犬頭は歩きだす。恵美子は慌てて後を追った。

「あれってどういうことなんです。犬頭さん、整体の心得でもあるんですか？」

「整体？　何だ、それは？」

「あの人の腰と膝――」

「簡単なことよ。あの調子で、雅弘の体も治してやれるといいんだが。俺の力はまだまだ弱い。どうにもならんのだよ」

「どうにもならんて、雅弘さんの病気のこと、知っているんですか？」

犬頭は質問には答えず、通りを渡っていった。そして、組事務所の前でタバコを吸う、三人の前に立った。

「何だ、おまえ？」

チョビひげの男が、顔を斜めに傾けながら、言った。

「『ゴア』の件で来た。責任者に取り次げ」

犬頭の言葉が終わらない内に、三人は彼を取り囲んだ。

「てめえ、何様……」

犬頭が両手を上げると、触れてもいないのに、左右の二人が後ろにはじけ飛んだ。フィルム付きのガラスを破り、事務所内に頭から突っこんでいった。

一人残ったひげ面は呆然と犬頭を見つめる。

「な、何だ……？」

「何様だと言うのなら、お犬様だ。判ったか？　判ったのなら、早く責任者をだせ」

チョビひげはブリキ人形のような動きで、壊れたドアのサッシをまたぎ、中に入っていく。

丸見えとなった室内には、気絶した二人、チョビひげを除いて五人の男たちがいた。

手前にソファとテーブル。奥に事務机が三つ。壁際にはパソコンが三台並んでいた。

チョビひげが上ずった声で、「西倉《にしくら》さーん」と言った。

奥の事務机に座っていた男が立ち上がる。角刈りで、身長も高い。肩幅は広く、スーツのボタンが今にもはじけ飛びそうだった。サングラスをかけ、口には葉巻をくわえている。

恵美子は犬頭の背中にそっと身を寄せた。

「何だ、おまえ」

「そのセリフはもう聞いた。おまえが責任者か」

西倉と思《おぼ》しき男は、驚くほど白い歯を見せて、ニヤリと笑った。

「セントラルの若いもんか。手柄を焦るのはいいが、もう少し、頭も使った方がいいな」

「頭を使うのはおまえだ」

犬頭が右腕を振ると、テーブル上の灰皿がふわりと浮き上がり、西倉の頭を直撃した。

「あがっ、ぷは！」

西倉は両足を踏ん張り、何とか昏倒するのをこらえていた。

恵美子がそっと顔をだすと、西倉を除く男たちは、全員、床にのびていた。

犬頭がいったい何をしたのか、恵美子にはまるで判らない。

犬頭は、その場を一歩も動くことなく、暴力団員全員を倒してしまったのだ。

額が割れ、サングラスも割れ、西倉の頬を血が伝い落ちた。

「ひゃ！　ひっ！　血ぃ！」

犬頭は、西倉の慌てぶりを苛立たしげに眺め、

「私の質問に答えろ。グズグズしていると、もう一発いくぞ」

「いや、それだけは……ちょっと……」

「それが嫌なら、質問に答えろ。近々、ここに組長が来ることになっているだろう？　予定を言え」

西倉は小刻みに震えながら、首を振る。

「そ、それだけは言えません」

「そうか」

犬頭がひと睨みすると、西倉のベルトがちぎれ飛び、ズボンが落ちた。恵美子が目を伏せるのと、西倉が股間を押さえるのは同時だった。

「次は下着の方もいくぞ」

犬頭は、苛立たしげにカタカタと貧乏揺すりを始めた。彼の体が揺れるたび、事務所の天井から、パラパラと漆喰の欠片《かけら》が落ちてきた。

「早く言わないと、おまえが全裸になるだけじゃなく、組長が来る場所もなくなるぞ」

西倉は号泣していた。鼻水を垂らし、それでも、股間は押さえたままだった。

「詳しい日程は本当に知らないんです。ただ、二週間後には、一度、顔をだすと……」

「組長だけか？」

「若頭、それにご子息も」

「つまり、その日は、組のトップスリーがここに揃うわけだな」

「はい」

「そうかそうか」

犬頭は満足げにうなずくと、散らばったガラス片を踏みながら、再び通りを歩き始めた。

恵美子は酷く後ろめたい思いを感じながら、後に続く。

「ちょっと、やり過ぎなんじゃ、ありませんか？」

「そんなことはない。あんなもの、あってもしょうがないじゃないか」

「それは、そうかもしれませんけど……」

恵美子の混乱をよそに、数歩進んだ犬頭はピタリと歩みを止めた。

今度は、組事務所の五軒先にある陰気な建物を、カミソリのような鋭い目で見上げていた。

「次はここだ」

自転車が八台、ずらりと並び、その向こうに横開きのガラスドアがある。横には「ギヤマンの鐘は世界を照らす　ああ、平和」と書かれた小さな札と「佐々木《ささき》」の表札がかかっていた。

室内の電気は消えていて、人気はない。恵美子一人だったら、不気味さに近づくことすらできなかっただろう。

犬頭はおもむろにドアを開け、薄暗い室内に向かって叫んだ。

「生きているのか？」

数秒とたたず、奥から初老の男が顔をのぞかせた。

「どちらさん？」

「あんたが佐々木か」

「ええ」

「新聞配達についてききたいのだが」

「ああ、卍《まんじ》新聞ね。新規申しこみ?」

「いや、配達先のことでききたいことがあるのだ」

佐々木は犬頭を一瞥すると、落ちくぼんだ目を手でこする。

「そういうことについては、何も答えられない。プライバシーってヤツでね」

「いや、プライバシーなんてどうでもいい。『コーポ・ゴア』の五〇一号に、新聞を配っているな」

「それをプライバシーって言うんだよ。あんた、何者だい?」

「犬頭という」

「名刺か何かないの?」

「一枚しか持っていないのだ。それをさっき配りきってしまってな」

恵美子は彼の背後から忍び出ると、名刺を差しだした。

佐々木はぎょっとした目で恵美子を見つめ、

「あんた、どっから出てきたんだい?」

恵美子は恐縮しながら、

「これ、見てください」

と名刺を渡す。それを見た佐々木の顔には、ますます困惑が広がった。

「有限会社……探偵……？」

そんな膠着《こうちゃく》した空気を、犬頭のよく通る声がかき回す。

「細かいことを気にしていると、人生が花開く絶好の機会を失うぞ」

犬頭は、テーブルの上に、紙の束を置いた。

それを見た佐々木の顔色が変わる。

「あ、あんた、それ……」

犬頭が置いたのは、紙束ではなく札束だった。かなりの枚数だ。五十万はあるだろう。

「信仰なんぞ捨て、これで宝くじでも買え。一億になるかもしれんぞ」

反射的に出た右手をそっと背中に回し、佐々木は引きつった笑みを見せる。

「そ、そんなもの、受け取るわけにはいかないな」

「無理をするな。上納金のノルマだってあるのだろう？　寄付金として、本部に計上してもいいぞ」

佐々木の目は、札束に釘づけだ。

「見ていると取りにくいか。よし、向こうを向いててやる。恵美子君、あっちを向け」

「いや、別にいいよ。くれるって言うのなら、遠慮なくいただくよ」

佐々木は札束を手に取った。「何でもきいてくれ」

「ゴアに住む、猪俣についてだ。ヤツはおまえのところから新聞を取っているな」

ああ、と佐々木は吐き捨てるように言い、顔をしかめた。

「猪俣さんには、困ってるんだよね」

「ヤツから申しこみがあったのは、いつだ？」

「一年ほど前だった」

「ヤツは信者なのか？」

「教団の名簿に名前はなかった。でも、そういう人はときどき、いるからね。新聞を取ってくれるだけでも、大歓迎だ。でも、あの人に限っては、早く止めて欲しいね」

「どういうことか説明してくれ」

「この界隈《かいわい》は、そこそこ購読者がいる。ただ、駅前に集中していてね」

「なるほど。『コーポ・ゴア』は正反対だな」

「そう。しかも、あっち方面に購読者はいない。猪俣さんちに行くためだけに、自転車を走らせなきゃならないんだ。半年前までは、もう一人購読者がいたんだよ。だけど、急に引っ越しちまってさ。今では、猪俣さん一人だけ」

「猪俣が購読を止めたら……」

「あの坂を上がって、わざわざ届ける手間がなくなる。こっちとしては、助かるんだがね。それにさ、猪俣は面倒な客なんだよ。配達が遅れると、すぐに文句をつけやがる」

「具体的に説明してくれ」

「配達を待ってやがんのさ。四時に少しでも遅れると、すごい剣幕で電話が来る。定時に届けるなんて約束した覚えはないんだけどさ」

「配達に行くのは、いつも同じ者か？」

「ああ。そんな客だから、一応、ベテランに回らせてる」

「そいつに会いたいのだが」

「何で？」

「ビクビクするな。顔を見たいだけだ。嫌だと言うのなら、金は返して貰うぞ」

「判ったよ。おい、沓中《くつなか》！」

佐々木が店奥に声をかける。まもなく、人の動く気配がして、中年の男が顔を見せた。身長は高からず、低からず。これといった特徴のない顔つきだ。野球の帽子をかぶり、眠そうに目をしょぼつかせている。

「何か？」

犬頭が言った。

「君が『コーポ・ゴア』に行くのは、午後四時だな」

いきなりの質問に、彼は目をぱちくりさせている。怪訝《けげん》そうに佐々木を見た。

「何でも、答えてさしあげろ」

「ええ。四時きっかりに行きます。あいつ、遅れるとうるさいから」

「戻って来る時間も、ほぼ同じか？」

「ええ。あの辺の購読者はあいつだけだから。配り終えたら、一回、ここに戻ってくるんですよ。それから改めて荷物を積んで、駅前方面に出かけます」

「最後にもう一つ。五軒先にある組事務所のことだ」

「ああ、あそこね。なるべく、関わらないようにはしてますよ」

「組長クラスの者がやって来ると、この通りを堰《せ》き止めて警護するそうだな」

「ええ。ごくたまにですがね」

「それにぶつかったことはあるか」

「ありますよ」

「そのときはどうした」

「俺は顔なじみになってますから、特別に通してくれたりします。毎日、前を通っているからね」

「助かったよ。素晴らしぃ」

犬頭はくるりと体の向きを変えた。後ろにいた恵美子の顔を上から見下ろすと、高らかに言った。

「問題解決だ」

恵美子は犬頭の袖を摑んで言う。

「あのお金！　いいんですか？」

「気にすることはない。あれは木の葉だ」

「は？」

「二時間もすれば、木の葉に戻る」

「冗談は止《よ》してください。そんな狸《たぬき》みたいなこと……」

「犬だ！」

もう訳が判らない。

四

「コーポ・ゴア」に戻った犬頭は、ものすごいスピードで、階段を上っていった。

「ちょっと、待ってくださいよー」

恵美子が五階に着いたのは、犬頭が猪俣の玄関ドアを蹴破ったときだった。

「ちょっと、犬頭さん！」

占有屋とはいえ、暴力で追いだしてしまっては、何もならない。それどころか、後々の紛《ふん》議《ぎ》の材料になってしまう。

だが、当の犬頭は涼しい顔だ。

「なーに、気にすることはない。もともと、取り壊す建物なんだ」

犬頭は笑みを浮かべながら、部屋に入っていく。途端に、猪俣の怒声が響いてきた。

「テメエ、どういうつもりだ」

恵美子は蹴破られた入り口の陰から、そっと様子をうかがう。

靴脱ぎ場のところに、犬頭が仁王立ちとなっていた。廊下には鉄製のドアが転がり、その向こうで、猪俣がギラギラと光る刃物を構えていた。

「きさま、一体、何者だ?」

その物腰、口調などは、ヤクザそのものだ。

犬頭は腰に手をあてたまま、

「さっき、名乗っただろう。もう忘れたのか。犬頭だ」

「やかましい!」

猪俣が斬りかかった。

犬頭は軽い身のこなしでそれを避けると、右の拳を彼の顔に叩きこんだ。

猪俣の体は部屋の一番奥にまで吹き飛び、新聞の山につっこんだ。

犬頭は平然とした顔で振り向くと、

「手足をねじ切ってやるつもりだったが、この辺で勘弁してやろう。では恵美子君、下に行こう。新しいお客さんが来るようだ」

「いや、でも……」

恵美子はメチャクチャになった室内に目を向ける。

「このままにしておいていいんですか？」

そもそも、当の猪俣から、明け渡しの約束を貰っていない。

だが犬頭は小さく肩を竦《すく》めると、

「明日には綺麗さっぱり、なくなっているさ」

恵美子の脇をすり抜け、表に出ていった。

「でも報告書にはどう書けばいいんですか？　さっぱり意味が判りません」

犬頭は階段を下りながら、苛立たしげに答えた。

「判らんか。セントラル株式会社と卍新聞だよ」

「ちゃんと説明してください」

犬頭は階段の途中で足を止めると、

「パシフィック株式会社とセントラル株式会社は犬猿の仲だ。そして、パシフィックの組長たちが、あの建物にやって来る。どうだ？　これで判っただろう」

「判りません！」

「困ったヤツだな。いいか、パシフィックの組長たちトップスリーを亡き者にできれば、セントラルは万々歳だ。そして、そのための鉄砲玉として、猪俣が派遣されたわけだ」

「あの猪俣さんが、暴力団の殺し屋だと言うんですか」

「当たり前だ。それでなければ、新聞取ってこんな小汚い場所に居座ったりするものか」

「その繋がりが見えないんですけど」

「パシフィック株式会社の組長たちがやって来ても、警護が厳重で近づけない。あの前の通りは、組員たちによって封鎖される。つけ入《よ》る隙はない。ただ一人の例外を除いては」

恵美子の脳裏を、新聞配達の男の顔が過ぎる。

「もしかして、新聞の配達員……？」

「そうだ。彼は毎日、あそこを通る。だから、厳戒態勢の中でも、特別に通して貰える。彼はそう言っていただろう。ところで、あの配達員と、上で気絶している猪俣は、背格好が似ていると思わんか」

「えぇ、言われてみれば」

「ヤツがここに居座るわけ。それは、卍新聞を取り続けるためだ」

恵美子にも少しずつ、計画の全貌が見えてきた。

「猪俣さんは、配達員に化けて、パシフィックの建物に近づこうと思っていたんですね？」

「その通り。何食わぬ顔で厳戒態勢にある組員の中へ入りこみ、組長たちトップスリーを殺害する。それが、もともとの計画だったのだろう」

「入れ替わりはどうするんです？」

「配達に来たところを襲い、服を取り替えて縛り上げておけばいい」

「ですが、それと猪俣さんの居座りは……」

「もう少し頭を働かせろ。新聞屋が言ってただろう。半年前までは、猪俣のほかにも購読者がいたんだよ。だが、引っ越してしまった。もし猪俣が購読を止め、ここを出ていったら……」

「配達員は来なくなる」

「そうだ。この計画の胆《きも》は、同じ配達員が、毎日、決まった時間に、組事務所の前を通ることにあるんだ。習慣というものに、人は弱い。それは最高の隠れ蓑だ。セントラルのヤツらはその隙を突こうとしたんだよ。猪俣はその習慣を守らせるため、このマンションに居座るしかなかったのさ」

犬頭は再び階段を下りていく。

恵美子は後を追う。

「待ってください。居座りの理由については判りましたけど、部屋の明け渡しに関しては……」

「気にするな。いまごろ、息を吹き返した猪俣が、元締めに連絡を入れているころだ。そーら、やって来たぞ」

階段を下りきった恵美子の目に飛びこんできたのは、物々しい雰囲気の男たち十人が、通りを挟んで、犬頭と睨み合っている光景だった。

「やあ、セントラルの諸君、ご苦労さん。君たちの計画は残念ながら、失敗だ。訳あって、このマンションの部屋は明け渡してもらわねばならんのだ。パシフィックの組長を殺したいのなら、また別の方法を考えるんだな」

「ふざけるな！」

十人の男たちが一斉に銃を抜いた。

だが、恵美子が悲鳴をあげる暇もなかった。閃光が走ったかと思うと、男たちは次々と宙に舞い上がり、地面に叩きつけられていった。皆、大の字に横たわったまま、ぴくりとも動かない。

犬頭は両手をポンと打ち鳴らし、満面の笑みを浮かべた。

「たわいもない」

そして、どこからともなく携帯を取りだすと、

「パシフィック株式会社か？　あんたらの組長を殺そうとしていた鉄砲玉を見つけたよ。『コーポ・ゴア』にいる。組員たち十人も一緒だ。適当に処理してくれ。何？　私が誰だろうと、あんたらには関係ない。さっさとやれ」

通話を終えると、犬頭は恵美子の方を向いた。

「さて、これですべて終わった。あとは君が、適当に報告書を書けばいいだけだ。明日にな

れば、あの部屋は空っぽになっているだろう」

あまりのことに、恵美子は言葉もなかった。

犬頭は優しい微笑みを見せ、恵美子の頭をポンと叩いた。

「おまえは人間にしては、見所がある」

「は？　人間？」

「雅弘を頼むぞ」

犬頭はくるりと背を向けるや、スタスタと歩き始めた。

「ちょっと、待ってください」

後を追おうとした恵美子だが、歩道の段差につまずいた。バランスを取って顔を上げたとき、犬頭の姿はどこにもなかった。

# 五

「雅弘さん、お薬は飲みました？」

「飲んだよ」

雅弘は、大儀そうにサイドテーブルの上を指す。

昨夜から微熱が続いているらしく、声にも生気がない。

コップや薬の空き袋を片づけながら、恵美子は枕元にあるアルバムに気がついた。ベッドの端から、床に落ちかけている。

「これ、片づけておきますね」

「うん」

だが、恵美子が手を伸ばしたとたん、アルバムは床に落ちてしまった。中ほどのページが開き、丁寧に貼られた数枚の写真が、恵美子の目に飛びこんできた。

その中の一枚に、恵美子の目は釘づけとなる。雅弘が、恥ずかしげに微笑《ほほえ》んでいるものだ。室内で撮影されており、彼は絨毯の上に座っている。そして、両手で「犬太」を抱いていた。

「この服……」

犬太は手製の洋服を着ていた。薄い黄色のジャケットだ。

雅弘が熱で潤んだ目をこちらに向けた。

恵美子は写真を示し、

「犬太が着ているこの服なんですけど……」

「ああ、それは軽井沢に行ったときに撮ったものだよ。服については、よく覚えてないなぁ。いつの間にか、どこかにいっちゃったんだ」

恵美子は戸棚に座るぬいぐるみを見た。現在の犬太は、ところどころ虫の食った、ベージュのセーターを着ている。

「もうあの服しか残っていないんだ。色々な服とか帽子とかがあったんだけど、みんな、どこかにいっちゃった」

そう言って、雅弘は寂しそうに目を閉じた。

恵美子はアルバムを閉じ、棚に戻す。

雅弘の加減が悪いせいか、犬太の表情は、今日も、心なしか険しい。

「まさか……ね」

結局、犬頭の正体はよく判らなかった。篠崎に確認したが、そんな探偵を雇った覚えはないという。

「恵美子さん、今日は何だか変だよ」

雅弘がじっとこちらを見ていた。

「そう……ですか？」

「犬太の方ばかり、見てる」

「そんなこと、ないですよ」

「やっぱり、変かな。こんな歳になって、ぬいぐるみを持ってるの」

「そんなこと、ないです」

自分でも驚くほど、大きな声が出た。雅弘はくすりと笑う。

「やっぱり変だよ」

恵美子は雅弘に背を向け、戸棚のから拭きを始めた。しばらく黙っていた雅弘だが、やがて、つぶやくように言った。

「もし僕が死んだら、棺桶に犬太を入れてもらおうと思うんだ」

あまりの生々しさに、恵美子は雑巾を取り落とした。溢《あふ》れそうになる涙を、何とかこらえた。

「そんなこと……言わないでください」

「え？」

「ほら、犬太だって、悲しい顔をしてるじゃないですか」

事実、ぬいぐるみの顔は、どこかしょんぼりとした、悲しげな表情に見えた。それは、恵美子にだけ見えた、幻覚だったのかもしれない。

雅弘は薄く目を閉じ、強《こわ》ばった笑みを浮かべた。

「冗談だよ」

「冗談でも、そんなこと、言わないでください！」

「……判ったよ。ごめん」

恵美子はしばらく無言でから拭きを続けた後、薬の盆を取り、言った。

「それじゃあ、下に行ってますから」

返事はない。そっと顔をのぞきこむと、雅弘は静かに寝息をたてていた。

# 借りると必ず死ぬ部屋

一

「雅弘さん」

若宮恵美子が部屋に入ると、ベッドの布団がもぞもぞと動く。それを見ただけで、恵美子には雅弘の調子が判る。

今日はあまり良くないらしい。

梅雨入りしたばかりの六月二十日。今日も外はシトシトと弱い雨が降っている。太陽はこ数日顔を見せず、空はどこまでも続く灰色の雲に塞《ふさ》がれたままだった。

「お薬の時間ですよ」

食堂、玄関ホールの掃除を終え、階段の手すりを拭き始めたところで、薬の時間となった。浄水器を通した水をコップに入れ、盆に載せる。

階段を上り——手すりにかけたままの雑巾《ぞうきん》は、後で片づけよう——、一番奥の部屋へ。

大きなベッドが置かれた、殺風景な部屋だ。

雅弘は布団をかぶったまま無言を通している。恵美子は戸棚から薬をだし、手早く準備を整えた。

　コップの横の小皿に黄色い薬の粒を三つ置く。

「さあ、時間ですよ」

「うるさいなぁ」

　ふとんが動き、青白い顔がその隙間からのぞいた。

　頰は痩《こ》け、目は落ちくぼんでいる。頰のあたりはほんのりと赤く、唇はカサカサに乾いていた。熱も少しあるようだ。

「食欲、あまりないみたいですね」

　雅弘は大儀そうにうなずいた。

「あまり食べたくないんだ。ホットケーキ、作ってもらおうと思っていたんだけど」

「その程度でよければ、いつでも作りますよ」

　潤んだ目で窓を見上げながら、雅弘は言う。

「早く晴れないかなぁ」

「梅雨に入ったばかりですから、しばらく雨が続くみたいです」

「そっか……」

　ほぼ寝たきりの生活を送る彼にとって、窓から見える風景がほぼすべてだ。窓外に広がるのが、どんよりとした光景では、気持ちもなかなか上向かない。

雅弘は、なかなか薬に手を伸ばそうとはしなかった。それでも、恵美子はベッドサイドに座り、根気よく待った。

十分ほどして、雅弘がゆるゆると上半身を起こした。細い、枯れ木のような手を伸ばし、コップを持つ。

彼は黄色い粒を三つ、一度に口へと放りこんだ。

それを二口、三口の水で器用に飲み下す。

『得意技は薬を飲むこと』

雅弘はよくそう言って笑う。あきらめを含んだ、寂しげな笑みを見るたび、恵美子は胸が塞がる思いがする。

その一方で、闘志もわいてくる。

私なりにがんばって、彼を支えてあげなくては。

ね、犬太。

恵美子はベッド横にある戸棚に向かって、笑いかける。

戸棚の真ん中にはガラス戸のついた正方形のスペースがあり、つぎはぎだらけになった犬のぬいぐるみが鎮座していた。

「いま、挨拶したでしょう」

いつのまにか、雅弘の目がこちらを見ていた。

恵美子は盆とコップを片づけながら、答える。

「挨拶くらいしますよ。大事な犬太さんですから」

「さんづけで呼ぶなんて、何だか変な感じだな」

雅弘の視線を感じつつも、恵美子は何も答えなかった。

頭に浮かぶのは、先日会った、奇妙な男のことだ。犬頭光太郎と名乗る探偵で、風のように現れ、雷のように事件を解決し、また風のように消えてしまった。

まさかね。

自分自身に言い聞かせ、恵美子は部屋のドアを開ける。

「また後で来ます。少し寝た方がいいですよ」

雅弘は小さく「うん」と答え、また布団にもぐりこんだ。やはり、調子が悪いらしい。

ドアを閉めるとき、戸棚の犬太に目をやった。心なしか不機嫌そうな顔つきだった。

何だか、嫌な日だな。

そう思ったとき、玄関ドアの開く音がした。恵美子が盆を持ったまま慌ててホールに行くと、苦々しげな顔の片山が立っていた。鍵を使って、勝手に入ってきたらしい。右手の傘からは、ポタリポタリとしずくが垂れている。

「やあ、若宮君」

鼻にかかった頼りなさ気な声が、恵美子をさらに落ちこませた。

「室長代理、いらしてたんですか」

硬い声を作りながら、わざと目をそらす。

相手の声が、少し粘り気を帯びた。

「そんな言い方はないだろう。僕は、君の上司なんだよ。会社に君を呼びつけてもよかったんだけど、こうして出向いてきたんだから」

「これ片づけてきますから、少し待っていてください」

「早くしてくれよ」

片山はこれ見よがしに、濡れた傘を振る。

彼の前を横切り、南側の通路に入る。その先は食堂、さらに先が恵美子のために用意された部屋である。炊事ができる設備が揃い、小さいながらベッドもある。

流し台に盆を置くと、重い足を引きずるようにして、ホールへと戻った。


「占有屋の件、ご苦労だった。まさか、本当に追いだせるとは思わなかったよ」

「あのくらい、朝飯前です」

「だが、君の報告書にはよく判らない点がある。組事務所に行って、男たちから情報を聞きだしたところなのだが、気の荒い組員から、どうやって情報を引きだしたんだね？」

「あのう、細かい点については、また後日、ご説明します」

犬頭の存在は、適当に誤魔化して、報告書を仕上げたのだ。

「まあいい」

片山はふんと鼻を鳴らし、不機嫌そうにこちらを見る。

「雅弘様の様子はどうだい」

「お熱が続いているみたいです」

ふんとまた鼻を鳴らす。そして、また前回のように、一通の封筒を取りだした。

「新しい仕事を持ってきた」

「は？」

「特別室の仕事だよ」

「またですか」

「またも何も、問題物件の処理は君の仕事だろう。手早く着実に済ませてもらう」

恵美子はげんなりとした気分で、封筒を受け取る。その中には、住所と物件の見取り図、数枚の資料が入っていた。

「今度はどんな問題物件なんです？」

片山は薄気味悪い笑みを浮かべる。

「借り主が死ぬんだよ」

「は？」

「借りた人が必ず死ぬ部屋だ。君に、その謎を解いてもらいたい。今回は我が大島不動産販売賃貸営業部からの依頼だ。借り主の方からクレームがきているらしいんだよ」

「ちょっと、そんな……」

「前回のようによろしく頼むよ。報告書は、少し遅くなっても構わない」

「ちょっと待ってください。せめて資料に目を通す間、待っていてくれませんか」

「いや、読めば判るから」

片山の右手は、既にドアノブにかかっていた。

「でも少しの間だけ……」

そのとき、恵美子の部屋からジリジリというベルの音が聞こえてきた。

緊急コールだ。何かあったとき、恵美子を呼ぶためのものだ。ボタンは雅弘の枕元に置かれている。

恵美子は階段を駆け上がった。部屋に入ると、雅弘がベッドの上で体をくの字に曲げていた。

「雅弘さん！」

額には脂汗が浮き、指が白くなるほど両手を握りしめていた。

「片山さん！　救急車を早く!!」

だが、返事はない。もう帰ってしまったようだ。

「まったく！」

怒りに燃えながら、部屋にある電話で救急車を呼ぶ。その後、かかりつけの病院、医師に電話を入れ、最後に総務部の部長である篠崎に、事の次第を伝えた。

「わ、判った、私もすぐに行く」

動揺など見せたこともない篠崎の声が、わずかに上ずっていた。

救急車は五分でやって来た。

酸素マスクをつけた雅弘は、すぐにストレッチャーに乗せられた。

雅弘の細い手が上がり、宙をさまよった。

恵美子は小さな手を握りしめる。

荒い息の中、雅弘は擦《かす》れた声で言う。

「助けて」

「大丈夫、大丈夫ですよ」

「助けて……犬太、助けて」

ストレッチャーが動きだすと、雅弘の手は離れていった。後を追いたかったが、恵美子にはまだすることがある。屋敷の戸締まりを確認し、保険証など必要なものをバッグに詰める。

最後に雅弘の部屋に戻り、忘れ物がないかを確かめる。

「よし、大丈夫」

部屋を出るとき、戸棚の犬太に目をやった。

犬太の顔はいつになく険しい。

恵美子の目から、こらえていた涙が溢《あふ》れだした。

二

「若宮君」

低い男の声で、我に返った。

病院の待合室は、いつのまにか、閑散としていた。外来の受付時間がいつのまにか、終わっていたからだ。

ぎっしりと並ぶ三人掛けのベンチに座っているのは、薬を待つ数人と、恵美子だけになっていた。

声をかけてきたのは、篠崎だった。

「いま、入院手続きを済ませてきた。本当にありがとう。君の対応が早かったので、何とか持ちこたえられそうだ」

篠崎は立ったまま言った。ふだんは整えられている前髪が、眉にかかっている。

恵美子も立ち上がり、言った。

「雅弘さんは？」

「集中治療室にいる。熱が高くて、意識はまだ朦朧《もうろう》としている。投薬と点滴で、少し落ち着いてきたところだ。急変の恐れはあるが、医者は多分、大丈夫だろうと言っている」

「そうですか……」

救急車に同乗し、治療室に運びこまれるまで、恵美子は雅弘の傍《そば》にいた。だが、それ以上のことは何もできなかった。声をかけてやることも、手を握ってやることも。

篠崎は再び、頭を下げた。

「君のおかげだよ。本当にありがとう」

「いえ、そんな」

そう言ったところで、恵美子は自分が封筒を持っていることに気がついた。

片山が持って来た、あの封筒だ。無意識のうちに、持って来てしまったらしい。

篠崎が目を留めて言った。

「それは？」

「書類です。片山室長代理が持って来ました」

篠崎の表情が曇った。

「すると、また……？」

「ええ」

「何とか力になれればいいんだが」

「いえ。何とかなると思いますから」

「次はどんな案件なんだい？　もし良ければきかせてくれ」

「いえ、本当に大丈夫ですから」

恵美子は壁の時計を見る。十二時五分になっていた。

雅弘が運びこまれたのが、午前十時過ぎだったから、二時間近く、ここで物思いに沈んでいたことになる。

「じゃあ私、これで」

気力を奮い立たせ、歩きだす。

篠崎の力を借りたいのは山々だ。だが、そうなれば、彼の社内的立場はますます悪くなる。それは結局、雅弘の足をひっぱることにもなる。

自分一人でやるしかない。

会社から追われれば、雅弘は屋敷を追い出される。治療に関しても、今までのようにはいかないだろう。

自分ががんばらなくては。

封筒を握りしめ、病院を出る。

足を止め、行き交う人々の顔を目で追った。

あの人——。

突如現れ、瞬《また》く間に事件を解決してしまった、探偵の犬頭。今回も来てくれるのではないか。そんな淡い期待を抱いていたのだが……。彼の気配は微塵《みじん》も感じられなかった。


マンション「グランドハウス」は、世田谷《せたがや》区のはずれにあった。駅からも遠く、バスの便もそれほどよくない。町並みは古く、雑草の生い茂った荒れ地も目立つ。

建てられたのは平成十年とあるが、外観は、それ以上に古びて見えた。風雨にさらされ茶色く変色した外壁には、蔓草《つるくさ》が這い回り、敷地内の草木も伸び放題だ。

建物は五階建て。窓だけが整然と並ぶ、素っ気ないデザインだった。

書類に記されたデータによれば、ここを建てたのは、須貝森次《すがいもりつぐ》という、五十三歳になる人物で、都内各所に土地を所有し、マンションの賃料などで生計をたてているという。

土地、建物などはすべて、親から相続したもので、現在はここ、「グランドハウス」の一階部分を住居としている。妻、子供もなく、一人暮らしらしい。

マンションを見上げている内に、どんよりとした空から、雨が落ちてきた。

折り畳みの傘を広げる間もなく、雨脚は勢いを増した。

恵美子はマンションの一階エントランスに飛びこんだ。

マホガニー色のタイルが貼られた、暗い空間だった。天井の明かりも半分が消されており、壁にある集合ポストが、鈍い光を放っている。

驚いたことに、ほとんどのポストに名前が表示されていた。こんな物件でも、一応は都内。しかも他に比べ家賃が安いとなれば、自然と人は集まってくるわけか。

こんな所、絶対にごめんだわ。

そうつぶやいたとたん、金属の軋む音と共に、空間奥にある鉄扉が開いた。元はクリーム色だったのだろうが、今は半ば錆《さび》に覆われ、赤黒く変色している。

扉の向こうから顔を出したのは、頰のふっくらとした、垂れ目の男だった。

「どちらさま？」

穏やかな笑顔で問うてきた。

恵美子は慌てて名刺をだした。

「私、大島不動産販売から来た者で……」

男は「ああ」とうなずきながら、恵美子の前に来た。名刺を受け取ると、

「私、ここの所有者で須貝森次と申します。名刺は作っていないので、すみません。いらしたのは、三〇一号室のことですね。本当に、お手間をかけてすみません」

恵美子が何も言わないうちから、一人で語り始めた。

「何でも妙な噂がたっているとかで。まあ、何もなかったといえば嘘になりますけど、こち

らとしても、ちょっと困ってましてねぇ」

須貝はポケットから鍵を一つだすと、恵美子の方に差しだした。

「やっと借り手が見つかったんですけどね、その方の奥様が心配されて、管理をお願いしている大島不動産に連絡を入れたらしいんですよ」

恵美子は鍵を受け取りながら、

「ではちょっと、部屋の方を見せていただけますか」

「ああ、それはもちろん。こういう噂がたつと、建物全体の価値が下がるって、賃貸営業部の担当さんにも言われているんです」

賃貸営業部になど、顔をだしたこともないが、ここは適当に話を合わせておいた方がいいようだ。

「はい。担当の者もよろしく言っておりました」

「そう。それでも、こんなお嬢さん一人を寄越《よこ》すなんて。もう少し考えてくれればいいのにねえ」

「いえ。部署が違うので、仕方ないんです。それじゃあ、ちょっと失礼します。一人で大丈夫ですので」

人なつっこくお喋りな須貝から何とか離れ、エレベーターの前に立った。

須貝はまだ喋りたりなそうにしながらも、「じゃあ」と手を挙げると、錆びた扉の向こうに消えていった。

須貝のお喋りにも辟易《へきえき》したが、いざ一人残されると、どうにも心細くなってくる。このまま帰ってしまおうかとも思うが、病院にいる雅弘のことが頭をよぎる。

彼が無事退院するとき、何としてもあのお屋敷で迎えてあげたい。

そのためには、この奇怪な問題を明らかにしなければならない。

勇気を奮い起こし、恵美子は薄汚れたエレベーターに乗りこむ。

かすれて読めなくなったチラシが、壁に何枚も貼ってあった。管理人から住人への連絡用のものらしい。

大きく上下に揺れると、エレベーターは上昇を開始する。

三階到着まで、かかった時間は十秒にも満たない。それでも、恵美子の手は汗ばみ、首から肩にかけてが、カチカチに固まっていた。

しんと静まりかえった外廊下を進む。雨脚は激しくなっており、手すり側に寄ると、雨滴がふりかかってきた。三〇三から三〇五の三部屋には、住人がいるはずなのだが、人の気配はまったくしない。

三〇四号室の前には、束ねた新聞や雑誌が積まれており、三〇五号室の前には、膨らんだゴミ袋が三つ投げだされていた。三〇三号室は比較的綺麗だったが、錆びてボロボロになった乳母車が斜めになって駐《と》まっていた。

三〇一号室の前に立ち、鍵を取りだしたものの、なかなかそれをさしこむ気力がわいてこなかった。

そもそも、自分一人で部屋を見たからといって、何が判るというのだろう。他にすべきことも見つけられず、とりあえず現地にまで出向いて来たのだが、このあまりに禍々《まがまが》しい雰囲気に、恵美子はすっかり飲みこまれていた。

借りると必ず死ぬと言われる三〇一号室。片山の持参した書類に書かれた、部屋の忌まわしい履歴は、読んでいて背筋が凍るものだった。

平成十年の十一月、この部屋を借りていた飯森由起夫《いいもりゆきお》、五十四歳が、毒を飲んで自殺した。マンションの完成が同年二月。入居開始が七月。つまり、わずか四ヶ月で最初の死者が出たことになる。

使用された毒は青酸カリ。酒に溶かし、一気にあおったらしい。部屋のドアには鍵がかかり、人が出入りした形跡もないことから、遺書はないものの自殺として処理された。

第二の死者は、平成十二年六月。飯森の死から半年後に入居した、樽水陽《たるみずよう》という四十一歳の男性だった。三〇一号室内で、やはり青酸カリを飲み、死亡している。

同棲中の女性が死体を発見、騒ぎを聞いてかけつけた須貝が、警察に通報した。捜査が開始されたが、今回も玄関ドアや窓など、すべてに鍵がかかり、第三者が出入りした痕跡も認められなかった。

二年足らずの間に出た二人の死者は、両者とも自殺で処理され、同じ場所における自殺という奇妙な符合は、偶然と解釈された。

捜査は早期に終了したものの、三〇一号室は問題物件となり、借り手はつかなくなった。以後、しばらくの間、空室が続くことになる。

平成十八年、新たな借り手が見つかる。山下康志《やましたやすし》という四十六歳の男性だ。入居から三ヶ月。彼は行方不明となり、一週間後、郊外の山林で首を吊っているのを発見される。山下は鬱病を発症しており、それが因《もと》で勤め先をクビになっていた。

警察は自殺として処理している。

平成十九年、宮入大介《みやいりだいすけ》という五十五歳の男性が入居。その二週間後、勤務先のビルから飛び降り自殺をした。

平成二十年には、清水晶《しみずあきら》という二十五歳の男性が入居し、半年後、埼玉県で飛び込み自殺していた。

現在までの間に五人が命を落としていることになる。

実のところ、恵美子は幽霊だの怨霊だのは信じていない。

それでも科学で割り切れないものは、不気味だし恐ろしくも感じる。

恵美子は息を止め、鍵を穴に差し入れた。

玄関を入ると、短い廊下があり、右にバス、トイレに通じるドアがある。左には流し台、備え付けの冷蔵庫が、その下に納まっていた。

靴を脱ぎ、廊下に上がる。フローリングの床が、ひどく冷たかった。壁のスイッチを入れたが、明かりはつかなかった。ブレーカーがオフになっているらしい。

廊下を進み、奥の部屋に入る。十二畳の広さがある。家具などはすべて片づけられ、今は何もない。ガランとした空間が広がっているだけだ。

外は雨。南側に面した窓からは、空を覆う黒い雲と建物の脇に立つ大きな銀杏の木が見える。

恵美子は葉の生い茂る木と建物の距離を目で測った。張りだした枝は、ベランダの縁にかかりそうだ。

恵美子は窓のサッシに目を戻す。

窓には、三日月形のクレセント錠と落とし込み式の錠前がついていた。古いため、クレセント錠は緩《ゆる》く、落とし込み式は錆びついて固くなっている。それでも何とか鍵の役目は果たせているようだ。

窓から離れ、室内を見回す。間取りだけ見れば、ありふれた、ただのワンルームである。にもかかわらずこの部屋は、半年間、空いたままだった。

恵美子は腕時計を見た。午後三時三十分。空はますます暗くなり、風も強くなっていた。長らく閉めきっていたせいだろう、部屋の空気は埃っぽく、かすかに生臭い臭《にお》いもした。

不気味な部屋だった。壁一枚隔《へだ》てているだけなのに、世界から隔離されたように感じる。このまま、外に出られなくなるのではないか。そんな不安が、ムクムクとわいてきた。こんなところには、一時《いっとき》もいたくない。すぐにでも逃げだしたい。

ぎしっと板の軋む音がした。背後に気配を感じる。

誰かいる……。

恵美子は振り返ることができなかった。

再び、床の軋む音と共に、しわがれた声が聞こえた。

「おまえさんも死ぬよ」

全身から血の気が引き、一瞬、意識が遠のいた。

右手を壁につき、倒れるのだけは防いだ。

背後では、小馬鹿にするような笑い声が響いている。

「ここを借りたヤツは、みんな死んじまうのさ」

視野に入ってきたのは、白髪を振り乱した老婆だった。穴の開いた灰色のセーターに、つぎはぎだらけのズボン。背は曲がり、口の端からは涎《よだれ》がこぼれ落ちていた。

「さっさと出て行った方が身のためじゃぞ」

恵美子は壁に張りついたまま、声をだすこともできない。

そこに、白いシャツを着た大柄な男が入ってきた。

「おらあ、何やってる！」

怒鳴り声に身を竦《すく》めたが、それは老婆に向けられたものだった。男は身長百九十センチ、体重百キロ近い巨漢であり、太い腕で老婆の肩を押さえつけていた。

痛いのだろう、老婆は涙を流しながら、暴れている。

「ちょっと！」

老婆をかばい、前に出た。男の血走った目が、恵美子を見下ろす。

「何だてめえは」

「乱暴は止《や》めてください。痛がってるじゃないですか」

「こいつは、俺の母親だ。親をどうしようと勝手だろう。すっかり、おかしくなっちまってさ」

老婆の甲高い叫びが轟《とどろ》いた。

「この部屋から去れぇ。呪われるぞぉ」

「うるせえ」

男が平手で頬を張った。老婆は一瞬、気が遠くなったようだった。白目を剥いて床に倒れこむ。

恵美子は老婆を抱き起こしつつ、叫んだ。

「止めてください。これは虐待です」

「何だと」

男の息は酒臭かった。丸刈りにした頭に、無精髭の浮き出た顔。怒りに濁った目は、恵美子をしっかりと捉えていた。

「生意気な口、利きやがって」

右腕が大きく振り上げられた。恵美子は歯を食いしばって、顔を伏せる。

「この間抜けめ」

よく通る声と共に、何やら鈍い金属音が轟いた。

目を開くと、男が頭を押さえてうずくまっている。その傍《かたわ》らには、乳母車の車輪が一つ。車輪は、基部からねじ切られていた。

戸口には、黄色のジャケットをはおった背の高い男の姿があった。

「いぬあたまさん！」

「いぬがしらだ！」

彼の手には、もう一つ、車輪があった。それを軽やかなフォームで、男に投げつける。車輪はこめかみに命中する。立ち上がろうとしていた男は、再度、頭を押さえてうずくまることとなった。

犬頭は部屋に入ってくると、男の足首を持った。そのまま、巨体を軽々と引きずっていく。

「おい、ちょっと……、痛い痛い！」

頭が床に何度も打ちつけられる。

「こんなものが痛いだと？　おまえ、本当の痛さを知らないな」

犬頭は玄関の外へ、男を放りだす。地響きが、部屋の中にまで伝わってきた。

「こ、この野郎、覚えていろ」

男の足音が徐々に遠ざかっていく。

「なかなか古風な台詞《セリフ》を吐くヤツだな」

中に戻った犬頭は、部屋の隅で呆然としている老婆へと歩み寄った。

「この部屋は、おまえごときの手におえるものじゃない。関わり合いにならん方がいいな」

「ああ、ああ……」

だだっ子のように首を振り、意味の通らないことをつぶやき始める。

そこに、須貝森次が飛びこんで来た。

「ああ、これは大変」

そう言って老婆の手を握る。

その途端、老婆の様子が変わった。泣き顔が笑顔となり、全身から力が抜けていった。

須貝が言う。

「私、地域のボランティアをしていましてね。このような方の面倒を見ております。あの息子さんにも困ったものでしてねぇ。警察は当てにならないし。お騒がせして申しわけありませんでしたな。さあ、自分の部屋に戻ろうか」

　須貝につき添われ、老婆は部屋を出ていく。

　二人を見送った犬頭は、肩を落としてつぶやいた。

「哀れなものだな。金がないので、施設にも入れない」

「何とかならないものでしょうか」

「ここを管理しているのは、『大島不動産販売』だ。そちらの方から、何かできるかもしれないな」

「そうですね。相談してみます」

　今夜にでも、総務部の篠崎部長に連絡してみよう。あの人なら、親身になってくれるはずだ。

　少し心が軽くなった。

　恵美子は犬頭の手を取り、握りしめた。

「来てくれたんですね。ありがとうございます」

「雅弘があの調子だったので、少し遅れた。峠は越したようなので、もう大丈夫だろう」

「よかったです」

「一週間もすれば退院だ。またあの屋敷で、雅弘を迎えてやろう」

「はい。でも、その前にこの部屋の謎を解明しないと」

「そのために、俺は来たのだ」

「でも、大丈夫ですか？　死んだ人がいるんですよ。それも、五人！」

「案ずることはない。六人目にならなければいいだけの話だ」

犬頭はジャケットの裾をヒラヒラさせながら、部屋を出ようとする。

「どこに行くんです？　この部屋はもういいんですか？」

「ここを調べても時間がかかるだけだ。手っ取り早く行こうじゃないか」

「そんな方法があるんですか？」

「手順だよ。まず話を聞く」

「誰からです？」

「この部屋の借り手だよ。新しい借り手がついたからこそ、調査の必要が生じたのだろう？　ならばまず、そいつに会ってみようじゃないか。借りたら死ぬ部屋を、どうしてわざわざ借りる気になったのかを」

三

神田神保町でタクシーを降りたとき、雨はからりと上がっていた。雲の隙間から、眩しい日差しが顔をだしつつある。

タクシー料金を払った犬頭は、雑居ビルの並ぶ通りを大股に進んでいく。

「犬頭さん？」

恵美子はきいた。

「何だ？」

「タクシーのお金のことなんですけど……」

「払ったのは本物だよ。心配するな。それより資料にあった住所は、間違いなくここなんだな？」

「はい。新しい借り手は相田英司《あいだえいじ》、五十三歳。フリーのライターだそうです」

「彼の書いたものを読んだことがあるか？」

「いいえ。本はほとんど読まないので」

「数冊読んだが、なかなか面白かった。体を張ったルポルタージュだ。新興宗教に信者のふりをして入りこみ、内情を暴いてみたり。高齢者を対象とした羽毛布団の販売会にメークをして潜入したり。不法就労の実態調査などというのもあった。危なく海外に売り飛ばされそうになっていたな」

「犬頭さんって、本、読むんですか？」

「もちろん、読む」

「どんなものが好きなんですか？」

「何でも読む。そこにあるものを読む。ミステリーも読んだぞ。江戸川乱歩やシャーロック・ホームズも読んだ。先月は時代物を読んだ。『若殿様ご乱心』全三巻。なかなか面白かったぞ。先週は妙なものを読んだ。『淫乱妻の導き』というタイトルだった」

返答に窮している間に、犬頭は真新しい雑居ビルに入っていく。相田の仕事場がある建物だった。

エレベーターに乗ると、恵美子はきいた。

「アポなしで来て、大丈夫でしょうか」

「大丈夫。ヤツはいるよ」

「どうして判るんです？」

「俺が来たから、いるんだよ」

訳の判らないことを言いながら、六階で降りた。曲がりくねった廊下の左右に、オフィスに通じる扉が、整然と並んでいる。

犬頭は勝手知ったる庭のように、スイスイと歩いていった。

三つ目のドアを過ぎたところでピタリと止まり、社名も何も出ていないドアを、ノックもせずに押し開けた。

受付の女性が一人、受話器を持ったまま、こちらを見つめている。

女性の座るデスクの向こうには、もう一つドアがあり、相田はその先にいるらしい。

犬頭は女性に軽く右手を上げると、

「犬頭だ」

と言ってその前を通り過ぎる。

「あの、ちょっと、お待ち……」

女性は反射的に受話器を置き、立ち上がった。

犬頭は、女性の額に人差し指を向ける。とたんに、動きが止まった。中腰で右手を前に伸ばしたまま、固まっている。恵美子は顔の前に手をかざしてみるが、瞬《まばた》きもしない。

「ちょっと、犬頭さん、この人……」

「金縛りだ。命に別状はない。しばらく、そのままでいてもらおう」

犬頭は奥のドアを開ける。

「犬頭だ」

相田はパソコンの載ったデスクで、コーヒーを飲んでいるところだった。突然の乱入者に、椅子ごと後ろへひっくり返りそうになっていた。

「な、な、何なんだ、君は」

「犬頭だと言っただろう」

来客用と思われるソファに腰を下ろす。

足を組み、相田を見上げると、

「大島不動産販売から来たのだ。世田谷の賃貸物件のことで話がある」

潜入ルポなどをこなした百戦錬磨の男でさえ、犬頭の前では、目を白黒させるしかない。催眠術にでもかかったように、彼はふらふらと立ち上がり、犬頭の前に座った。

「妻が私の身を心配して、勝手にクレームを入れてしまったようなんだ。いや、僕もまさか、ここまで大事になるとは思っていなかったんだよ」

「クレームが来た以上、大島不動産販売特別室としては、対応しなくてはならない」

「それは判るが、僕は部屋を借りただけだよ。手続きもきちんとしている」

犬頭の後ろに立っていた恵美子は、会話に割りこんだ。

「そんなこと言っても、死ぬんですよ」

相田は初めて、恵美子の存在に気づいたようだった。

「えっと……君は？」

恵美子は名刺を手渡し、犬頭の横に座った。

「特別室の若宮恵美子です」

だが相田は、名刺にちらりと目を走らせただけで、再び、犬頭の方を向いた。

「あの部屋を借りたのは、取材の一環なんですよ」

「ほう」

「いま、廃墟やパワースポットを回っていましてね。次作は、そのルポにしようと思っています」

　恵美子は言った。

「でも、死ぬんですよ」

「死ぬ死ぬ、とうるさいな、君は。そんなことが、現実にあるわけないだろう」

「でも、五人が亡くなっているんです」

「妻も同じことを言ってたよ。取材を止めてくれって、その一点張りだ。私が相手にしないのを知ると、管理会社である大島不動産販売に連絡をした。その結果がこれだよ」

「奥様は、相田さんのことが心配なんです」

「それは判ってるさ。だが、これも仕事だからね。それに、せっかく、須貝がくれたネタでもあるんだ……」

　犬頭の顔に笑みが広がった。

「いま、須貝と言ったな。それは、あのマンションのオーナーのことか?」

「ええ。私と彼は何と言うか、腐れ縁でしてね。小学校から中学まで同じ。高校で一度別れたものの、大学でまた一緒になった。私同様、あいつも作家志望でね、本を読んでは意見を戦わせたものです。もっとも、ヤツは資産家の坊ちゃんだったから、どこまで本気だったのかは判りませんがね。実際、大学を出ると、就職もせず、持ちビルの管理とかをやっていた。

私も食うや食わずの生活が長かったから、ヤツを羨ましく思いましたよ」

「今の奥さんと結婚したのは、五年前だな？」

唐突な質問に、相田は眉を寄せた。

「僕の結婚が、今度の件に関係ありますか？」

「あんたは、三十歳で結婚。だが、三十四で別れている。しばらく独り身を通していたが、平成十七年、三歳年下の女性と結婚している」

相田は苦笑する。

「ずいぶん詳しく調べたんですな。おっしゃる通りです。今の妻は、大学の後輩なんですよ。偶然、街で行き会いましてね。それからまぁ……」

照れたように頭を掻く。

「まったく女っていうのは判らんものです。実は大学時代に一度、振られたんです。当時、彼女は須貝の方に気があったらしくてね」

「ほう」

「卒業後も、しばらくつき合いは続いていたらしい。だが結局、彼も僕と同じ結果になった。何年か前にその話になって、二人で笑い合ったんですよ。それが今では……」

相田はデスクに置かれた写真を示した。髪の長い女性が、相田と共に写っていた。

「以来、須貝とはちょっとぎくしゃくしていましてね。ただ、今回の件は快く引き受けてくれた。いいヤツです」

話の内容に興味を失ったのか、犬頭は立ち上がった。

「部屋の件については、一両日中に、この若宮から連絡を入れる」

「まぁ適当に頼みますよ」

そう言う相田を残し、犬頭は部屋を出ていく。恵美子も慌てて、後に続いた。

ドアの向こうでは、受付の女性が、まだ固まっていた。犬頭は平然とその前を通り過ぎる。

「ちょっと、この人、元にもどしてあげてください」

犬頭は面倒くさそうに、人差し指を女性に向ける。

女性が動きだす。

「ください……。あら？」

とまどう女性を残し、恵美子は廊下に飛びだした。

犬頭はエレベーターホールに一人、立っている。

恵美子の姿を見ると、愉快そうに歯を見せて笑った。

「さて、次は飯森由起夫について、調べよう。資料の中に、彼の死に様について書いたものがあるだろう。捜査関係者の名前などは書いてないかな？」

「一人、書いてあります。今は引退されているようですが。当時、所轄の刑事課にいて、捜査にも参加された方です」

「さすが、大島不動産販売だ。いろいろなところにコネがあると見える。では、会いに行こう」

「いきなりですか？」

「いきなりだ」

エレベーターの扉が開いた。

## 四

新宿の地下街にある喫茶店で、有村次郎《ありむらじろう》は腕組みをしたまま、唸《うな》っていた。

「まあ、あの一件はねぇ、自殺という結論以外はだせなかったねぇ」

今年で六十五になる有村は、既に警察を退職し、今は練馬にある自宅で妻共々、悠々自適だという。

有村は気持ちを切り替えるように、タバコを灰皿に押しつける。

「しかし、ちょうど良かったよ。今日はたまたま、買い物で新宿に出て来ていてね。君たちの時間を無駄にしなくてすんだ。携帯に電話を貰ったときは、さすがに面食らったがね」

「偶然ではない」

犬頭がコーヒーの香りをクンクン嗅ぎながら言った。「俺が会おうとすれば、会えるのだよ」

有村の表情が曇り、助けを求めるように、恵美子を見た。

恵美子は軽く咳払いをして、話を切りだした。

「ええっと、それで、飯森由起夫さんの件なんですが……」

「まあ、退職したとはいえ、担当した事件について、あれこれ喋るのは御法度なんだがね。田中《たなか》刑事課長の頼みでは断れん」

そう前置きした後、有村は詳細を語りだした。

田中というのは、有村の元上司である。刑事課長で退職した田中は、その後、大島グループの傘下にある「大島警備保障」に再就職していた。有村がこうして話をしているのは、その上司を通じての依頼があったためだ。これもまた、大島グループの力なのである。

「飯森は深夜、自室で青酸カリを飲んで自殺した。結論はそうなっている。誤解のないように言っておくが、私もその結論を支持している。彼は自殺だった。不審な点はなかったんだ」

足を組んだ犬頭は、目を薄く閉じ、右手をクルリと回した。いいから続けろという意味らしい。

「遺書はなかったが、動機はあった。彼は親から引き継いだ工務店を経営していたんだが、どうにも行き詰まっていた。自宅も手放し、会社も閉めるつもりだったようだ。妻とも離婚、子供は先方に引き取られたらしい。とにかく、散々な状態だったんだよ」

「根拠はそれだけか？」

「いや。部屋は中から鍵がかけられ、人が出入りした痕跡はなかった」

「青酸カリの入手経路は？」

「不明だ。だが、粉末の入った小瓶が、棚の中にあった」

「飯森はそれをどうやって飲んだんだ？」

「酒に溶かしてあおったらしい。床にコップが転がっていたよ。こぼれた内容物から毒物が検出された」

「なるほど」

「私が知っているのはこの程度だ。どうだ、役にたったかね？」

「もう一つ。飯森とオーナー須貝森次の間に、何らかの関係はあったのか？」

「いや、警察の捜査では浮かんでこなかった。あくまで、大家と店子の関係であったらしい。建てたばかりのマンションで自殺者が出て、彼も相当、参っていた」

「では次に、樽水の件についてききたい」

有村はため息をつきつつ、ジャケットのポケットからタバコの箱をだす。だが中が空だと知り、舌打ちと共に握り潰した。

「吸え」

犬頭がポケットからタバコの箱をだした。銘柄も合っている。

有村は目をぱちくりさせ、箱を見つめた。

「あなたも、吸うのかね？」

「いや。煙なんて吸わん」

薄気味悪そうにしながら、有村はタバコを受け取る。

「さあ、さっさと煙を吸え。吸ったら、必要な情報を教えるのだ」

犬頭は有村の手元をじっと見つめる。

有村は咳払いをすると、箱をテーブルに置いた。

「何だ、吸わないのか」

「後にするよ」

「では、樽水だ。樽水について喋れ」

「喋れと言われても、大した情報はないんだ。何しろ、今度も自殺だったから」

「資料によれば、警察に通報したのは、須貝ということだが」

「同棲中の女がいてね。彼女、スペアキーを預かっていたんだ。鍵を開け部屋に入ったところ、樽水が死んでいた。女の悲鳴で、マンションは大騒ぎになった。管理人もかねていた須貝が駆けつけ、警察に通報した」

「あんたも現場に行ったのか？」

「もちろん。当時、まだ刑事課にいたんでね。それに、飯森の件があるだろう？　何となく気になってね」

「それで、現場の様子は？」

「使った毒は飯森のときと同じ、青酸カリ。酒に入れてあおったようだった。玄関扉、窓などは施錠されていて、人が出入りした痕跡なし。毒は流しの下にある作りつけの収納ボックス内にあった。隠し棚みたいにしてあってね。小瓶に入れた毒が、その中に。入手経路はやはり不明だった」

「遺書はなかったのか？」

「なかった。そこを怪しむヤツもいたんだけど、最終的に自殺という線で片がついた」

「樽水の職業は？」

「無職だよ。チンピラで、適当なことをして稼いでいたようだ。半端者だけに、余計、質《たち》が悪い。あちこちに迷惑をかけていたらしい」

「そんな人間に、須貝は部屋を貸したのか？」

有村の目が鋭く光った。現役時代は、こんな顔で仕事をしていたのだろう。

「あんた、いいところに目をつけるね。その通り。須貝も樽水につきまとわれていた。須貝は地元でボランティアをやっていてね。ホームレス相手の炊きだしをしたり、独居老人や施設の訪問サービスをやっていた。寄付もけっこうしていたようだ。地元での評判はすこぶるいい。そういう人の周りには、樽水のようなダニも吸い寄せられてくるのさ。小銭をたかられ、部屋の世話までさせられた。家賃もほとんど入れてなかったらしい」

「三〇一号室が問題物件であることは、樽水も承知していたのか？」

「知っていただろう。人が死んだ部屋に住んでるんだって、仲間に話していたそうだから」

「しかし、そんなヤツがどうして自殺などしたのだ？」

「実際のところ、樽水の生活は荒れていた。アルコールばかりか薬にも手をだしていた。地元のヤクザとトラブルもあった。起こるべくして起こったというのが、我々の見方だったな」

「実に興味深い。実に興味深い」

同じ言葉を連呼する犬頭を見つめつつ、有村は不安げな表情を浮かべている。

「私が知っているのは、このくらいなんだ。そろそろ……」

「待て、待て。最後に、もう一つだけ、きいておきたいことがある。当時の現場で、何か気になったことはないか？」

「えらく漠然とした質問ですな」

「部屋の中だけに限らない。現場全体でだ」

「そうだなぁ。印象に残っているのは、ひどく蒸し暑かったことと、ダンプの往来がやたらと多くて、部屋の中が小刻みに揺れていたことくらいかな」

犬頭の鼻がぴくんと動いた。

「ダンプ？　近所で工事でもしていたのか？」

「あのマンションからワンブロック入ったところに、須貝家の屋敷があった。須貝森次の両親が住んでいた家で、当時は空き家になっていた。そこの取り壊し工事が始まっていてね」

「工事車両が出入りしていたということか？」

「マンション前の通りは、それほど広くない。ものすごい土埃と振動でね。往生したよ」

「素晴らしい、素晴らしいよ」

「私に答えられるのは、ここまでだ」

「ところであんたは、この結論に納得しているのか？」

立ち上がろうとした有村が動きを止める。

「それは、どういうことだ？」

「わずかな期間に、二人の人間が同じ部屋で自殺した。この現象を、あんたはどう思う？　あんた個人の意見を聞かせてくれ」

「偶然だろう」

有村は即座に答えた。

それに対して、犬頭は意地の悪い笑みを浮かべた。

「上層部のだした結論には逆らうな。しっかりと訓練されたな」

有村の顔がさっと赤くなる。

「失礼な物言いだな。まるで犬みたいじゃないか」

「犬で悪いか！」

犬頭が立ち上がる。

「恵美子君、帰るぞ」

「いえ、ちょっと、それは……」

だが犬頭は、さっさと店を出て行ってしまう。

一方の有村は憤然とした顔で、その背中を見ていた。

「何なんだ、あれは」

「すみません、すみません」

四回頭を下げると、恵美子は伝票を持ち、レジに向かった。千九百七十円という会計に対し、千円札二枚を置くと、釣りも貰わず表に飛びだした。

「もう、犬頭さん！」

犬頭は、道路脇の電柱にもたれていた。

「やあ、恵美子君。遅かったじゃないか」

「ダメじゃないですか。せっかく来てくれた人を怒らせちゃあ」

「逆だ。向こうが私を怒らせたのだ。まったく、犬を何だと思っているのか」

「犬のことは、この際、置いといてください。今は事件のことです。そうでないと、雅弘さんが……」

「心配するな。雅弘はこの程度のことで負けたりはせん。それにしても、この電柱、なかなかいい形をしているな」

「犬頭さん！」

「だからそう怒るな。あの男から聞くべきことは聞いた。次に行くぞ」

「次って、どこです？」

「代々木だ。平泉栄子《ひらいずみえいこ》に会う」

どこかで聞いた名前だが、すぐには思いだせない。

「誰です？　その人」

「樽水陽の恋人だった女だ。死体の発見者だよ」

「その人の名前、資料にありました？」

「いや、書いてなかった。だが、この程度のこと、知っていて当たり前だよ」

犬頭はさっさと歩きだす。

「その人に会ってどうするんです？」

「樽水について聞くに決まっているだろう。さぁ、代々木だ！」

「でも、いきなり行って会ってくれますか？　彼女、何をしている人なんです？」

「予備校の校長だ」

「あ……！」

名前に聞き覚えがあるはずだ。

代々木駅前にある平泉予備校。全国に分校があり、教育熱心な親たちからは、受験の神様と崇《あが》められている女性だ。講演依頼もひっきりなしで、全国を飛び回っているとか。

「無理ですよ。きっちりアポイントをとらないと」

「大丈夫だ」

「どうして、そう言い切れるんです」

「決まっているだろう、俺が訪ねていくからだ」

## 五

「それで、ご用件は？」

代々木駅前にある十階建てのビル。平泉栄子のオフィスは、その最上階にあった。

平泉予備校の持ちビルで、九階まではすべて受験生用の教室になっている。自習室から図書館まで、勉強に必要なものは、すべて揃っていた。

一階のホールは、入学手続きを行う親たちでごった返しており、その人気のほどを示している。

受付に用向きを伝えると、事務の女性が、専用エレベーターで最上階まで行くよう指示をだした。

「こちらから連絡を入れておきますので」

「勝手に上がっていいんですか？」

「ええ、どうぞ」

女性は書類を抱え、ぱたぱたとどこかに走り去ってしまった。皆、入学希望者の対応にてんやわんやといった様子だ。

「死んでいるな」

エレベーターの中で、犬頭は言った。

「子供たちの目は死んでいる。その代わり、親たちの目が活き活きとしていた。世も末だよ」

エレベーターが開いたところは、栄子のオフィスになっていた。秘書も受付の女性もいない。左右に本棚がびっしりと並び、その他には何もない。部屋の奥にある大きな窓の前に、スチール製の簡素なデスクがあり、栄子はそこに座っていた。くわえタバコで、眉間《みけん》に皺を寄せながら、書類に目を通している。

年齢は四十過ぎとのことだったが、十歳は老けて見える。白髪まじりの短い髪には、櫛も通っていないようだった。紺色のスーツは安売り量販店のもので、太り気味の体型を隠そうともしていない。

イメージと違いすぎる栄子の姿に、恵美子は思わず絶句したが、犬頭にはまったく関係ないことのようだった。

ずかずかと入りこむと、デスクの前に立つ。来客用のスペースもなく、余分な椅子なども見あたらない。

栄子は二人の来訪者を興味なさげに見て、

「あんたたち、運がいいわね。たまたま横浜の打ち合わせが中止になってね。いま、戻ってきたところなのよ。人に会う予定もなかったから、こんな格好で失礼するわね。講演のときは、もう少し気をつけるんだけど」

「気をつかう必要はない。私が来たから、あんたがここにいたんだ」

栄子は「ふん」と鼻を鳴らし、椅子の背にもたれかかる。きぃーという悲鳴にも似た音が響く。

「大島不動産販売の人ですって？」

恵美子は慌てて名刺をだす。栄子はそれを一瞥すると、デスクの引きだしに放りこむ。

「もしかして、樽水の件かしら？」

「その通りだ」

栄子は顔をしかめ、タバコを灰皿に載せた。

「いまさら何なのよ。あんなヤツのこと、思いだしたくもないわ」

「だが当時は付き合っていたのだろう？」

「人間は変わるわよ。もっとも、私がここまで来られたのは、あの男のおかげだけどね」

「樽水は自殺として処理されている。そのことに異論はないか？」

「ないわよ。警察がそう言ってるわけだし、あいつの生活、メチャクチャだったから」

「では、生きている樽水を最後に見たのは？」

「前々日の夜ね。六月十三日。同棲してたと言っても、お互い好き勝手にやっていたから、毎日は帰らなかったのよ」

「死亡推定時刻は十三日の深夜らしい」

「知ってる。つまり、丸一日以上、床に倒れてたってわけね」

「十三日の夜、樽水の様子はどうだった？」

「いつもと一緒よ。酔っぱらって、ベッドに寝転んでた。私が出かけるときも気をつけてのひと言もなかったね」

「その後、連絡はとらなかったのか？」

「とるわけないでしょ。酔っぱらってるか、薬でラリってるかのどっちかなんだから」

栄子は灰皿のタバコを取る。だが、既に火は消えていた。

ポケットから箱を取りだすが、中身は空だ。舌打ちをして箱を握り潰す。犬頭がタバコの箱を差しだした。銘柄も同じものだ。

「吸え」

「へえ、あんたも吸うんだ」

「煙など吸わん」

「それにしては、準備がいいのね」

箱を受け取ると、早速、一本取りだし火をつけた。

「で？　質問は終わり？」

「遺体を見つけたときの様子を聞かせてくれ」

「様子も何も、鍵を開けて中に入ったら、あいつが死んでた。それだけよ」

「遺体を見て、悲鳴をあげたな？」

「悲鳴くらいあげるでしょ？　犯人じゃないんだからさ。そしたら、人がわらわら集まってきて、最後にあの管理人が来た。名前は……」

「須貝」

「そう、それ。妙に落ち着き払っていてね。警察にも連絡してくれた」

「須貝は部屋の中に入ったのか？」

「いいえ。むしろその逆よ。警察が来るまで、誰も中に入れなかった」

「樽水が死んだ夜、おまえはどこにいた？」

「警察と同じことをきくのね。その質問、何回されたか判らない」

「スペアキーを持っていたんだからな、当然だ」

「男と一緒に会員制のクラブに行った。そこはセキュリティが厳重で、手荷物を金庫に預けるの。鍵はバッグに入れておいたから、ずっと金庫の中よ。男と一緒だったから、アリバイも成立。警察はすぐ帰してくれたわ」

「金庫の出し入れについても記録が残るんだろうな」

「ええ、バッグと鍵は、ずっと金庫にあった。証明ずみよ」

「そうか」

栄子は腕時計を見る。

「他に質問は？」

「ない。では退散するとしよう」

立ち上がった犬頭を前に、栄子は不味《まず》そうにタバコを吸っている。

やがて、低い声で、彼女は言った。

「死ぬ少し前にさ、あいつ、あたしと逃げようって言ったんだよね。どっか他所《よそ》の土地に行って、やり直そうってさ」

「おまえは、信じたのか？」

「何となくだけどね、今度は本気なのかなって思った。でも、そのすぐ後に、一人で死んじまった。けっこう、へこんだよ」

「ふむ」

犬頭は手で顎をさすり、

「おまえは一緒に行くつもりだったのか？」

「多分、行ってただろうね」

「樽水は本気だったのかもしれん」

「なに言ってんのさ。ヤツは自殺……」

はっとした表情で、犬頭を見た。タバコの灰がデスクに落ちる。

「もしかして……」

「もし、ヤツの死が自殺でなかったとしたら、おまえはどうする？」

栄子は数秒、沈黙した。そして、

「どうもしないさ。今さら、過去は変えられないしね。あるのは今だけさ。受験生にもそう教えている」

犬頭は踵《かかと》を軸にして、くるりと後ろを向いた。

「邪魔したな。おまえも人間にしては、なかなか見所がある」

「ふん、どこの馬の骨だか知らないけど、偉そうに言わないでもらいたいね」

「馬ではない、犬だ！」

犬頭はエレベーターに乗りこんだ。

二人のやり取りを、ただ聞いているしかなかった恵美子は、ドアが閉まるやホッと緊張を解いた。

「すごい人でしたね」

「あの程度、大したことはない。私から見れば、おまえの方がすごい」

「私がですか？ 私なんて、何の役にも立っていませんよ」

「そんなことはない。おまえはよくやっているよ」

犬頭の大きな手が、恵美子の頭をなでる。髪がくしゃくしゃになった。

「ちょっと、止めてくださいよ」

口ではそう言ったが、力強く、温かい手だった。

ドアが開き、一階に降り立つと、犬頭はニコニコと笑いながら、大声で言った。

「死んだのはあと三人だ。残りは十把一絡げでいこう。いや、三把一絡げか。愉快だな」

その場にいた者全員が、唖然として犬頭を見ていた。静まりかえった空間を、犬頭は靴音を響かせながら、突っ切っていく。

恵美子はエレベーターの中から、しばらく出ることができなかった。

## 六

「三把一絡げって、どういう意味なんですか？」

道を歩きながら、恵美子は尋ねた。

犬頭はやって来たタクシーを止める。

「部屋を借りて死んだ者はあと三人だ。そいつらの謎は、いっぺんに解けるだろう」

タクシーに乗りこんだ犬頭は、隣のシートを平手で叩いた。早く乗れということらしい。

恵美子が乗りこむと、ドアが閉まった。

運転手が言う。

「どちらまで？」

犬頭が答えた。

「大島不動産販売の本社だ」


本社に来るのは、久しぶりだった。

四十階建ての高層ビルで、フロアのすべてを大島グループの関連会社が占めている。不動産販売は、三十二階から三十七階までの六フロアだった。

かつて恵美子が在籍していた総務部総務課は、三十六階。恵美子が顔をだすと、篠崎を始め、同僚たちが温かく迎えてくれたものだった。

現在の販売特別室は、名前だけで部屋はない。この本社の中に、恵美子の居場所はもはやないのだった。

それでも、入館証代わりとなる社員証は有効だ。玄関ドアの前に立つ警備員にそれを見せ、さらに、ゲート前にあるパネル上に置く。

ピッと音がして、入館が許可された。

犬頭も同様にして、入って来た。

「入館証、持ってたんですか？」

「いや。これを使った」

犬頭が示したのは、牛丼屋の割引券だった。

「こんなもので、どうやって入ったんです？」

「この程度のセキュリティ、造作もないことだ」

奇々怪々なことばかりだが、いちいち気にしていたら、やってられない。恵美子も深くは考えないことにした。

「それで、どこに行くんです？」

「三十三階の賃貸営業部だ。須貝を担当している者に会う」

「名前、知っているんですか？」

「黒田《くろだ》というやつだ」

エレベーターを降りたところには、電話が一台あった。来訪者はそこで用向きを伝えることになっている。その向こうには、営業部に通じる観音開きのドアが一つ。

犬頭は電話機を無視し、ドアを開けた。

ビルのワンフロア、すべてを使った広大なスペースが広がっていた。三十三階に入っているのは、賃貸営業部のみ。柱以外、遮るものは何もない。無数の机、無数の明かり。それらがすべて、整然と並んでいる。

忙しく働いている者たちは、犬頭の侵入に気づいていない。

ずかずかと入りこんだ犬頭は、部屋の真ん中まで進み、遠吠えでもするように、顎を上げた。

「くろだぁぁぁぁ」

室内の全員が動きを止め、犬頭を見た。

「おまえか」

犬頭は部屋奥の島に向かって進み始めた。かなりのスピードだが、不思議と人にはぶつからない。いつのまにか、ポカンと口を開けたままでいる男性社員の前に立った。

「黒田だな。捜したぞ」

「ど、どこかでお会いしましたっけ？」

「初対面だ。俺は犬頭という」

「いぬがしら？」

「犬に頭と書いて、いぬがしらだ。ききたいことがある」

犬頭は黒田の横にある椅子に、腰を下ろして足を組んだ。

黒田は困惑顔で周囲を見回す。同僚たちが遠巻きにしていたが、彼を助けようとする者はいなかった。

「時間がない。さっさと答えろ」

「まだ、何もうかがっていませんが……」

「そうか？」

「そうです」

「須貝森次のことだ。おまえの担当だな」

黒田は何も答えない。仕方なく、恵美子は身分証を示して、前に出た。

「私たち、大島不動産販売特別室の者です。ちょっと調べていることがあるんです。教えてください」

「特別室！」

黒田の顔色がさらに蒼くなった。「僕は何も知りません。あなたがたに答えることは何もない。誰か！　警備員を呼んでくれ」

犬頭が身を乗りだし、黒田の頰をつまみ上げた。

「こいつは、社長派のようだな。特別室には協力できないってことか」

「ひはい！　はふへへ」

「質問に答えるか？」

黒田は必死に首を振る。

「派閥というのは、やっかいなものだな」

黒田を取り巻く人の輪が、少しずつ広がっていた。部屋から逃げだす者もいる。警備員に連絡も行っているだろう。このままだと、騒ぎはますます大きくなってしまう。

「犬頭さん、早く！」

犬頭は黒田の頰をつまんだまま、デスク上のパソコンを示した。画面はスリープ状態になっている。

指を鳴らすと、スリープが解けた。書きかけの書類が映しだされた。

もう一度指を鳴らすと、書類がゴミ箱に吸われていった。

「はひひぃ」

黒田がうめき声をあげる。

「おまえの書類は、これでパアだ。だが、これだけでは済まんぞ」

指が鳴ると、画面に書類ファイルの一覧が現れた。

「五秒ごとに、すべてのデータが消えていく」

黒田が絶句している間に、指が鳴り一番上のファイルが消えた。

「ひぃぃ」

二つ目が消える。

五つ目が消えた時点で、黒田が首を縦に振った。

「ほほへはふ。はんへもひいへふははい」

犬頭は得意げに恵美子の方を見た。

「答えます。何でもきいてください、と言ってるぞ」

「通訳なんていいですから、早くききたいことをきいてください」

犬頭は黒田に顔を近づける。

「ききたいのは、『グランドハウス』のマスターキーについてだ」

黒田は涙目になりながら、うなずいた。

「保管方法はどうなっている？」

「オーナー兼管理人の須貝さんが持っています。自宅の金庫の中に入れているはずですが」

「出し入れは自由なのか？」

「金庫を開けられるのは、須貝さんと私だけです。ただ、電子錠になっているので、開閉の記録が残ります」

「その記録は見られるか？」

「システムはバージョンアップしていますが、開閉の記録なら、すべて見られます」

「では、すべての記録を見せろ」

「ダメです。そんなことをしたら……」

犬頭が指を鳴らす仕草をする。

「一秒ですべて消せるぞ」

「判りました。いまだします」

黒田がキーを叩く。画面が切り替わり、金庫開閉の月日、時間を示す一覧が現れた。

それをひと睨みした犬頭がつぶやく。

「ほほう、開閉はほとんど行われていないようだな」

黒田が言う。

「管理人がマスターキーを使うことなんて、滅多にありません。持ちだしは、少なければ少ない方がいいに決まってますから」

「それはそうだ。この一覧によると、平成十年以来、毎月二十五日に金庫が開かれているな」

「これは、点検です。僕が須貝さんの自宅に出向き、二人で金庫を開けます。中のマスターキーに異常がないかを確認するだけのものです。これは引き継ぎ事項として、歴代担当者が行っていることです」

「点検以外に、金庫が開かれたことはあるのか？」

「一度だけ。平成十年十一月。これは、例の……」

「飯森が死んだときか」

「様子がおかしいと相談され、須貝さんがマスターキーで玄関を開けました」

「それ以外、マスターキーが持ちだされたことはないのだな」

「はい」

「入居者に渡される部屋の鍵はどうなっている？」

「入居者には、鍵を二つ渡します。合い鍵は作れない特殊なものです」

「そうか、判った。それからもう一つ」

「ま、まだあるんですか？」

「須貝が所有している土地、建物の中で、新築もしくは取り壊しが始まるものはないか？」

「ありますよ。須貝様のご実家跡に建てた建物を取り壊すことになっています」

「実家というと、『グランドハウス』の先にある建物か」

「はい。平成十二年に賃貸マンションとして建設したものです。別に老朽化したわけではないのですが、取り壊すことになって」

「それは、須貝の指示か」

「はい。オーナーの指示に、我々は逆らえませんから。一応、土地の管理を含め、大島不動産に一任するとのことです。これから、各セクションと打ち合わせをして、新しく賃貸マンションを建設することに……」

「これからのことはどうでもいいのだ。ご苦労だったな」

犬頭は黒田を押さえこんでいた手を離す。続けて、パチンと指を鳴らした。

「ひぇぇぇぇ」

「勘違いするな。消えたデータをすべて戻してやった。高丸に味方するヤツに情けは無用だが、まあ、今回は特別だ」

すっくと立ち上がり、ドアの方へと歩きだす犬頭。取り巻いていた人垣が左右に割れ、道ができた。

恵美子は顔を伏せ、そそくさと後に続く。

エレベーターに乗り、一気に下へ。どうしたわけか、警備員は一人も現れなかった。

一階のエントランスから表玄関を出る間も、誰に止められることもなく、あっさり通ることができた。玄関脇の警備員は笑顔で会釈までしてくれた。

不思議そうな顔をしている恵美子を見て、犬頭は笑う。

「社長を専用エレベーターに閉じこめてやったのだ。ヤツらはそっちにかかりきりだ。まったく、脆弱《ぜいじやく》なセキュリティだよ」

閉じこめられて慌てる高丸社長の顔が浮かんだ。

「恵美子君、いま、笑ったな」

「わ、笑ってません」

「いや、笑った」

「……はい、すみません」

「謝ることはない。高丸の困った顔を見るのは、実に楽しいものだ。これからもちょくちょく、見せてやろう」

犬頭の高笑いが、夜空に響いていく。

雨が降りだす気配もなく、風のせいかあまり蒸し暑さも感じなくなっていた。

犬頭が現れて以来、息つく間もなく、情報収集を続けてきた。彼の横に立ち、すべてを聞いてきた恵美子であったが、いまのところ、あの部屋の謎を解く糸口すら掴めていなかった。

時計は午後九時近くなっている。今日はもう帰宅するしかないだろう。

肩を落とした恵美子の前を、犬頭は颯爽《さつそう》と歩いていく。

「あのう、犬頭さん」

「何だ？」

「犬頭さんは、不思議な力を持っていますよね？」

「不思議というほど、大それたものではない」

「その力を使って、直接、雅弘さんを助けることはできませんか？」

犬頭は立ち止まり、こちらを振り返った。

「直接とは、どういう意味かな？」

「社長派を全員、追いだすんです。さっきみたいに」

「エレベーター一基を止めることと、社長派一派の放逐《ほうちく》は、スケールが違いすぎる。俺にそこまでの力はないよ。それに、いまはその時期ではない」

「は？」

「高丸はいけ好かないヤツではあるが、経営者としての力はある。いま、ヤツを放りだしたとして、大島不動産を支えていけるだけの人間が果たしているだろうか」

「篠崎さんは？」

「あんなもの、吹けば飛ぶ、将棋のコマだ」

「人材のことに関しては、よく判りませんけれど……」

「高丸に対抗できる者は、雅弘しかいない。だからいまは、耐えるときなのだ。雅弘が回復して復帰すれば、潮の目は変わる。そのときまで、いまは待つのだ」

「はぁ……」

「そのために、恵美子君、君が必要なのだよ。さて、では行こうか」

「行くって、どこに行くんです？」

「光の橋」

「何です、それ？」

「ボランティア組織の名前だよ。世田谷区にも支部がある」

「どうして、そんなところに？」

「須貝森次は、ボランティアに精をだしていたらしい。情報がもらえるかもしれないぞ」

「でも、どうしてです？　須貝さんとボランティアが、この件に関係しているんですか？」

「無論だ。早く須貝を止めないと、また犠牲者が出る」

「意味がよく判らないんですけど」

「まったく、物判りの悪さは雅弘以上だな。いいか、すべての元凶は須貝森次だ。ヤツが人を殺し、いままた、人を殺そうと機会をうかがっているのだよ」

七

「光の橋　世田谷支部」は、祖師ヶ谷大蔵《そしがやおおくら》駅の近くにあった。古びた二階屋で、もともとは一般住宅であったのだろう。一階部分を改造し、事務所として使用していた。

午後十時近くになっていたが、まだ明かりがついている。

犬頭はノックもせず、ドアを開いた。

書類と本が積み上げられた、雑然とした部屋に、初老の男が一人いた。メガネを額のところまで押し上げ、ファイリングされた書類を読んでいる。壁には古びたエアコンがあり、ウーンウーンと苦しげな音をたてていた。

「どちらさん？」

「犬頭だ」

「はあ？」

「犬頭」

「ああ、はいはい。いぬがしらさんね。ここの書類に名前を書いて。相談は何ですかな？生活保護の請求だったら……」

「相談に来たのではない。生活は満ち足りているからな」

「じゃあ、何しに来たの？」

「ききたいことがあって来た」

「じゃあ、相談じゃないの。さあ、書類に名前を……」

「おまえの言ってることはさっぱり判らん」

「あなたの言ってることはよく判らんなぁ。まあ、話は後でゆっくりうかがうから、とりあえず、書類に名前を……」

「こっちが先だ。須貝森次という男が、ここに出入りしているか？」

男は目をパチパチさせ、

「ああ、須貝さんの紹介ね。それでも、とりあえず、書類に名前を……」

「おまえの首をねじ切りたくなってきたぞ」

恵美子は慌てて、犬頭の腕にしがみつく。

「ここはこらえてください。ね？」

「むむ」

犬頭は不満そうだ。仕方なく、恵美子は犬頭の背後から顔をだし、名刺をデスクに置いた。

「実は私たち、『グランドハウス』の三〇一号室について、調べている者です」

「ああ、あの部屋ね。妙な噂がたって、須貝さんも困っていたよ」

犬頭が素早く割りこんできた。

「その須貝についてだ。あいつは、ここでボランティア活動をしているのだな？」

「ええ。一生懸命、やってくれてますよ」

「具体的にどんなことをしている？」

男の表情が引き締まった。

「どうして、そんなことを？」

「俺が知りたいからに決まって……」

「いえ、管理会社としてオーナー様のことを定期的に調査しておりまして」

恵美子は名刺の「特別室」のところを指で示した。

「うーん、そう言われても……」

犬頭が踵をカタカタと踏みならす。

「面倒だ。頭の中をのぞいてやろう」

「手荒なことしちゃダメです」

恵美子は笑顔を作り、男に向き合った。

「具体的なお名前とかそういったものは、伏せていただいてけっこうです。こちらとしては、須貝様が関わっておられる事業と申しますか、大体の概要を知りたいだけでして」

「まあ、須貝さんがやってくれているのは、まず第一に寄付。実際、世田谷支部は彼のおかげでもっているようなものですよ」

「なるほど」

恵美子はもっともらしくうなずいて見せる。犬頭が欲している情報が何なのか、恵美子には判らない。それでも、適当に調子を合わせていれば、必要なものが出てくるかもしれない。

そして、何よりも今は、犬頭に口を閉じさせておかなくては。

「後は、ボランティアの募集広告の取りまとめ。それから、独居老人の訪問、ホームレスのための炊きだし。そうそう、違法サイト追放運動の理事もやっていたっけ」

犬頭が反応した。

「その違法サイトとは、どういうものだ？」

「自殺防止活動の一環でね。自殺仲間を募ったりだとか、自殺のやり方を載せたりとか、そういうサイトを見つけては、通報して閉鎖させる。須貝さん、けっこう力を入れてたよ。ほら、三〇一号室の件で、けっこう悩んでいたから」

「なるほど、そうか」

犬頭の顔が輝いた。

「よし、恵美子君、行くぞ。ここにはもう用なしだ。ところでおまえ、名前は何だ？」

「山田《やまだ》だけど」

「山田か。ふん、覚えるまでもない」

犬頭はさっさと外に出ていった。

「いったい、何なんだ、あれは？」

「犬だ！」

という叫びが、外から聞こえてきた。

恵美子は平身低頭し、デスクに置いた名刺をそっと回収し、表に飛びだした。

犬頭は、路地を少し行ったところの電柱に、もたれかかっていた。

「もう犬頭さん！」

「恵美子君、なかなかやるな。だんだんといいコンビになってきたようだぞ」

「もう少し、真面目にやってください」

「俺は真面目だ。真面目だから、事件は完全解決だ。片山たち社長派は手も足も出ない。雅弘は退院して、屋敷の部屋でぐっすりさ」

「いえ、私にはまだちんぷんかんぷんなのですけど」

「気にしなくていい。さあ、行くぞ」

「どこへ？」

「三〇一号室だ。借りると必ず死ぬ部屋に、レッツゴーだ」

八

ドアの向こうは真っ暗闇だった。契約が済んだとはいえ、まだ電気は通じていない。ただでさえ不気味な三〇一号室が、黒い口を開いて、恵美子を迎えている。

ドアノブを握ったまま、恵美子は立ち尽くす。後ろから、犬頭が背中を押してきた。

「どうした、入れ」

「嫌です」

「呪いだとか幽霊だとか、そんなものを気にすることはない。少なくとも、ここには何もいないぞ」

「それでも、嫌です」

「暗いから怖いのか。それならば……」

犬頭が指を鳴らすと、部屋の電気がついた。ガランとした部屋が、ぼんやりと照らしだされる。

「さあ、入れ」

「ちょっと、これ、どうやったんです？　ブレーカーは落ちたままですよ」

「細かいことは気にするな。明るいのは、良いことだろう？」

犬頭は、なおも戸口で逡巡する恵美子を押しのけ、中に入っていった。

その勢いにつられ、恵美子も靴を脱ぎ廊下に立つ。

閉め切られていたせいもあり、室内には湿気がこもっている。ムッとする空気に、思わず顔をそむけた。

「恵美子君、ここから何が見える？」

犬頭が窓辺に立ち、言った。仕方なく、恵美子も部屋に入る。窓の外は暗く、何も見えない。ガラスには、恵美子たちの姿がうっすらと映りこんでいた。

「暗くて、よく見えません」

「暗い？　これしきが暗いのか。まったく人間は……」

「昼間来たときは、大きな銀杏の木が見えましたけど」

「そう、それだ。木だよ。あれを使えば、おりるなど造作もない」

「下りるって、どういうことです？」

「この部屋の住人を毒殺した者が、窓から外に出て、銀杏の木を使い下までおり、何食わぬ顔でいるってことさ。そこに立っているヤツのようにな」

犬頭の指の先には、須貝森次がいた。玄関の戸口に立ち、じっとこちらを睨んでいる。

「あんたたち、何をしてるんだ？」

「我々は大島不動産販売特別室の者だ。管理物件の調査をしているだけさ」

「管理人である私に断りもなく入りこむなんて……」

「夜も遅い。起こしては悪いと思ってな。幸い、この恵美子君が鍵を預かっていたものだから……」

「とにかく、出て行ってもらいましょう。ここは借り手の決まった部屋ですから」

「残念ながら、契約は破棄だ。白紙だ。なかったことだ。あきらめろ」

「何を言ってるんだ、おまえ」

一歩踏みだした須貝の顔が、廊下の明かりに照らしだされる。頰が獣のように引きつり、恵美子に見せた穏やかな笑みなど、微塵《みじん》もなかった。

一方犬頭は、相変わらず、人を食った身振り手振りで話を続ける。

「当たり前だろう。自分が殺されると判っていて、誰が部屋など借りるものか」

「殺される？　相田さんが？」

須貝が笑いだした。「あんた、もしかして、あの噂を信じているのか？　この部屋を借りたら死ぬっていう……」

「俺は信じているぞ。何しろ、本当のことだからな。この部屋を借りたら死ぬんだ。おまえが一番、よく判っていることじゃないか」

須貝の顔から笑みが引いた。

「どういう意味だ？」

「樽水陽、おまえが殺したんだろう？　そして今度は、相田を殺すつもりだ」

須貝は恵美子に向かって言った。

「なあ、あんた。いま、この男が言ったこと、聞いたよな。こいつ、私を人殺しだと言ったんだ」

今度は犬頭が、恵美子に向かって言う。

「遠慮はいらんぞ、恵美子君。君も言ってやれ、こいつは人殺しだ」

二人に睨まれ、頭の中身が沸騰しそうだった。いったい、何がどうなっているのか。こんな状況で、いったいどうやって報告書を書けばいいのだろう。

須貝が勝ち誇ったように言い放った。

「見ろ、この人も困っている。おまえのようなヤツが、どうして特別室にいるのか判らんが、それも今日限りだ。私はおまえの上司に報告する」

「上司だと？　犬に上司がいるか、バカめ」

「犬？」

「いや、こっちのことだ。おまえが何をほざこうが、これで報告書は完成だ。雅弘は安泰だ。万歳だ。そうだろう？　恵美子君」

「すみません、私には一体、何が何だか……」

「判らんのか？」

「はい」

「やれやれ」

「何がやれやれだ！」

須貝がさらに爆発した。「こっちの我慢にも限度がある。警察を呼ぶからな」

「ほう、警察を呼ぶ勇気がおまえにあるのか。困るのは、おまえの方だろうが」

「まだ、そんなことを——」

「おまえは樽水に毒を盛った。犯人はおまえだ」

「あのう……」

恵美子は右手を上げながら、二人の間に割りこんだ。

「何だ、恵美子君」

「樽水さんが亡くなったとき、部屋の玄関や窓にはすべて鍵がかかっていたんですよね」

「そうだ」

「須貝さんはマスターキーを持っていますが、黒田さんからの情報によれば、金庫からだされていなかった」

「そうだ」

「だとすれば、どうやって樽水さんを毒殺できたと言うんです？　何かに毒を仕込んでおいたとか？」

「それでは確実性に欠けるだろう。必ず死ぬとは限らんし、いつ死ぬかも予測不能だ」

須貝は携帯をだし、言った。

「さあ、とっとと帰れ。さもないと本当に警察を呼ぶ！」

「犬に警察か。そういえば、『犬のおまわりさん』という歌があるらしいな。恵美子君、歌えるか？」

「犬頭さん！」

「今度歌ってくれ。この腐れ下衆《げす》を捻《ひね》り潰した後でな」

あまりの言われように、須貝は小刻みに震え始めた。

犬頭は窓の方に向き直ると、クレセント錠を指さした。

「窓の錠はこれと、下部についている落とし込み式の錠前だ。この二つ、クレセントの方はネジが緩んでいて簡単に開け閉めができる。一方、落とし込み式のものは、錆が出ていて、動かしにくい。樽水が死んだときから、この状態は変わっていないのだろう。あの夜、平泉栄子が出かけた後、須貝は樽水を訪ねたのだ。そして、酒に毒を入れ殺した。自殺に見えるよう現場を作り上げ、自分自身は、窓から外に出た」

「でも、鍵は？」

「クレセント錠は三分の二ほど回す。窓の開閉がギリギリ可能なところで止めるのだ。落とし込み錠の方は、上にあげたまま固定する。錆びているから、その状態で固定できる。犯人は外からそっと窓を閉める。後はちょっとした衝撃で、錠は閉まる。クレセント錠は掛けがねにはまり、落とし込み錠はサッシの穴にすぽりとはまる」

「待ってください。問題はその衝撃です。クレセント錠はちょっとした衝撃でかかるかもしれませんが、落とし込み錠の方は、簡単にはいかないと思います。何か小刻みな振動が長時間続かないと」

「あったじゃないか。小刻みな振動が」

「え？」

「ダンプだよ。当時、このマンションの前は工事車両が往復していた。土埃と振動がすごかったと、あの元刑事が言っていたではないか」

「トラックの振動によって、二つの錠前がかかり、犯人の痕跡は抹消されたのさ。まあ、銀杏の木を丹念に調べれば、何らかの証拠が出てきたかもしれないがね」

須貝は携帯を持った手をだらりと下げ、無言のまま、犬頭の話を聞いている。

犬頭は続けた。

「この男は、チンピラの樽水につきまとわれていた。だから、殺したんだ」

「でも、毒物はどこから手に入れたんでしょう？」

「樽水の前に、一人死んでいるじゃないか。飯森だ。彼の遺体発見者は須貝だったな。そのとき、使い残しの薬を少しくすねたのさ」

「ということは、飯森さんの死は……」

「正真正銘の自殺さ。呪われた部屋なんてものは、存在しないんだ」

「じゃあ、残りの三人は？」

「やはり、自殺だ。死に方がすべて違うのは、当然さ。それぞれが己のやり方で命を絶ったのだからな」

「そんな……」

「光の橋にいた男は、須貝が違法サイトの摘発に熱心だったと言った。違法サイトの中には、自殺を呼びかけるものや、道連れを募集するようなものもある。摘発に熱心だったということは、同時に、そうしたサイトなどに精通していることでもある。こいつは、死にたがっているヤツを釣ってきたのさ。そして、この部屋に住まわせる。この部屋を借りたから死んだんじゃない。死にたがっているから、この部屋を貸したのさ」

「でも、どうしてそんなことを？」

「ある男の興味を引くためだ。そいつは、いつもネタを探しているライターで、超常現象などのネタに興味を持っている」

「相田さんですね」

「借りると必ず死ぬ部屋。相田が食いついてこないはずはない」

「まさか、相田さんにこの部屋を貸して……」

「そう。かつての樽水と同じ方法で殺す」

犬頭は、ジリジリと後じさりし始めた須貝を睨んだ。

「動機は女だろう？　自分のものだった女が、今は相田のものになっている。それが許せなかった」

須貝は恵美子たちに背を向けた。逃げだすのかと思ったが、そうではないらしい。向こうをむいたまま、かすかに肩を震わせている。

しばらくして、くぐもった笑い声が響いてきた。何もない部屋の壁に反響し、恵美子には、悪魔の嘲笑のように聞こえた。

「実に面白い話を聞かせてもらったよ。それであんた、これからどうするつもりだね？」

犬頭は後ろ手に組んだまま、無言で須貝の背を見つめている。

「まさか、警察に行くなんて言わないよな。あんたが喋ったのは、すべて推測だ。証拠は何もない。相田の件に関しては、何事も起こってすらいない」

「思い上がるな。おまえごときを、警察に突きだす気などない」

「ほほう。それならなぜ、こんな捜査を？」

「我々は、相田の妻からのクレームを受け、動いただけだ。彼女が納得する報告を入れれば、それでいい」

「それは、つまり……」

「相田との契約を破棄しろ。大島不動産販売とも手を切るんだ。今後二度と、我々の手を煩《わずら》わせるな。その条件を飲めば、すべてはチャラだ」

「断ったら？」

「調査は続くな。犯行が立証できるかどうかなど、問題ではない。俺はおまえの友人知人の前に現れ、いろいろと話を聞く。あることないこと、言いふらすかもしれんぞ」

「そんなことが許されるわけもない！」

「どうかな？　俺はわずか一日で、これだけのことを調べ上げた。明日からは、何をするか判らんぞ」

数秒の沈黙が流れた。須貝はいま、己の利益、不利益を天秤に載せている。どうすれば、自分にとって一番得なのか、必死になって考えている。

やがて、彼がこちらを向いた。その顔には、媚びたような笑みが貼りついていた。

「負けたよ、あんたには。よし、交渉成立だ」

「恵美子君、聞いての通りだ。相田夫人のクレームは取り下げられるだろう。従って、報告書の必要はなしだ。めでたしめでたしだ」

「あまり、おめでたいとも思えませんけど」

「雅弘がめでたければ、それでいいのだ。さあ、退散するとしよう」

犬頭は、須貝の脇を抜け、部屋を出ていく。恵美子もすぐに後を追った。

須貝の脇を抜けるとき、彼のささやきが耳に入った。

「このままでは、引き下がらん。特別室ごと、潰してやるからな」

恵美子はきゅっと目を閉じ、小走りになって部屋を出た。エレベーターホールの前で、犬頭が待っていた。恵美子は犬頭にしがみつく。震えが止まらなかった。

「あの人……まだ何かやる気でいます」

犬頭は白い歯を見せて笑いながら言った。

「そりゃそうだろう。この程度でこりるヤツではない」

「どうするんですか？　相田さん、また狙われるかもしれませんよ。特別室を潰すとも言ってました」

「ヤツのことだ。大島不動産販売のお家騒動についても調べはついているだろう」

「あんな人が社長派の味方についたら……」

「おまえが案ずる必要はない」

「でも、雅弘さんが……」

「おまえが案ずる必要はない」

そう言ったきり、犬頭は口をつぐんでしまった。無言のままエレベーターを降り、エントランスを出る。

夜道に、革靴の音が響いた。

「犬頭さん！」

「何も気にすることはない。いいな、何も気にすることはない」

恵美子の周囲に、何やら黒い霧のようなものがわきだしてきた。周囲の闇よりさらに暗い、暗黒の霧だった。

「雅弘を頼むぞ」

次の瞬間、霧は晴れていた。

犬頭の姿は、どこにもなかった。

# 九

入院から三週間で、雅弘は屋敷に戻ってきた。点滴と投薬で発熱も治まり、病状もいくらかの改善をみせていた。

部屋のベッドに戻った雅弘は顔色も良く、体重も幾分か増えたようだった。

週に一度の通院と食事の制限を続ければ、症状はすぐに落ち着くだろうという医師の見立てであった。

梅雨の中休みで、窓からは明るい日の光が差しこんでいる。

大きく伸びをした雅弘は、薬の片づけをする恵美子を見た。

「やっぱり、家が一番だな」

「雅弘さん、何だかお年寄りみたいですよ」

「ホットケーキは、いつ作ってくれるの？」

「お医者さんからオーケーが出たらすぐに」

「そっか。でも、まだしばらくかかりそうなんだよなぁ」

「大丈夫。もう少しの辛抱ですよ」

「ねえ、そこにある本は何？」

雅弘がテーブルに横積みしてある本を見て、言った。

「私が買ってきたんです。いまベストセラーになっているミステリーです」

「へえ。恵美子さん、本なんて読むんだ」

「いえ、私は全然、読まないんです」

「じゃあ、どうして買ってきたの？」

「人にあげようと思って」

「へえ、誰なの？」

「それは内緒です」

「えー、ずるいよぉ。誰なの？」

「雅弘さんのお友達」

「僕の？　僕に友達なんていないけど」

「そんなことないですよ。すっごく頼りになるお友達がいます」

雅弘は首を傾げている。

「コップを片づけてきますね」

恵美子は盆を持って部屋を出る。ドアを閉めるとき、棚にいる犬太に目をやった。

雅弘の帰還がうれしいのか、犬太の顔はいつになく穏やかだった。

「本の感想、聞かせてくださいね」

一人つぶやくと、階段を下りる。

ホールに片山が立っていた。首筋の汗を拭きながら、相変わらず、打《う》ち萎《しお》れたような目で恵美子を見上げている。

「やあ、久しぶり」

片山が顔をだすのは、雅弘が入院した、あの日以来である。

恵美子は会釈して、盆をテーブルに置く。

「世田谷『グランドハウス』の件だけど、結局、クレームが取り下げになってね。だから、報告書の提出はなしってことでよくなった」

「判りました」

「ところで、オーナーの須貝氏が、うちとの契約を打ち切ると言ってきた。この件について、君は何か知っているかい？」

「いいえ」

「うちの調査部の連中が言ってたんだけど、須貝氏は人を雇って特別室について、調べさせていたらしいんだよ」

「それについても、私は何も知りません」

「そう」

やはり須貝は、あのまま引き下がるつもりはなかったのだ。恵美子や犬頭のことを調べ、復讐の機会をうかがっているに違いない。

恵美子は戦慄を覚えた。もし、須貝が雅弘に目をつけたとしたら。特別室と雅弘の関係に須貝が気づけば、間違いなく、そこを攻撃してくるに違いない。

どうしよう……。

「君、どうかした?」

ふと気がつくと、片山がこちらの顔を覗きこんでいた。

「い、いいえ、何でもありません」

「そう。しかしまあ、契約解除してくれてよかったのかもしれないねぇ。あのままだったら、うちも相続やなんかのゴタゴタに巻きこまれていたかもしれないし」

「え? それって、どういうことです?」

「君、知らないの? 須貝さん、行方不明になっちゃったんだよ。もう一週間になるかな」

恵美子は言葉を失った。

『おまえが案ずる必要はない』

犬頭の言葉が頭をよぎる。

「須貝さんの周りではおかしなことが続いていてね。彼が雇って、特別室について調べていた調査会社なんだけど、社屋が全焼しちゃって。死人は出なかったけど、中にあった資料やデータは全部ぱあだって。とにかく、交友関係者に次々と不幸が起きてるんだよ。何だか怖いよねぇ」

「そ、それで、須貝さんの行方は？」

「皆目、見当がつかないらしい。誰も見た人がいないんだ。土地の取引を巡って暴力団関係者ともめてたって噂もある。ま、うちとはもう関係のない人だから、警察に任せておけばいいんだけど」

片山はそこで話を打ち切り、脇に挟んだ封筒を、恵美子に向けて差しだした。

「これ、新しい仕事」

恵美子の手に封筒が渡ったとたん、片山はくるりと踵《きびす》を返し、玄関のドアに手をかけた。

「なるべく早く頼むよ。よろしく。あ、現地に行く時は、服装に気をつけて。臭いが取れなくなるから」

臭い？

恵美子は封筒を開く。

書類のトップには、『廃棄物及び悪臭に関する苦情』とあった。

添付されていた写真には、粗大ゴミ、生ゴミに埋もれた二階建ての木造家屋があった。

ゴミ屋敷……。

恵美子は深々とため息をついた。

# ゴミだらけの部屋

# 一

駅を出ると、正面にコンビニ、右手に交番があった。若宮恵美子は、立ち番をしている制服警官に声をかける。

「ここに行きたいんですけど」

プリントアウトした地図を渡した。

警官は穏やかに微笑みながら、交番内の壁に貼られた管内地図を示す。

「あれで説明しましょう。住所はお判りなんですよね」

恵美子は、警官に続いて中に入りながら、所、番地を言った。地図を指で追っていた警官の顔がみるみる曇った。

「そこで、間違いないですよね」

「はい……」

振り返った警官の目は、本来の鋭く険しいものになっていた。

「この家には、どういうご用件で？　もし、差し支えなければ、教えていただけますか」

この反応は、ある程度、予想していた。

恵美子はスーツの胸ポケットから、社員証をだす。

「私、大島不動産販売特別室の者です。この家の方にお話があって……」

警官は社員証を穴の開くほど見つめ、「へえ」とうなずいた。恵美子を見る目からは棘《とげ》が取れ、代わって同情の色が浮かんでいた。

「あなたみたいな人が、大変だねぇ」

「これも、仕事ですから」

「もし何だったら、同行しようか？」

「いえ、けっこうです」

恵美子の返事を聞いて、警官は心底、ホッとしたようだった。

この手の問題に関して、警察は当てにはならない。下手に巻きこむと、かえってややこしいことになる。恵美子はかつての上司篠崎から、そうアドバイスを受けていた。

「ありがとうございました」

礼を言って、交番を出る。

「気をつけて」

警官の言葉を聞きながら、恵美子は駅前から北側にまっすぐ延びる道を、歩き始めた。

道は緩やかな坂となっており、左右には古い住宅が並ぶ。中には廃屋となっている物もあり、全体的に暗い雰囲気の町だった。

五分ほど行くと、今度は畑が目立ち始める。作物を栽培している様子はほとんどなく、大部分が乾いた土が広がる荒れ地であった。

道は少し下って、今度はかなり急な上り坂となった。左側に神社があり、巨大な木々が葉を茂らせている。風に揺れ、ざわざわと音をたてる鬱蒼《うっそう》とした木々たちは、恵美子の足を速めさせた。

空には厚い雲がかかり、気温も肌寒いほどだ。

昨日まではあんなにいい天気だったのに。

晴れ女の自信があった恵美子だが、最近、仕事で外出するときは悪天ばかりである。

嫌になっちゃうなぁ。

愚痴をつぶやきながら坂を登り切り、もう一度、地図を確認する。

目的地はもうすぐだ。

歩道もない狭い道がまっすぐに延び、左右には庭つきの一戸建てが並ぶ。だが、その多くに、「売り家」などの看板が目立っていた。

駅から遠い上、かなりの高低差がある。そのため、開発に乗り遅れ、居住者の高齢化と共に、急激な「過疎」が進んでいる一帯だった。中にはすでに更地となり、雑草が生い茂っている場所もあった。

電車に乗れば一時間足らずで都心に出られるこうした場所で、予想もしない過疎の現象が、近年、増えてきているらしい。

不動産業にたずさわる者として、この現状は何とかしなければと思う恵美子であったが、いざ、現場を目にしてみると、もはや打つ手がないというのが本音だった。

何より、町の空気が暗く、重苦しい。雰囲気が悪いから住人が出ていくのか、あるいはその逆なのか。どちらにしても、経験の浅い恵美子に、打開策が思い浮かぶはずもない。

気力を無理矢理奮い立たせ、恵美子は道を進んでいく。

そこはかとない異臭に気づいたのは、それから五分ほどしてからだった。

放置された生ゴミの臭いが、風に乗ってやって来る。

特別室の上司片山の言葉がよみがえった。

『現地に行く時は、服装に気をつけて。臭いが取れなくなるから』

そうは言っても、相手は一応、得意先だ。女子として、ジャージ姿というわけにもいかない。

いま着ているのは、リクルートのときに着ていたものだ。バッグの中には、着替えとして普段着一式も入っている。消臭効果のあるスプレーや、普段は滅多に使わない香水も、一緒に入っていた。

目的地は、十メートル先の路地を右に折れたところにある。

ブンと音をたて、一匹の蠅が、目の前をかすめていった。漂う臭いはますます酷くなる。

どうして自分がこんな目に……。

抑えがたい嫌悪感だった。回れ右をして駅に戻り、そのまま本社の総務課に直行し、いつもバッグにしのばせている辞表を叩きつける。

そんな空想を思い描いた。

実行できれば、どれだけすっとするだろう。

だが、ここで恵美子が逃げだせば、それは雅弘へのペナルティにもなる。

彼のためにも、逃げるわけにはいかない。

ああ、でも……。

ハンカチをだして、鼻と口を覆った。大した効果はなかったが、気分は少しましになる。

その勢いで、残りの一ブロックを進んだ。路地を右に曲がる。

ゴミ屋敷が、そこにあった。

黒ずんだ木製の塀で囲まれた、二階建ての日本家屋だ。資料によれば、昭和十年代の造りで、庭には池もあったという。

そんな歴史ある建築物が、今はゴミに埋もれていた。

現在の所有者は前島《まえじま》四毛《しもう》、七十二歳。同居人などの詳細については、一切、不明となっていた。

記載されているわずかな情報によれば、前島は大手商社に勤務していたらしい。世界中を飛び回り、四十歳でこの家を購入した。その後、東京の本社勤務となり、五十九歳で退職。再就職はせず、現在は年金暮らしであるという。

世界中を飛び回ったエリートの末路が、このゴミ屋敷か。

恵美子は覚悟を決め、屋敷の様子に目をこらした。

門には横開きの格子戸がついているが、半透明のゴミ袋に塞がれ、開くことすらできない。ゴミ袋はどれもパンパンで、下層にあるものは半ば破けており、中から古雑誌や汚れたスニーカー、茶色く変色した紙束などがのぞいていた。

門の前に立ち、恵美子は途方に暮れる。門柱には表札もなく、インターホンの類も見あたらない。どうやって来訪を知らせればいいのだろう。

恵美子は板塀に沿って、歩いていく。ゴミだらけとはいえ、これだけの屋敷だ。勝手口などがあるに違いない。

地元の人がいれば尋ねるところだが、人の姿はおろか、気配すらない。

屋敷の両側数軒分は空き地となっており、人の背丈ほどの雑草が生い茂っている。向かいは荒れた畑であり、乾いた土と石ころだけの不毛の土地だ。

カアカアというカラスの鳴き声に追い立てられながら、恵美子は二百坪はあるという屋敷の外周を回り始めた。

塀の高さは二メートルほどで、中の様子を覗くことは、まったくできない。道に立つ恵美子から見えるのは、家屋の瓦屋根と、塀の上からチラチラと顔をだす、ビニール袋の端っこだ。

風にカサカサと音をたてるビニール袋。つまり、塀の向こう側には、二メートルの高さまで、ゴミ袋が積み上げられているということだ。その様子を想像しただけで、体中に悪寒を感じた。

泣きたい気分で進んでいくと、粗末な木戸があった。インターホンらしきものはないが、どうやら勝手口らしい。試しにノックをしてみたが、返答はない。

結局、何の収穫もなく、恵美子は門の前に戻ってきた。恐れと緊張は苛立ちに変わり、今は怒りになっていた。

恵美子は門の扉を軽く叩いてみた。耳をすますと、中で人の歩く音が聞こえる。

恵美子はもう一度、叩いた。十秒待って、もう一回。

応答はない。

あきらめて天をあおいだところに、扉の向こう側から嗄《しわが》れた声が響き渡った。

「何度も何度も、うるさいじゃないか！」

咄嗟《とっさ》に返事ができず、恵美子は身を縮めたまま、固まっていた。

「あ、あの、大島不動産販売から参りました」

「誰かいるのかぁ？」

「帰れ！」

「セールスではないんです」

既に、自分が何を言ってるのか制御できていない。

「少し、お話を……」

「帰れ！」

荒い足音が遠ざかっていく。恵美子は扉に向かって、呼びかける。

「あの、前島さん？　前島さん？」

「無駄だよ」

今度は背後から、低い声が聞こえた。

恵美子は叫び声をあげ、飛び上がった。

振り返ると、口をぽかんと開けた初老の男が、道に立っている。

「何だい、急に叫んだりして……」

畑仕事の帰り道なのだろうか、泥のついた作業着姿で、竹カゴとスコップを持っている。

恵美子は大慌てで頭を下げた。

「申し訳ありません。驚かせちゃって……」

男は鷹揚《おうよう》な笑みを浮かべると、

「あんた、前島さんを訪ねてきなすったのかね」

「はい」

「それじゃあ、しょうがねえよ。ゴミをぶつけられなかっただけでも、良しとしなくちゃ」

「ゴミ……ぶつけられるんですか？」

「人によっちゃあな」

風に揺れるゴミ袋のカサカサという音が、一層、耳につくようになった。

「出直して来た方がいいみたいですね……」

「あんた、この家に何の用で来たのかね」

値踏みするような目で、男は恵美子を見る。

どうすべきか一瞬迷ったが、このまま戻ったところで、事態は進展しない。恵美子は名刺を男に渡した。

「あんた、大島不動産販売の人か。いやいや、まさか、こんな女性一人で来るとは思ってもいなかったんで」

男は名刺と引き替えに、一枚のカードを差しだした。

そこには、「倉岳庄一《くらたけしよういち》」という名前と住所に加え、交番相談員という肩書きが小さく書かれていた。

交番相談員制度というのは、一度退職した警察官を再雇用し、交番などに配置するものだ。テレビのニュースなどで、恵美子も何度か見たことがあった。

「倉岳さんは、警察官でいらっしゃったんですね」

「いやあ、二年前に退職しましてね。幸い、お声をかけてもらったもので、週に三回ほど、駅前の交番に行ってます」

突如現れた男の来歴が判り、恵美子は心底、ホッとした。

倉岳は前島宅の塀に目をやると、顔をしかめた。

「また臭いが酷くなった。まったく、困ったものです」

緊張が緩んだせいか、恵美子は強烈な臭いに包まれていることに気づいた。ハンカチで顔を覆ったが、遅かった。吐き気に続いて、目から涙が溢れ出る。

こらえきれず、その場にしゃがみこんだ。

倉岳の声が聞こえる。

「大丈夫ですか？　立てますか？」

無理、無理です。だが、声は出なかった。

呼吸をするのが、恐ろしい。

こんな場所に住めるなんて、いったい、どういう神経をしているのだろうか。

やはり、自分には無理だった。

「息を止めるな。苦しいぞ」

何処《どこ》からか声がした。恵美子はより強くハンカチを顔に押し当て、首を振った。

「大丈夫だ。息を吸え」

その声は、倉岳のものではなかった。もっと若々しく、張りと艶のある声だ。

恵美子は顔を上げる。

少し離れた角の所に、長身細身のシルエットが浮かんでいた。

「いぬあたまさん？」

「いぬがしらだ！」

息を止めているのはもう限界だった。ハンカチを押し当て、息を吸う。

脳を痺れさせる悪臭はなくなっていた。恵美子はハンカチをはずし、立ち上がった。傍《はた》で見ていた倉岳がぎょっとして飛び下がる。

「ちょっと、あんた、大丈夫なのかい？」

倉岳の様子を見る限り、悪臭が消えたのは、恵美子だけらしい。

犬頭は右手の人差し指をたて、それをクルクルと回しながら近づいてきた。

陽炎《かげろう》のように突然現れた男の姿に、倉岳は不審の眼差しを注ぐ。二年前までは警官だった男だ。その目つきは鋭い。

だが、彼に構っている余裕はなかった。恵美子は犬頭の手を取った。

「来てくれたんですね」

「おまえのためではない。雅弘のためだ」

黄色のジャケットをはためかせながら、犬頭は倉岳の視線を受け止める。

「俺は怪しいものではないぞ」

それを聞いた倉岳は、ますます不審の念を強めたようだった。

「誰の目から見ても、充分、怪しいと思うが」

さらに何か言おうとした倉岳を、恵美子は止める。

「あの、こちらは私がお願いしている探偵さんです。身元は確かです」

「ふーん」

だが、当の犬頭は倉岳の存在など、もう眼中にないようだった。

両手を後ろに組み、高い鼻を空に向け、クンクンいわせている。

「うーむ、それにしても臭い。犬泣かせだな」

恵美子は倉岳を牽制しつつ、犬頭にささやいた。

「住人の前島さん、家にいるみたいなんですけど、出て来てくれないんです」

「そりゃあ、そうだろう。ここまで溜めこんでいるということは、相当重症だぞ。簡単に接触はできまいて」

犬頭は倉岳に向き直る。

「おまえは、この辺りのことに詳しそうだ。少し話をきかせてくれ」

「話も何も、その前にあんたの身元を確認させてもらう。そんな胡散《うさん》臭い……」

「臭いのはこの家だ！　あまりに臭くて、この界隈には犬もいない。不毛の地だ。おまえも、何とかしたいだろう。だったら、俺に話すんだ」

倉岳は目を白黒させ、助けを求めるように恵美子を見た。

こうしたパターンは、既に何度か経験済みだ。恵美子は精一杯のスマイルを浮かべ、言った。

「大島不動産販売の者として、ぜひ、お話をうかがいたいです」

二

不承不承ではあったが、倉岳は恵美子たちを自宅まで案内した。

庭もない、小さな造りの二階屋だった。退職金などで、中古の出物を購入したらしい。

「家族もいない、気楽な一人暮らしだ。適当に上がっていてくれ」

そう言って案内されたのは、十畳ほどの客間だった。テーブルと座布団、壁際にテレビがあるだけの、殺風景な部屋だ。

築はかなり古いようで、壁には小さなヒビが入っている。

狭い廊下の向こうが台所となっているらしく、お湯を沸かす音が聞こえてきた。

ずかずかと上がりこんだ犬頭は、客間に入るなり、南向きの窓を開けた。顔を突きだし、クンクンと鼻を鳴らす。

「ふむ。かなり臭うな」

前島のゴミ屋敷からは、歩いて数分の距離だ。風向きによっては、悪臭がこちらにまで流れてくる。

建てつけの悪い襖《ふすま》をガタピシいわせながら、盆を持った倉岳が入ってきた。盆の上には、急須と湯飲みが三つある。

窓際に立つ犬頭をじろりと睨んだ倉岳は、

「酷いものだろう？　納得がいったら、さっさと閉めてくれ」

犬頭はその言葉に従い、ぴしゃりと窓を閉めた。

「詳しく見たわけではないが、屋敷のゴミは相当なものだった」

「ああ。あんな調子になってから、もう一年以上になるな」

「この地域の人間は、一年以上もこの悪臭に耐えていたのか」

「いや」

倉岳は茶をいれると、湯飲みを恵美子たちの前に置く。

「実を言うと、臭いが酷くなったのは、ここ最近のことなんだ」

「ほう、やはりな。ところで恵美子君、前島宅に関する苦情を入れてきたのは、どこの誰なんだ？」

　恵美子は用意していた資料ファイルを開く。

「この近所に住む、伊藤明子《いとうあきこ》という女性です。悪臭が酷いので何とかして欲しいと」

「苦情があったのは、いつだ？」

「今から二週間前です」

「倉岳さんとやら、あの家がゴミで溢れかえるようになって一年以上だと言ったな」

「ああ。町内会で最初に議題になったのが、昨年の一月だった。もっとも、我々が気づいたのは、ゴミが家の外に溢れだしてからだがね」

「ふむ。つまり、屋内での蓄積はもっと前から始まっていたということだな」

「正確には判らないが、二年ほど前、一昨年の夏前くらいから始まっていたと見ていいだろう」

「今まで、悪臭に関する苦情は、あったのか？」

　倉岳は首を振った。

「なかったと思う。昨年の梅雨時も、夏の間も、今のような悪臭はなかった。ゴミの量は増える一方だったがね」

「現在、あの家に住んでいるのは、前島四毛、七十二歳、一人だけなのか？」

「恐らくな」

「この老人が、ゴミを集めてきているのか?」

「恐らくな」

「収集の具体的な様子は判っているのか?」

「ポンポン質問ばっかりするんじゃないよ。あんたは一体……」

「質問にはポンポン答えるものだぞ。犬は気が短いんだ。ツーと言えばワンだ」

「カーだろう」

「ワン!」

「犬頭さん、いい加減にしてください」

倉岳が噴火する前に、恵美子は二人の間に割りこんだ。カッカする倉岳をなだめ、同様にカッカしている犬頭を落ち着かせる。

「そう言うのなら、ここはおまえがやれ」

犬頭はぷいと横を向いてしまう。仕方なく、恵美子は質問を繰り返した。

「ゴミ収集の方法についてお聞かせください。七十二歳の方が一人で、どうやってゴミを集めてくるのか。それを周辺住民の方はどう思っているのか」

「実のところ、よく判っていないんだよ。知っての通り、前島宅の周囲は空き地ばかりだ。だから、悪臭や虫などの問題が出ない限り、あそこがゴミ屋敷になったとしても、それほどの被害は出なかったのさ。だから、皆、前島氏と距離を置くだけで、あとは放置していたんだ。関わり合いになりたくなくて」

「でも、大体は判っているんですよね」

「ああ。前島氏は、深夜から早朝にかけて活動しているようだ。コンビニなどで食料を買い、後はあちこち歩き回って、雑誌やら古新聞やらを持ってくる。彼もいい加減年だし、一回に集めてくる量はたかがしれているが、それが毎日となると話は別だ」

「塵《ちり》も積もれば、ですね？」

「まさに」

そのとき、犬頭がポンと両手を打ち鳴らした。

「ほほう、この地区では、警官殺しが起きているのか。一昨年の冬。恵美子君、覚えているか？」

犬頭は、どこから持って来たのか、麻紐で束ねた紙束を、読みふけっている。

倉岳が、飛び上がった。

「お、おまえ、それをどこから……」

「いや、そこの戸棚に入っていたのでね」

ページを繰りながら、犬頭が答える。

「きさま、勝手に人の戸棚を……」

顔を真っ赤にして、倉岳は紙束を奪い取った。

「出ていけ！」

「犯人は捕まったし、もう終わった事件だ。ほほう、逮捕したのはあんたか。なるほど、その功績は勲章だ。退職するとき、こっそりコピーして持ってきたわけか」

「出ていけぇ！」

「ふん、おまえにもう用はない。こちらから帰ってやるよ」

恵美子を置いたまま、犬頭は部屋を出ていった。

「ちょっと、待ってくださいよぅ」

怒り狂った倉岳と二人残されては堪らない。慌てて後を追う。

適当に靴を履き、表に飛びだした。倉岳は追っては来なかった。

一方の犬頭は、涼しい顔で、家の前に立っている。

「もう！　犬頭さん!!」

「そんなに怒るな」

「盗み読みはいけないと思いますけど」

「堅苦しいことを言うな。それにしても、あの男の怒りようときたら、どうだ。元警察官だけあって、融通のきかない男だよ」

「でも、これからどうするんですか。せっかく、いろいろと教えて貰おうと思っていたのに」

「気にすることはない。情報をくれる人間は、いくらでもいる」

犬頭は鼻を空に向け、クンクンと臭いを嗅いだ後、車の進入が禁止されている細い路地に入っていった。

急な階段があり、そこを上ったところに、家が三軒、連なっている。

「風向きなどから判断して、前島宅からの異臭は、この辺りに溜まる。ふふーん」

犬頭は三軒の玄関前を一瞥《いちべつ》した。

「やはりあったぞ」

そう言いながら、犬頭はインターホンを押す。

「犬頭さん、そんないきなり……」

恵美子は門柱にかかる表札を見て、言葉を飲みこんだ。

そこには、「伊藤明子」とあった。悪臭がすると電話を入れてきた張本人だ。

「はい」

警戒心の強い、神経質そうな声がした。それに対し、犬頭は早口で答える。

「大島不動産販売特別室から参りました。ご購入後、何かご不便はないかと皆様のところを回っておりましてね」

「あら」

スピーカーの向こうで、受話器を置く音がした。

犬頭は背筋をピンと伸ばしたまま、ドアが開くのを待つ。チェーンをはずす音に続き、鍵を回す音が二回響いた。

細く開いたドアの隙間からは、白髪頭で痩せた女性の顔が覗く。目は油断なく光っているが、どこかオドオドした様子で、恵美子は一週間ほど前、友人宅で見たフェレットを思いだしてしまった。

「私、大島不動産販売から来ました、犬頭と申します」

さきほどまでとは打って変わり、犬頭は慇懃《いんぎん》な口調を続けている。

「それから、こちらが部下の若宮恵美子でございます」

腕を摑まれ、玄関ドアの前に立たされた。伊藤明子と思われる女性と目が合う。

犬頭は恵美子の肩をポンポンと叩き、

「何かご要望などありましたら、この者がお聞きします」

恵美子を前にした途端、明子の顔つきが変わった。卑屈なまでの怯えが消え去り、冷淡で居丈高《いたけだか》な物腰に変わった。

「あら、そう」

ドアを開け、明子は玄関ポーチに立った。女性にしても小柄な方だった。

「対応が早いのね。助かるわ。ねえ、それにしてもこの臭い、酷いと思わない?」

明子は右腕を高々と上げ、頭の上でグルグルと回し始めた。

「もう気持ち悪くて、窓も開けられないわ。いえ、窓をしめていても、臭ってくるの。私、空気清浄機を届けてもらいましたのよ。九万円もするヤツを。まったく、それほど余裕があるわけでもないのに、この出費は痛手でしたよ。どうなの、そちらで補償していただくことはできないの？」

恵美子は曖昧《あいまい》な表現を混ぜつつ、会社が補償まではできないこと、もし補償を求めるのならば、前島本人から貰うよりないこと、を説明した。

「まあ、このままだと泣き寝入りってことになるのね。そんなの、許せない。弁護士に相談してみようかしら」

「ですがその前に、前島様宅の状況を改善しませんと」

「ホント、困っちゃうわねぇ。これからずっとあんな調子じゃあ、もうこの界隈に住んでいられないものねぇ。この家、あなたがたの口ききで買ったものですから。責任持って、何とかしていただきたいわね」

明子の口調がさらにきつくなった。

「それで……伊藤様は、前島さんに直接、お会いになったことはあるのでしょうか」

「ここに越して来て、もう五年になるんですけどね、三年ほど前までは、道で時々お会いしていましたよ。きちんと挨拶もなさる、紳士だと思っていたんですけどねぇ」

「あなたが、前島さん宅の異変に気づいたのは、いつ頃でしょう」

「宅と前島さんの所は少し離れていますでしょう？　だから直接見たわけじゃないんです。ただ、ご近所でけっこうな噂になっていましたからね。それが、去年の一月くらいだったかしら」

前島宅がゴミ屋敷化し始めた時期については、倉岳の話とも一致する。

「一つ、ききたいのだが」

背後にいた犬頭が声をあげた。「前島四毛は、当時も一人暮らしだったのか？」

いつものぞんざいな口調に戻っていたが、不思議と明子はそれを気にする風もない。これも、犬頭が時折見せる不可思議な力の一つだろうか。

「その辺りのことはよく知らないけど」

そう言いながらも、明子は話したくてウズウズしているようだ。

恵美子は謹聴の態勢を取った。

「前島さんの所には、息子さんが一人いたのよ。四十歳くらいのね。当時は、あの家に二人で暮らしていたみたいなの」

「四毛さんの奥様は？」

「詳しくは知らないけど、早くに亡くなったみたい。ただねぇ……」

明子は腰に手を当て、ため息をつきながら言葉を切った。

恵美子は口を挟まず、次の言葉を待った。明子の沈黙は躊躇《ちゅうちょ》ではなく、あくまでポーズだと判っているからだ。こんなこと話したくはないんだけど、というポーズをすることで、自己の正当化を図っているというわけだ。

案の定、明子の口はさらに軽くなった。

「その息子さん、一時期大変だったみたいなのよぉ。会社をリストラされてね。他人事《ひとごと》ながら、心配しちゃったわよ。でも、すぐに再就職できたみたい。今は家を離れて、地方に行ってるわ」

よくは知らないと言っていたが、なかなかに情報通である。感心して聞いていると、明子はさらに喋り続けた。

「だけど、そうなったらなったで、実家に寄りつきもしないのよ。実の父親があんなことになってるっていうのに。酷いと思わない？」

「最近、息子さんとお会いになったことは？」

「ないわよ。もし会ったら、ひとこと言ってやるわ」

恵美子は犬頭を振り返った。彼はこちらに興味を失ったのか、隣の家を垣根越しに覗きこんでいる。

「犬頭さん！」

「隣は犬を飼っているのか？」

明子の勢いが再び増した。

「そうなのよ。室内で飼う、何とかっていう犬なんだけど、のべつまくなし、吠え立てるの。もううるさくって」

明子はそう言うが、恵美子たちがここに来て以来、吠える声は聞いていない。

犬頭は鼻をひくひくさせ、薄く目を閉じた。

「犬種はキャバリアだな」

「種類はよく判らないけど、とにかくうるさくって」

「キャバリアは比較的飼いやすい犬だ。躾《しつけ》をきちんとすれば、うるさく吠えるようなことはない」

「まあ、何も知らないくせに、よくそんなことが。声だけじゃないんですよ。毛とか臭いとか。もう、犬を飼うなんて信じられない。あんな薄汚くて、うるさくて……」

犬頭の顔がだんだんと赤くなってきた。

まずいと思ったときは、もう遅かった。

「失礼千万なヤツだ！　犬と人間どっちが偉いと思っている!?」

「人間に決まっているでしょう」

「犬だ！　バカめ」

家の奥でボンという嫌な音がした。明子は中へ駆けこんでいく。数秒後、この世の終わりを思わせる悲鳴が聞こえてきた。

「犬頭さん、何をしたんです？」

「あの女は少々潔癖症的なところがある。掃除機を爆発させ、便所の水を逆流させたのだ」

「そんな、酷い」

「逆流は三日続くぞ、愉快、愉快」

「やめてください！」

「では、二日にしよう」

「やめなさい!!」

「仕方がない、やめにしよう」

「汚れたものはどうするんですか？」

「清掃業者を呼んでやろう」

「費用は？」

「あれだけの暴言、妄言を吐いたのだ。あの女本人に負担させても罰は当たらんだろう」

「うーん」

たしかに、明子の言葉には、恵美子も承伏しかねる点が多々あった。

「まあ、しょうがないですね」

犬頭は恵美子を見下ろすと、

「見所はあると思っていたが、私の目に狂いはなかったようだ」

「ありがとうございます」

室内から、明子の金切り声が聞こえてくる。

「もう！　こんな家には住んでいられないわ！　不動産の人、何とかしてちょうだい！」

長居は無用のようだった。恵美子たちは足音を殺しながら、その場を離れる。

犬頭は言った。

「あんなのが住んでいては、隣も息苦しいだろう。適当な物件を世話してやれば、助かるのではないかな」

「判りました。篠崎さんに相談してみます。でも、引っ越したら引っ越したで、また新しいトラブルが……」

「そこまで気にするな。人より犬だ。犬が幸せになれればいいのだよ」

恵美子はあえて返答せず、篠崎への案件のみ、携帯にメモする。

「まだ少し時間があるな。もう一軒行くか」

「飲み屋みたいに言わないでください」

「祝いの酒はもう少し先だ。とにかく、行くぞ」

「行くぞって、どこへ？」

「町内会の会長宅さ。まだもう少し、ききたいことがあるのだ」

「会長が誰なのか、知りませんけど」

「俺が知っている。ここだ」

　さきほど通った神社の隣にある、小さな二階屋だった。ブロック塀で仕切られた敷地内には軽トラックが駐まり、その荷台で鉢巻きをした四十半ばの男性が、腰を押さえながら、背伸びをしていた。

　トラックの荷台に書かれた「勝山《かつやま》リサイクル」の文字を見ながら、恵美子は犬頭と共に、敷地内に入った。

　二人を見た男は、気さくに手を上げる。

「おや、何か用？」

「町内会長の勝山か？」

「ああ」

「大島不動産販売の者だ。前島宅のことで、ききたいことがある」

「ああ、そう」

　無礼な訪問者にも嫌な顔一つせず、勝山は軽トラから飛び降りた。

「今日はもう店じまいさ。かみさんいないんで、お茶もだせないけど」

「気遣いは無用だ」

「前島さんの所だろう？　あれ、酷いことになってるよねぇ。町内でも問題になっていてさ。

頭痛いよ」

「打開策はあるのか?」

汗を拭きながら、勝山が答える。

「それがねぇ。八方塞がりというか、万事休すというか、要するに、どうにもならないってことなんだよ」

「前島本人と話をしたことは?」

「何度かあるよ。これでも一応、会長だからね。みんなを代表して、交渉にも行ったさ。でもね、話になんないんだよ。帰れ! の一点張りで。家の中に入れてすらくれない。もっとも、あんな家、入りたくもないけどよ」

恵美子は、一夜漬けで仕入れた知識を総動員して言った。

「区役所に相談してみたらいかがです? そういうことに対応してくれる課があるはずですけど」

勝山は厳しい目で、恵美子を睨んだ。

「あんたに言われなくても、そのくらい、とっくにやってるよ! 半年近くあれこれ交渉して、判ったことは一つ。ヤツらは当てにならんということだ」

一夜漬けのしっぺ返しが来た。

「すみません」

そんな恵美子をかばうように、犬頭は言った。

「交渉と言ったが、具体的にどんなことをしたというのだ？　この手の事案は多い。対応マニュアルだって整備されているだろう。担当者が間抜けであっても、一応の解決策くらいは提示したと思うが」

「ああ。親身になってはくれたよ。だが、あくまでも表面上の話だ。基本的に、ゴミの問題は当事者間で解決すべき問題なんだよ。強制的にゴミを運びだす方法がないわけではないが、それはあくまで最後の手段らしい。何しろ、ゴミの撤去には金がかかる」

「その金の出所が決まれば、ゴミの撤去は可能になるのだろう？」

「ああ。役所のヤツらは、それを町内会でやれと言ってきた。撤去の費用を町内会でもつということだ。そうした案を持って前島さんと話し合えば、妥協点は見いだせる。他県で成功事例もあるってな」

「実行に移したのか」

「ああ。だが、あっという間に頓挫した。町内会で意見の一致が図れなくてな。こうした問題については、全員一致が原則だから」

「反対者がいたのか？」

「ああ」

「誰だ？」

「それをきいてどうする？」

「我々はあのゴミ屋敷を何とかしたいと思っている。そのためにやって来たのだ。だが、必要な情報が揃わないと手だしのしようがない」

勝山は目の前の二人を交互に見比べ、やがて大きくため息をついた。

「まあ、今のまま放っておいてもどうにもならねえしな。告げ口みたいで気が進まないが……」

自分自身を説得しているようだった。前島宅の問題は、見た目以上に、近隣住人の精神を圧迫しているのだろう。

「倉岳さんだよ」

「ほう」

犬頭の目に怪しい光が宿った。見た者を幻惑する、神秘的な光だった。

「なぜ、反対する？　理由は言わなかったのか？」

「より厳格な対処を主張していたよ。まあ、役所が示した案は、前島さんだけが得をするようなものだ。あの人、元警察官だし、そういうことには敏感なんだろうな」

「つまり、悪いのは前島で、ゴミの処理は前島自身にやらせるべきだと？」

「そういうこと」

恵美子は首を傾げる。判ったようで判らない理屈だ。前島を糾弾したいのは判るが、まず考えるべきは、近隣住人の平安だ。いくばくかの金をだし合い、話し合うことで、穏便に問題が解決するのなら、それでいいではないか。

「ただね」

勝山は腕を組み、あきらめに似た表情を浮かべる。

「本心を言うと、その提案を持って行っても、同じことだったと思うんだ。前島さんは頑固でね。話し合いの余地はなかったと思う」

「八方塞がりだな」

「その通り。ここ最近、臭いも酷くなってきてさあ。住民からも文句ばっかり言われ、ホント、つらいところだよ」

「最後にもう一つだ。前島がゴミ集めをしている状況について聞きたい。例えばだが、現場を写した写真や、詳細な記録はないか？」

「残念ながら、そういうものはない。いずれ、きっちりとしたものがいると判ってはいるんだが。何しろ、人手もないし、金もない」

「住民たちが前島宅の異常に気づいたのが、昨年の一月ごろ。そこから逆算して、一昨年の夏ごろには、ゴミ収集が始まっていたとされている」

「正確な数字ではないがね。そもそも、前島さんがゴミ集めをしていたなんて、家からゴミが溢れだすまで、誰も知らなかったんだ。その後は、ちょくちょく、目撃談が寄せられるようになったけど」

「前島の活動時間は、深夜から早朝にかけてとのことだが？」

「そのようだね。だがそれも、情報の寄せ集めによるものなんだ。正確なところは、誰も判ってないのが現状だ」

勝山は肩を落とす。その肩を、犬頭はポンと叩く。

「気に病むことはないぞ。すべて解決するために、我々は来たのだ。任せておけ」

「はあ」

そう答えた勝山の顔には、一片の期待もなかった。相当に参っているらしい。

「恵美子君、行くぞ」

犬頭は、そんなことにおかまいなし。胸を張り、意気揚々と歩き去る。恵美子は勝山に頭を下げると、後を追った。

「犬頭さん、大丈夫なんですか？　あんなこと言っちゃって」

「あんなことって、どんなことだ？」

「気に病むことはないぞ。すべて解決するために、我々は来たのだ」

「そんなこと、言ったかな？」

惚《とぼ》けている様子はない。本当に覚えていないらしい。

「さて、恵美子君。君の信頼できるかつての上司、名前は何と言ったかな」

「篠崎さんです」

「前島宅周辺の土地売買について問い合わせるのだ。周辺が空き地になっていただろう。ちょっと気になるのだ」

「ゴミ屋敷が傍にあるから、引っ越しただけなんじゃありませんか？」

「それならそれでいい。とにかく、問い合わせだ！」

「判りました」

篠崎の携帯にかける。

「若宮君！」

いつものように心配そうな声だった。

「いま抱えている案件で、おききしたいことがあるんです」

「それは、ゴミ屋敷のことだろう？　君、大丈夫なのか？」

「はい。今のところ、問題ありません」

「何と言うか、君をこんなことに巻きこんでしまい、本当に申し訳なく思っているんだ。我々のことは気にしなくていい。無理そうなら……」

「本当に大丈夫です。それより、調べていただきたいことがあるんです」

こちらのことを心配してくれるのはうれしいが、あまりに子供扱いされると、逆に苛立ちを覚えてしまう。

恵美子は前島宅の住所を言い、周辺の土地売買に関する情報を求めた。

いったん電話を切り、向こうからの連絡を待つ。その間、犬頭は落ち着きのない様子で、恵美子の周りをグルグルと回る。

「犬頭さん、じっとしていてください」

「遅いな」

「まだ、三十秒です」

「遅い！」

「本当にせっかちなんですねぇ」

「向こうがのんびり屋なんだ！」

携帯が鳴った。篠崎の声は、さらに沈んでいた。あまり芳《かんば》しい状況ではないようだ。

「まだ未確認の情報だが、前島宅を含むあの一帯には、低層マンション建設の計画がある。土地の買収なども粛々と進んでいたそうだ」

ガランとした土地にポツンと建つ、前島の家が思い浮かぶ。

「だが、前島氏だけが、頑として交渉に応じないらしい。うちの業界に入って日の浅い若宮君だが、そうした場合、何が行われるかくらい知っているだろう」

「地上げですか？」

「関わっている業者名はあえて伏せさせて貰うが、堪忍袋の緒も切れたらしい。強硬手段も辞さずという勢いだそうだ」

「判りました」

「それで、こんなことを調べて、どうするつもりなんだね？」

「ええっと……、それはそのぅ……これから考えます」

恵美子は通話を切った。

こちらの様子を、犬頭はニコニコしながら見守っている。

「素早い対応で助かった。持つべき者は、使える元上司だな。大島不動産販売のやつらは間抜け揃いで、全員にデコピンを食らわせてやりたいところだが、篠崎だけは勘弁してやろう」

「そんなもの食らわせなくていいですから」

犬頭は、ふいに耳をピクピク動かすと、

「もう五時だ」

恵美子が腕時計で確認すると、ぴったり五時だった。

「すごい、ぴったりです！　時計もないのに、よく判りましたね」

「腹時計さ。そんなことはどうでもいい、少し別行動だ。君は飯でも食って来い。合流するのは、そうだな、九時二十三分だ。遅れるな」

「その時間は、どこから出てきたんですか？」

「勘だ。気にするな。その時刻に、前島宅の前に来るのだ。判ったな」

そう言い置くと、犬頭はさっさと坂を下っていく。

「ちょっと、待ってください」

角を曲がった犬頭を追う。だが、ほんの一瞬の間に、彼の姿はかき消えていた。

「もう、すぐいなくなるんだから」

指定の時刻までは、まだ四時間以上ある。

恵美子は駅前に戻ることにした。腹は空いていなかったが、少し調べたいことがあった。

パチンコ店の隣にあるネットカフェに入り、恵美子はパソコンにキーワードを入力する。

検索をかけると、数多くのサイトがヒットした。

倉岳が解決したという、警察官殺害事件についての情報である。

事件が起きたのは、一昨年、十二月十日の夜、小高い丘の上にある「蛍が丘公園」内であった。

交番勤務のパトロール警官多田《ただ》寛《ひろし》が、ホームレスの男性間村《まむら》真太《しんた》に射殺されたのだ。使用された銃は多田が所持していたもの。彼はこめかみを撃たれており、遺体は園内の池に投げこまれていた。

多田は相棒である倉岳と別れ、公園内の便所に向かっていたらしい。そこを間村に襲われ、拳銃を奪われた。何とか取り返そうと抵抗したが、射殺されてしまったという流れらしい。相棒であった倉岳はすぐに異変を察知。本部に連絡を入れると同時に、周辺の捜索を開始した。

多田の遺体発見から十五分後、園内の階段下で、間村の遺体が発見される。階段を踏み外し、転落したらしい。手には、多田から奪った銃が握られていた。

間村は付近を縄張りとするホームレスで、顔を見知っている者も多かった。結局、動機などは不明のまま。警察は早々と事件の幕引きを図り、報道なども短期間に留まった。

各サイトの記述をひと通り読み終わると、恵美子は疲れた目を押さえ、ため息をついた。

事件が起きたのは一昨年。倉岳は、その直後に退職している。彼の年齢はよく判らないが、恐らく定年前の退職だろう。この事件の責任を取ったとみて、間違いない。一瞬とはいえ、相棒を一人にしたのは事実であるし、監督責任を問われても不思議はない。倉岳が事件の全責任を負い、辞職したという見方もできる。

彼は退職した今も、事件について記した書類を手元に置いている。犬頭は犯人逮捕の勲章などと言っていたが、本当のところは逆なのではあるまいか。自分への呵責、後悔、若き相棒への懺悔《ざんげ》、様々な感情が、あのコピーにこめられているに違いない。

恵美子はログアウトした。

どうやら、ゴミ屋敷の案件と関係はないようだ。犬頭の行動などから、もしやと思っていたのだが……。

だが、事件の発生が一昨年の冬。ゴミ屋敷の出現がやはり一昨年の夏。この符合は気にならなくはない。

それにしても、犬頭さんは何を考えてるんだろう。

コーヒーを飲みながら考えを巡らせているうち、恵美子に睡魔が押し寄せてきた。

ほんの少しだけ、と目を閉じたのがいけなかった。意識が戻ったとき、時計は九時をさしていた。

「いけない！」

慌てて店を飛びだし、前島宅へと走る。途中の坂も、真っ暗な道も、大して気にならなかった。

異臭ただよう一帯に足を踏み入れたのは、九時二十分。辺りはしんとして、不気味な静寂に支配されていた。前島宅も闇の中に沈んでいる。

「来たか！」

真後ろに犬頭が立っていた。不思議と驚きはなかった。彼の神出鬼没ぶりに慣れてきたのだろうか。

「すみません、遅くなってしまって」

「気にすることはない。まだ二分と少しある」

「その時刻に、何があるんですか」

だが犬頭は質問には答えず、前島宅の方を指さした。

「明かりがまったく見えん。人の気配もあまりないな」

「でも、前島さんがいることは、間違いないんですよね」

「ああ。もっとも、窓はゴミで目隠しされているようなものだからな、光が見えなくても仕方ない。それに、恐らく、前島は現在就寝中のはずだ」

「この時間に寝ているんですか?」

「ヤツの行動時間は、深夜から早朝にかけてだ。近隣の住人となるべく顔を合わせたくないからだろう。だから、昼夜逆転の生活を送らざるを得ない」

恵美子はふと浮かんだ疑問を口にした。

「ということは、これだけのゴミを溜めこみながらも、一応、後ろめたさのようなものは感じているということですよね?」

「ゴミを溜めこむ人間については、いろいろなパターンがあるのだ。前島四毛という男がどのようなパターンに当てはまるのかは、直接会ってみないと、何とも言えない」

「それなら、会えばいいのに」

訪問者を文字通り、門前払いにしてしまう前島だが、犬頭の不可思議な力をもってすれば、会うことくらい簡単なのではないか。

「さあ来たようだ。少しの間、身を隠すぞ」

犬頭は恵美子を促し、前島宅隣の空き地に入っていく。人の背より高い雑草が茂っているため、身を隠すのは簡単だ。

「こんなところで張りこみみたいなことしてないで、会いに行ったらどうなんです？」

「いいか、張りこみみたいなことをしているつもりはない。我々は、張りこみをしているのだ」

「いったい、何を張りこんでいるんです？」

「あれさ」

犬頭が中腰になり、じりじりと前に進み始めた。いったい何が起きたのか、恵美子には判らない。

「犬頭さん！」

「車が近づいてくる」

「はあ？　何も見えませんけど」

「ヘッドライトを消している」

「それじゃあ、見えるわけないです」

「俺には見えるんだ」

闇の中から、低いエンジン音が聞こえてきた。犬頭は草の間から顔をだし、道の方向を見つめている。

「人目につくところでもなし、早い時間にやってきたな。こっちの読み通りさ」

ドアの閉まる音に続き、数人の足音が近づいてくる。

「犬頭さん！」

「もうしばらく待つことだ」

闇に慣れた目で、じっと音のする方を注視する。やがて、ぼんやりとではあるが、人影が見えてきた。シャツ姿の男が三人、両手にゴミ袋を持ち、やって来る。

男たちは前島宅の前まで来ると、ゴミ袋を頭上高くに掲げた。そのまま、塀の中へと放りこむ。

六つの大きなゴミ袋が、前島宅の中に消えた。男たちの様子から、かなり手慣れていることも判る。

「犬頭さん、何なんですか、あれ。不法投棄じゃないですか！」

「臭いの正体はあれさ。袋の中には生ゴミなど、臭いそうなものが詰まっているに違いない」

そう言われ恵美子は、悪臭の苦情が来始めたのが、ここ二週間ほどであることを思いだした。昨年の夏もゴミ屋敷は存在したが、臭いに関する問題は起きていなかった。

そういうことか……。

篠崎から聞いた情報と合わせて考えれば、この成り行きも納得がいく。あの三人は、いわゆる地上げ屋の手先だ。悪臭を放つ生ゴミを投げこむことで、ゴミ屋敷問題の拡大を狙っているに違いない。

犬頭が言った。

「ゴミだらけであっても、悪臭などがなければ、問題は深刻化しない。ヤツらはああやって、周辺住人の意識を変えようとしているのだ。事実、臭いが出始めたとたん、クレームが寄せられた」

「そうやって住人たちを煽り、前島さんを立ち退かせようと……」

「恵美子君、我々の役目は、ゴミ屋敷問題の解消だな」

「はい」

「では、あいつらも解決すべき問題の一つということになる」

犬頭は、恵美子が止める間もなく、道路に飛びだしていった。

車に戻ろうとしていた三人は、ぎょっとした様子で足を止めた。三人は体格が良く、こうした事態にも慣れている様子だった。

「びっくりさせるじゃないか。何だ、おまえ」

リーダーと思しき真ん中の男が、肩を怒らせながら、犬頭に近づいた。

犬頭はゴミではち切れそうになっている屋敷を示しながら、

「ゴミ屋敷にゴミを捨てるのは感心しないぞ。ゴミはゴミ捨て場だ」

三人は目を交わしながら、挑発的に笑う。

「誰だか知らんが、さっさと消えろ」

「消えてやってもいいが、その前にまず、おまえらが消えろ」

「何だと、この豚野郎」

「豚じゃない、犬だ」

犬頭が一人の首根っこを摑み、紙クズでも捨てるかのように放り投げた。男は路面をゴロゴロと転がり、電柱にぶつかって倒れこむ。

「ば、化けもんだ」

「化けもんとは失礼な、犬だ」

左側に立つ男も、同じ要領で放り投げる。その男もまた路面を転がり、前の男と重なるようにして倒れこんだ。

一人残ったのは、リーダー格の男だった。啞然呆然と立ち尽くす男の前に犬頭は立ち、男の尻ポケットに手を突っこんだ。札入れをひっぱりだすと、中身を物色していく。やがて、一枚の名刺を取りだした。

「ほう。おまえたちの所属先か。表向きはまっとうな企業を装っているようだが、実体はかつての暴力団と変わらないらしい。まあ、今日のところは、ゴミの回収だけで勘弁してやろう。気に入らないことがあるのなら、後日、いくらでも話はきく」

犬頭は男の眼前で名刺を二つに引き裂いた。

「さて、自分の捨てたゴミは自分で持ち帰る。それが常識だ。今夜、実行してもらうぞ」

犬頭が指さすと、いつのまにか、前島宅の門前に十六個のゴミ袋が積み上げられていた。どれも異臭を発しており、中には袋が破け、不気味な液体が染みだしているものもある。

犬頭は男の頭をポンポン叩きながら、

「さあ、持って帰れ。車はすぐ傍に駐めてあるんだろう？　男三人にゴミ袋十六個だ。少々きついが、これも定めというヤツさ。さあ、何をしている。運べ運べ。夜が明けて、さらに日が暮れるぞ」

男は恨みがましい目で犬頭を睨みながらも、ゆっくりとゴミの山に近づいた。

一番上の袋を取る。裂け目からドロドロしたものが吹きだして、男の顔から胸に降りかかった。

「げぇっ」

「一人で大変なら、そこの二人にも手伝ってもらえ」

犬頭に投げ飛ばされた二人は、意識を取り戻したらしく、フラフラと立ち上がったところだった。目はまだぼんやりとしていたが、リーダーのおかれた状況をいち早く察したらしい。

自ら進んで、ゴミ運びを始めた。

十分後、車にゴミを運び終えた三人は、ゴミよりも汚くなっていた。

犬頭はうれしそうに手を叩く。

「ゴミの化身を見るようだ！　それに、おまえたちの車！　トランクからゴミがはみ出ているぞ。助手席も後部シートもゴミだらけだ。臭いが取れることは、永遠にないだろうな。だがおまえたち、事務所に帰る前に、ゴミと車をどこかに投棄しようなどと考えるな。俺はすべて見ているぞ。もしそんなことをしたら、おまえたちを正真正銘、本物のゴミにしてやる」

犬頭は「行け」とばかり、蝿を追うような仕草をする。

三人はトボトボと夜道を車の方へと歩いて行く。暗闇の中、鼻が曲がるほどの悪臭だ。

エンジン音が響き、車は遠ざかっていく。

犬頭は腕組みをして目を閉じていたが、

「気の利いた捨て台詞を期待していたが、もはやそんな余裕もなかったらしい。ヤツら再起不能だな。それにしても恐るべきゴミの破壊力よ。そこのところどう思う、前島四毛」

いつからそこにいたのだろうか、薄汚れたシャツにステテコという姿で、前島は闇に立つ犬頭の長身を見つめている。

「あ、あんた……」

「俺は大島不動産販売から来た者だ。この恵美子君をそっけなく追い返してくれたらしいが、俺が来たからには、覚悟して貰うぞ」

「帰れ！」

老人とは思えない、雷撃のような鋭い一喝だった。だが犬頭は、萎縮した様子もなく、平然と耳の後ろを掻いている。

「帰れと言われて素直に尻尾を巻けるか。我々がこのまま帰れば、ヤツらはまたやって来るぞ。そして、生ゴミの放りこみを続ける。いや、今度はさらなる新手でくるかもしれん。虫や害獣を放すかもしれんぞ。そうしたら、この家ももうおしまいだ」

「うるさい。ここはワシの土地だ。ワシの家だ。他人の好き勝手にはさせせん」

木柱を拳で叩きながら、老人は興奮気味にまくしたてた。

だが犬頭に、堪《こた》えた様子はない。

「別にゴミを片づけろとか、ここから出て行けと言うつもりはない。我々は受けたクレームの原因を解消し、報告書を書くのが仕事だ。今回のクレームは悪臭。それはどうだ？　もう解決しただろう。後は報告書を書くだけさ。ただ、問題の家に一歩も入らず、報告書というわけにもいかない。どうだろう、玄関まで入らせてもらえないか。それで退散しよう」

門柱を打つ拳の音が止まり、前島は大きく血走った目で犬頭を睨んだ。伸び放題の白髪は千々《ちぢ》に乱れ、痩けた頬から顎にかけては、無精髭に覆われている。首や肩回りも細く、骨が浮きだしている状態だった。

睨み合いは一分以上、続いただろうか。ふいに前島が道を開けた。その機を逃さず、犬頭は門をくぐる。その背中を追った後、前島の目は恵美子に向けられた。恐ろしさと嫌悪感に泣きだしたい思いであったが、雅弘や犬頭のことを思えば、それもできない。

意を決して、門をくぐった。玄関までの数メートル、両側には古新聞の壁があった。高さは恵美子の身長を超える。二メートルはあるだろう。閉塞感に息が詰まりそうになった。

玄関の戸を開けると、ぼんやりとした光が室内を照らしていた。靴脱ぎ場の天井に、裸電球が一つ、吊るしてある。

敷居をまたごうとした恵美子は、思わず足を宙に浮かしたまま静止した。右側には木製の下駄箱があるが、中には古雑誌が押しこまれていた。一年近く前の週刊漫画雑誌である。下駄箱の上は、別の漫画雑誌が山になっていた。てっぺんは天井に届き、斜めに傾いでいる。

向かい側に積まれていたのは、チラシやフリーペーパーの類だった。近所のスーパーのチラシから量販店の広告まで、色とりどりの紙が折り重なり、極彩色の壁になっている。よく見ると、フリーペーパーは同じものが何十冊とあった。

靴を脱ぎ上がったところも、大差はない。紐でしばることもせず、ただ積み上げた雑誌、新聞の類が迫る。床は重みのせいか、足をおくたび、ギシギシと悲鳴のような音を発した。

充分な広さのある廊下も、今は人が一人、何とか通れるほどの幅しかない。何かのはずみで両側の壁が崩れてきたら……。重さで押しつぶされ、最終的には窒息死してしまうだろう。海外では実際、ゴミに埋もれて窒息死した事例がある。

恵美子は前を行く犬頭のジャケットを、握りしめた。ゴミ屋敷というものを、甘く考えていた。汚い、臭いという嫌悪の情だけで問題を捉えていたが、実際は命にかかわる危険が潜んでいるのだ。

廊下は長く、両側を埋め尽くす雑誌類も奥の方まで続いている。他の部屋への出入口も、ゴミで完全に塞がれているようだ。

唯一見えるのは、廊下の突き当たりにある扉だった。

「そこまでだ！」

廊下の中ほどまで来たところで、前島の上ずった声が聞こえた。玄関に立ち、じっとこちらを睨んでいた。

犬頭は足を止める。そして、左右の雑誌、新聞をさらに詳細にチェックし始めた。

「ふむ、なるほど」

犬頭がゴミ束の一角を手前に引いた。漫画雑誌が音をたてて落ちてきた。埃とカビ臭さに、恵美子は手で鼻と口を押さえた。

「きさま、何をするか！」

前島が突進してくる。

「うるさい、じっとしていろ」

犬頭が指を動かすと、古新聞の束が宙を飛び、前島の足下に積み上がった。驚いて足を止めた前島を見て、犬頭は満足げに笑う。

「そう興奮するな。体に悪いぞ」

舞い上がる埃が晴れ、恵美子が薄目を開くと、目の前に階段が出現していた。二階に通じる階段だ。

「ゴミによって、家の間取りを変えてしまう。なかなかいい手だな」

犬頭は階段を見上げる。踊り場にある電気は消えており、階段の先は闇に包まれている。

それでも、ステップに置かれた古雑誌の山は見ることができた。何のことはない、階段部分も他と同じ状態だった。両側のゴミのせいで、階段は廊下以上に狭く、体を横にして何とか通り抜けられるほどの幅しかない。

「なるほどな」

そこに積まれたゴミを一瞥し、犬頭は言った。

「よし、恵美子君、帰ろう」

「は？」

「見るべきものは見たからな。帰る」

「帰るって、ここまで来て？」

いるだろう」

「ゴミはもう見飽きただろう。外に出て、新鮮な空気を吸おうじゃないか。空には星も出ているだろう」

「でも……」

犬頭は、それ以上、取りあわなかった。廊下で仁王立ちする前島に対し、犬頭はひょいと右手を上げた。

「邪魔したな」

前島の体を隅に押しやり、わずかな隙間をするりと抜ける。

前島は毒気を抜かれたような表情で、恵美子が脇を抜けるときも、ただ廊下に崩れたゴミを見下ろすだけだった。

廊下を進みながら、犬頭が言った。

「おまえも疲れただろう。本来の職務ではないが、行きがけの駄賃だ。明日中には、すべて終わらせてやる」

恵美子には何のことか判らない。

「犬頭さん、それは……」

「君に言ったのではない」

犬頭はゴミを器用に避けながら、表に消えた。一方恵美子は、足下に気をつけながら、慎重に時間をかけて玄関まで戻った。廊下を振り返ると、前島が一人、廊下に座りこんでいた。

三

前島宅の前を離れた犬頭は、早足で坂を下っていく。

「ちょっと、犬頭さん！」

「遅いぞ。明日中などと言ったが、面倒くさい。今夜中に片をつけてやろう」

「今夜中って、もう夜の十一時ですよ！」

「俺が起きろと言えば、みんな、飛び起きる」

犬頭は一軒の家の前でぴたりと止まる。町内会長勝山の家だ。門柱の明かりは消えていたが、窓のいくつかに光がある。犬頭は躊躇なくインターホンを押した。

「どなた？」

不審げな硬い声がした。勝山本人だ。

「犬頭だ！」

「なんだ、犬頭って」

「犬頭は犬頭だ。他に何がある！」

「その声は、昼間に来た大島不動産販売の人かい？」

「だから、犬頭だ」

「何だい、こんな時間に」

「ききたいことがある」

「はいはい、ちょっと待ってくれ」

犬頭の魔力のせいか、元来、人の好い男なのか、勝山は怒った様子も見せず、玄関の戸を開けてくれた。

勝山は犬頭の後ろにいる恵美子を見て、目を丸くする。

「こんな時間まで仕事かい。大手だと思ってたけど、人使い荒いねぇ」

「今夜は特別です」

「で、ききたいことって？」

「それは、犬頭の方から」

「前島四毛の息子について教えてもらいたい」

勝山はピタピタと自分の頬をはたき、小さくため息をついた。

「やれやれ、息子のことねぇ」

「かつて四毛と同居していたらしいな。一度リストラされたが、再就職を決め、今では実家に寄りつきもしないとか」

「そんなこと、誰から聞いた？　ああ、伊藤明子だな。まったく、よく知りもしないのに、勝手なことをぺらぺらと」

「すると、息子は時々戻ってきているのか？」

「いや、何年か、姿を見ていない」

「なら、明子の言う通りじゃないか」

「いや、そりゃそうだけど、人様の家のことをあれこれ言うのは……」

「おまえは、息子と同級生だったな」

勝山の表情が硬くなった。

「どうしてそれを？」

「俺は何でも知っているぞ。下調べの一つもしないで、ノコノコやって来ると思うか？　あそこまでこじれたゴミ屋敷を何とかするのは、並大抵のことではないからな」

「だが、ゴミを集めているのは、四毛さんだ。息子は関係ないだろう」

「いや、関係があるのは、間違いない」

「根拠はあるのか？」

「あるわけない。相手はゴミ屋敷だぞ。何もかもが、ゴミの中さ」

「訳の判らん理屈だが、このまま追い返すこともできそうにないな」

勝山は苦笑する。

「おまえが話さなくても、誰かが話す。あまり時間がないのだ。手間をはぶいてくれ」

「判ったよ。四毛さんの息子、猛《たけし》って名前だ。昔はいいヤツだったんだ。球技が得意でさ、女にもてたよ。ちょっと神経質なところもあったけど、理系の科目は学年トップクラスだった。一流の私立大学に行って、大手の家電メーカーにエンジニアとして就職した。勤務先は隣町にある工場でさ。毎日、あの家から車で出かけてたよ。そのまま地元で暮らしていくと思ってたんだがなぁ」

「何があった？」

「三年前にさ、リストラされたんだよ。今はどこも厳しいだろう？　あいつ、潔癖なところもあったから、上司や同僚と合わなかったらしい。俺たちもいろいろと慰めたんだけど、手応えなしでさ。結局、半年ほどは失業保険の世話になってた。親父さんもがっかりしてたみたいだ」

「その後、猛は再就職しなかったのか？」

「したよ。駅前にある大型書店にな」

犬頭の目が輝いた。

「そうか！　書店か！」

「猛のヤツ、昔から本が好きでさ。雑誌とかたくさん買ってたんだ。書店って最初聞いたときは耳を疑ったけど、もしかすると、あいつに向いてるかなって、思い直したりもした。でも、結局、一年とたたない内に、エンジニアとしての仕事が見つかったみたいだった。さっさと書店を辞めて、勤務地に行っちまったよ」

「それはどこだ？」

「秋田の方らしいよ。大手ではないけど、堅実なメーカーの工場らしい」

「猛はある日突然、秋田に行ったのだな？」

「ああ。俺たちに挨拶もなくさ。当時は腹が立ったぜ。世話になった人間に挨拶もなしってんだから。しかも、それ以来、一度も戻って来ない。親父さんがあんな風になってるっていうのにだ」

「連絡先は知らないのか？」

勝山は首を振る。

「親父さんに聞いても教えてくれないしな。正直、途方に暮れてるところさ」

「最後に一つきく。この界隈の資源ゴミ置き場はどこだ？」

「はぁ？」

「あるだろう？　古紙をまとめてだす場所が」

「ああ。この坂を上がりきった突き当たりさ。公園になっていて、ゴミ置き場はその出入口の脇」

「前島宅からは、わりと近い場所だな」

「ああ。歩いて三分ってとこかな」

「助かった、礼を言うぞ」

「あんた、本当にあのゴミ屋敷を何とかしてくれるのか？」

「そのつもりだ」

「もし、ゴミを運びだすことになったら、教えてくれ。手伝いに行くよ」

「判った。必ず知らせよう」

勝山は「頼む」と低い声でつぶやくと、家の中へと消えていった。

犬頭は夜空に向かい、鼻をクンクンいわせた。

「うむ、悪臭はほぼなくなった。さて、一つ、公園散策といくか」

犬頭は歩きだす。

「散策って、資源ゴミ置き場の？」

「他にどこがある」

坂をスタスタと上がっていく犬頭に、恵美子は言った。

「前島猛さんのことなんですけど……」

「うむ」

「もう亡くなっているのではないでしょうか」

「どうしてそう思う？」

「だって、もう二年近く、誰も姿を見ていないんですよ。そこにあのゴミ屋敷です」

「何が言いたいのだ？」

「猛さんは、あのゴミ屋敷の中で眠っているのではないでしょうか」

「ふむ。つまり、猛はもう死んでいる。そして、あのゴミは彼の死体を隠蔽するためのもの」

「はい。猛さんがどうして亡くなったのかは判りません。病気だったのか、自殺だったのか……」

「父親である、四毛が殺したのか」

「こんなこと、考えるのも嫌なんですけど」

「可能性としては、大いに考えられるぞ。父親の期待を裏切り、リストラされた息子。ちょっとした言い合いが原因で、殺し合いが始まったかもしれんな」

「そんな身も蓋もない言い方しなくても」

「事実は事実だろう？　四毛は死体を隠蔽《いんぺい》するため、おかしくなったフリをしてゴミを集めまくった」

「はい。だって、おかしいと思いませんか？　あの家のゴミ」

「おかしいとは？」

「ゴミといっても、あるのは古新聞と雑誌やペーパーの類《たぐい》ばかりでした。私、もっと酷い現場を想像していたんです。粗大ゴミや生ゴミが混在していて、臭いや虫とかが……」

「まあ実際のところ、臭いの因《もと》はあのゴロツキ共の仕業《しわざ》であったたし、処置が早かったので、虫、害獣の類も出なかった」

「四毛さんは、わざと近隣に迷惑のかからないゴミを選んで持ち帰っていたのではないでしょうか。紙類なら、さほど臭いも出ませんし」

犬頭は早足で歩きながら、手を叩いた。

「さすがだ。修業の甲斐あって、面白いことが言えるようになったな」

「修業なんてしてません……あのぅ、面白いことってどういう意味ですか？」

「いい線を突けるようになったということだ。さきほど別行動を取ったとき、前島猛について、少々、調べてみた。一つ判ったことは、ヤツは秋田の工場になど行ってないということだ。就職の記録もない」

「はぁ？」

「ヤツは一昨年の十二月に書店を辞め、それっきり、行方不明ということさ」

恵美子は勢いこんだ。

「それじゃあ、やっぱり！」

「そう興奮するな。結論を急ぐことはない」

「でも、あまり時間がないんですよね」

「そうだ。急げ」

「どっちなんです⁉」

「とにかく、目的地だ」

坂を登り切ったところには、広々とした公園があった。街灯の光だけでは隅々まで見渡せないが、緑に囲まれた、気持ちのよい場所になっている。

「こちら側の景色もなかなかだ」

犬頭に促されて振り返ると、見事な夜景が広がっていた。駅前から放射状に伸びた、商店や家々の明かりが、キラキラとイルミネーションのように輝いている。

「綺麗……」

「スケールは小さいが、見事なものだ」

「でも、どうしてこんなところに来たんですか？」

「これだ」

犬頭の手に、麻紐で束ねられた紙束があった。

「それ、倉岳さんのところにあった……」

「そう。必要があって、持ちだしてきた」

「いつのまに……」

「気にするな。とにかく、ここに記されている警察官殺し。その現場をもう一度見ることが肝要だ」

犬頭はどこからともなく、三冊の週刊誌をだしてきた。

「倉岳のヤツめ、こんなものも隠していたぞ」

雑誌を次々と開いていく。どれも、トップは多田巡査殺害事件についての記事だった。

「巡査殺害事件に疑問⁉」

「巡査は本当に自殺したのか⁉」

などの見出しが躍っている。

「当時、多田殺しにはいくつかの疑問があった。警察が全力で圧力をかけたので、大した盛り上がりはみせなかったがな」

「疑問って、具体的にどんなものだったんですか？」

「多田は殺されたのではなく、自殺したとする説だ。彼が躁鬱の状態にあり、近々、内勤に異動が決まっていたことはよく知られている」

「でも実際には、犯人が捕まっているわけですよね」

「捕まったわけじゃない。警察が見つけたとき、もう死んでいたんだ。本当に犯人であったのかどうか、誰も判らない」

犬頭は恐ろしいことを軽い調子で言ってのけた。

「それって、どういう意味なんですか？」

「そもそも、間村に警官を襲って殺す動機が見当たらない。警察は、間村が犯行時、泥酔状態であり、大した理由もなく多田を襲ったと結論づけている。だが、若い警官が、泥酔したホームレスに、どうして銃を奪われたかについては言及がない。それともう一つ、多田の相棒であった倉岳にも疑問がある」

「それは？」

「勤務時間だよ。本来、倉岳の勤務はその日の午後六時で終わり、以降、丸一日、非番になる予定だった。それが夜勤のパトロールに、新人と二人で出かけるなんておかしいじゃないか」

「警察側は何と言ってるんです？」

「勤務時間の変更は常態的に行われているとだけ、コメントしているな」

恵美子はもう一度、記事全体に目を通す。

事件への疑問はもっともだと感じるものの、結局は明確な根拠はなく、さらに言えば、疑問に対する答えを見つけようという思いも大して感じられない。

「こうした些細《ささい》な疑問というのは、どんな事件にもあるんじゃないでしょうか。記事そのものに意味があるとは思えません」

「多くの人間がそう思った。そして、事件は風化し忘れられた。だが……」

犬頭は週刊誌を閉じる。

「それが真実を引き当てていたとしたらどうだ」

犬頭は、公園入り口にある街灯を示した。

「かつて、そこにベンチがあり、その脇には資源ゴミの回収場所があった。事件後、どういうわけか、反対方向に移動されている」

確かに、回収場所は門をはさんで反対方向の道端に移されていた。ベンチは撤去されたままとなったようだ。

「自殺をするほど思い詰めた人間が、一人、あの坂を登り、この場所に辿り着く。そして、ベンチに座り、美しい夜景を目にしながら、引き金を引く」

闇の中で語る犬頭の皮膚は青白く、目は赤く輝いていた。

「犬頭さん……」

「あり得ぬことではないだろう？」

「でも、証拠は何もありませんよ」

「あったかもしれん。それをこれから、確かめに行こう」

四

玄関の方から、金属のこすれ合う音が聞こえてきた。

「来た、来ました」

恵美子は興奮のあまり、つぶやいていた。一方、犬頭はカタカタと貧乏揺すりを続けている。

「まったく、今まで何をやっていたんだか。来るなら、もう少し、早く来い」

「午前二時半ですよ！」

恵美子が身を潜めているのは、前島宅のゴミの中だった。廊下の突き当たり、天井の高さに達する古新聞の陰に、体育座りをしていた。対する犬頭は、彼女の斜め向かい、やはり天井まで積まれた段ボール箱の陰にいた。箱の中には、車雑誌と鉄道雑誌がぎっしりと詰めこまれている。

廊下の明かりは消えており、室内は暗闇だった。

玄関からの金属音は、まだ続いている。

犬頭がつぶやいた。

「下手くそめ。さっさと開けろ」

「無茶、言わないでください」

錠のはずれる音がした。ゆっくりと戸を開く気配が伝わってくる。

「来ました！」

「言われなくても判っている。少し静かにしていろ」

床を踏む軋《きし》み音が近づいてくる。闇の中で、相手との距離感が摑めない。廊下の奥まで進んで来られたら、相手から丸見えだ。恵美子は膝を抱える腕に力をこめ、奥歯を嚙みしめて緊張に耐えた。

足音が止まり、何やらツンとした異臭が鼻を刺激する。

屋敷に漂うカビ臭さや、生ゴミの不快な臭いとも違う。

これは……。

灯油だ。

室内にぼんやりとした光が灯った。廊下の中ほどから光の輪が始まり、古新聞、古雑誌の影を浮き立たせる。揺らめく薄明かりの中で見るゴミの山は、現実のものとは思えず、イリユージョンの世界に迷いこんでしまったかのようだ。

犬頭が音もなく立ち上がり、パチンと指を鳴らす。どこからともなく風が吹いてきて、廊下の淡い光が消えた。同時に天井の裸電球が灯る。

「どうしようもなくなって、すべて燃やそうという腹か。バカめ」

古新聞の隙間から廊下を覗くと、黒ずくめの男が一人、立っていた。手にはガスライターが握られ、足下には茶色の小瓶がある。中には黒い液体が入っていた。恐らく灯油だろう。

犬頭の出現に、男はパニックになったようだ。ガスライターを再点火しようとするが、わずかな火花が散るばかり。

「ちくしょう」

ライターを犬頭に投げつける。それを左手で受け止めると、犬頭は手を二つ叩く。男の周囲にあるゴミの山がグラグラと揺れ始めた。

「え？　え？」

左右から新聞や雑誌がいっせいに崩れ落ちた。

「ひええええ」

下敷きとなった男の悲鳴が響く。折り重なったゴミの間から、右腕だけが、天井に向かって伸びていた。

犬頭はその右腕を摑むと、そのままぐいと引き上げた。猛烈な力で、賊の体がゴミの中から現れる。黒い服は埃で灰色となり、腕や胸のあたりは生地が破けてボロボロだ。手袋も靴下も脱げ去り、ズボンは半ば脱げかかっていた。

犬頭は目だし帽に手をかけると、一気にはぎ取る。苦痛に歪んだ倉岳の顔がそこにあった。

「不法侵入に放火未遂というところだな。もう言い逃れはできんぞ」

「お、おまえたち、どうして……。前島は……？」

「前島四毛なら、奥の台所にいる。ちなみに、我々は不法侵入ではないぞ。きちんと彼から許可を貰って立ち入っているのだ」

「前島から許可だと？　そんな……」

「意外か？　あの老人はいたって正気だぞ。それは、周りのゴミを見ても判るじゃないか」

犬頭は、崩れていない古新聞のタワーを手でポンポン叩く。

「この古新聞を見ろ。きちんと束ねられている。中にはきっちり日付順に並んでいるものもあるぞ。様々なものを溜めこんでしまう人間のことを、ホーダーと言うが、この状態は一般的なホーダーには当てはまらない」

倉岳はそれを聞いて、目をぱちくりさせる。

犬頭は苛立たしげに足を踏みならすと、

「ホーダーにとって、収集しているものには大きな意味があるのだ。他人から見てガラクタ、ゴミにしか見えないものでも、当人にとっては重要なものなのだ。特に、新聞や雑誌などを集めるホーダーにとって重要なものは、そこに記載されている情報だ。情報を活用したい、あるいは友人に教えてやりたい、そういう意図があって、自宅に持ち帰る。だが問題なのは、必要とする情報の取捨選択ができず、持ち帰る情報が多量すぎて、結局は処理しきれなくなることだ。月曜に持ち帰った新聞の上に、火曜の新聞が載る。一週間たつころには、六日分の新聞が上にある。あるとき、月曜の新聞を探そうとするが、もうどこにあるか判らない。そこで、積み上げた山を崩し、捜索をする。だが、見つからない。そしてその日、また新たな新聞が一番上に載せられる。こうして、ゴミのタワーは流動していくんだ。ここにあるものみたいに、整然と並んでいたりはしない。これは、きっちりと情報の処理ができる人間が、あくまで理性的に作り上げたものだ。それを行ったのが前島四毛だ。この男は、ホーダーでも何でもないんだよ」

「ホーダーじゃないって、それなら前島さんは、どうしてそんなことを？　つまり、わざとゴミ屋敷を作り上げたってことですよね」

「ゴミというのは不思議なものだ。人間の持つ、理性とか慈悲とかいった美徳をすべて吹き飛ばしてしまう。一つ二つの紙クズを放っておいたがために、そこがいつのまにかゴミ捨て場になっていた、そんな事例があるだろう？　だが、ゴミをなめてはいかん。ゴミは常に主張している。己を捨てた人間への復讐の機会を、常に狙っているのさ」

犬頭は新聞タワーの一角を押し倒す。ちょうど、階段を覆い隠していた部分だ。前回同様、ゴミに埋もれた階段が出現した。

「この階段のゴミも同様だ。整然と並んでいる。だが、ここを見ろ、同じ雑誌が三冊ずつ積んである。これは雑誌の清潔さを守るための行為なのだ。店頭に並んだ雑誌には、当然のことだが、人の指紋や脂がついているだろう？　ホーダーの中には、それが我慢できない者がいる。前島猛は、書店員として働いていた、そうだったな？」

廊下奥のドアが開き、前島四毛が悄然《しょうぜん》として立っていた。

「書店員は搬入された本を棚に並べる。つまり、届いたばかりの汚れていない本に、まず触ることができるわけだ。猛はそこに気づき、書店員を志した。だが、それでも問題は残る。箱からだす際、自分自身が、本に触れてしまう」

「そんなの当たり前です」

「だから、三冊買ったんだよ。箱からだすとき、三冊まとめてだせば、上と下の本には自分の指紋がつくが、真ん中の本の潔癖は守れる」

「そんな……」

「バカなと言いたいのか？　ホーダーの世界ではよくあることだぞ。一冊は読むために、一冊は切り抜くために、そして一冊は綺麗に保管しておくために」

恵美子は階段を埋める雑誌の山を見上げた。すべてではないが、多くの雑誌が三冊ずつ、積み上げられている。

「でも、この雑誌、全然、読んだ跡がありません」

「見つけたときは読む気なんだよ。だが、いざ自宅に戻ると、それ以上に重要な情報があふれている。だから、雑誌たちはポンと階段の脇に置かれる。さっきも言っただろう、その繰り返しが、大量のゴミを生むんだ」

犬頭は続ける。

「ゴミは主張する。この家のゴミには二つのパターンがある。一つは典型的なホーダーのパターン。もう一つは極めて理性的なパターン。つまり……」

「つまり、どういうことです？」

「この家には二人の人間がいるってことさ。ホーダーと、ホーダーのふりをした者だ」

犬頭が階段のゴミを叩いた。

「この階段から向こうにあるものは、本物が集めたものさ。すべてに執着と意図が感じられる。だが、一階部分にあるものは、普通の人間が適当に集めたものに過ぎない。それは……」

「それは、どういうことなんです？」

「この家には、本物のホーダーがいた。そいつは、ペーパー類、雑誌、新聞などの収集癖があり、片っ端から溜めこみ始めた。そのホーディングが始まったのは、一昨年の夏だ。だが、そうした行動は半年ほどで収まりを見せる。すると今度は、もう一人の人間が、ホーディングを始めた」

「何のために？」

犬頭は、階段の先に広がる闇を見上げた。

「答えはこの先にある。ここ同様、ゴミに埋もれているのだろう。そこにいるのは、前島猛。彼こそが、本物のホーダーだ」

「え……でも、息子の猛さんは……」

犬頭は苦笑する。

「君の勝手な想像に賛同したことは一度もないぞ。猛は今もちゃんと生きている。だからこそ、父親である四毛は、彼を守るため、こんなゴミ屋敷を作り上げたんだ」

そこで口を開いたのは、前島四毛だった。

「息子はこの一年半、一歩も部屋から出てきません。もうゴミを持ってくることすらしなくなりました。私もどうしたらいいのか……」

恵美子は犬頭に助けを求める。

「何が何だか、判らなくなってきました」

「前島猛は三年前、会社をリストラされた。そのころから、ホーディングが始まっていたのだろう。だが、本格化するのは、書店員として勤め始めてからだ。猛のいる二階の部屋は、みるみる新聞、雑誌の類で埋め尽くされていった。そうじゃないか？」

犬頭は同意を求めるように、前島四毛を見た。彼は弱々しくうなずいた。

「会社で何があったのか、よく判らんままだ。ただ、酷く落ちこんでいてなぁ。何度も医者に診せようとしたが、それも嫌がる。そのうち、新聞やら週刊誌やらを買いこんでくるようになってな。書店勤めも、良かれと思ってのことだったが、すべて裏目に出てしまったようで」

精神的に追い詰められた前島猛が、ホーディングという行動に走った。それは理解できる。だが、そのことと、四毛によるゴミ収集がどう絡んでくるのか。それに加え、目の前で打ち萎れている倉岳との関係は何なのか。

犬頭が言った。

「前島四毛、あんたの息子はどこから雑誌や新聞の類を集めてきた？」

「最初の内はちゃんと購入していたんだ。さっきあんたが言ってた三冊買いに固執していた頃もある。だがだんだん、こだわりがなくなってきた。パソコンは部屋にあったから、ネットで大量に買いこんだりしていた。カードの限度額を超え、すぐ使用できなくなったがな。それからは、新刊、古本、何でもおかまいなしになった。そして最後には、捨ててある本を持ってくるようになった」

「坂を上がったところにある資源ゴミ置き場。あそこには？」

「時々、行っていた」

「ゴミ置き場の資源ゴミは、勝手に持ち帰ってはいけないことになっている」

「そんなこと、気にかける状態ではなかったよ。黙認するしかなかった」

「二年前の冬、何があった？　この男に聞こえるように話せ」

「真夜中過ぎ、猛が古雑誌の束を抱えて帰ってきた。だが、雰囲気がいつもとは違った。何やら怯えているようで、そのまま自室に閉じこもってしまった。何があったのかききだそうとしたが、要領を得ない。あきらめかけたとき、猛が持って来た雑誌に気づいたんだ。それには、点々と血がついていた」

「それだ、それだよ。それこそが探していたものさ」

「古雑誌に血がついていることは、前にも何度かあった。だから、そのときは大して気にも留めなかったんだ。ところが翌日、そこの公園で警官殺しがあったと知った。それでピンときた。ワシは今一度、猛に問いただした。息子はすべてを話してくれたよ。報道された内容とは少々違う顚末を」

「つまり、猛はすべてを見ていたわけだな」

「雑誌を持ち帰ろうとして、公園の人影に気づいたようだ。普段は、そんなことに興味も見せないのに、まあ、魔が差したというやつかな」

猛が公園で何を目撃したのか、恵美子にも判り始めてきた。

「犬頭さん、それって、もしかして……」

「想像は当たっているはずだ。一昨年の十二月、多田巡査は公園で自殺したんだ。ここにいる倉岳たちは、それを隠蔽した。ホームレス一人を殺してまでな」

うなだれていた倉岳の肩が震えた。

「だって、仕方ないだろう。部下の自殺は御法度だ。そんなことになったら、上司を始め署長に至るまでが、責任をとらされる。そんなこと、許されるはずが……」

「おまえたちの理論によると、殺人は許されるのだな。まあ、公園に巣くうホームレスなど、人の範疇《はんちゆう》に入らんか」

「そ、そんなことはない。今だから言うが、お膳立てをしたのは、地域課の課長と副署長だ。俺は命令に従っただけだ」

「責任はないというのか？　そもそも、おまえは多田の教育係だったんだろう？」

「確かに、俺だって努力した。だが、あいつは元来気が弱くて、警官になんて向いてなかったんだよ。精神状態が不安定になっていくのは、見ていて判った。だから、何度も上申したんだ。聞き届けて貰えなかったが」

「その結果が組織ぐるみの自殺隠蔽か」

「夜勤のとき、多田は誰にも何も言わず、姿を消した。俺たちは必死で捜したんだ。そしたら、あの公園のベンチで死んでた。拳銃使っての自殺なんて、マスコミにもれたら終わりだ。幸い、人影はなく、自殺の瞬間を目撃した者もいないようだった。課長の命令で、俺と何人かの同僚たちで死体を動かし、池に沈めた。硝煙反応なんかを、少しでも誤魔化せればと思ったからだ。だが、そこをホームレスに見られた」

「そいつを犯人に仕立て上げれば、一石二鳥というわけか。さすが、本職だな」

「俺だって、やりたくなかった。だが、課長に命令されたんだ。命令には従わなくてはならない。我々は犬のようなものだから……」

「キエエエエエ！」

倉岳の上に新聞の束が崩れ落ちた。四方八方から飛んできて、倉岳の全身を埋めていく。

恵美子は犬頭を羽交い締めにした。

「止めてください。死んじゃいます」

「きさまらのような人間と犬を同列にするなど、失礼千万！」

「この人がいなくなったら、この家を助けることができなくなります」

「ふむ、それもそうか」

犬頭はあっさりとうなずいた。飛び交う新聞紙はなくなり、もうもうとした埃の中、雑巾のようになった倉岳が玄関の方に這っていく。

「助けて、化け物……殺される」

「ふん、死ぬより苦しい目に遭わせてくれるわ。ところで、前島四毛よ、問題の雑誌は見つかったのか」

四毛は力なく首を振った。

「それが、どうしても見つかりません」

「そうか。まあ、仕方ない。見つかったところで、持ちだすのは難しいだろうからな」

恵美子はたずねた。

「雑誌って、何の雑誌ですか?」

「決まっているだろう。事件当夜、猛が持ち帰った雑誌だよ。多田巡査が自殺したベンチの脇には、資源ゴミ置き場があったと言っただろう。当然、血が飛んでいるじゃないか」

「あ、なるほど。じゃあ、猛さんが持ち帰った雑誌についていた血痕というのは……」

「多田の血だ。警察は、公園内のトイレに行こうとしていた多田が、途中、池付近で犯人に襲われ、銃を奪われたという筋書きをたてた。入り口のベンチに血痕が残っていてはまずいわけさ」

「倉岳たちは、そのことに気づかなかったんですか」

「当初はな。だが、少ししてから気がついた。倉岳は、ベンチやゴミ置き場に飛び散った血痕の始末をしている。誰より、現場に詳しい男だ。相応の報酬を貰い、責任のすべてを被る形で退職したが、何らかの違和感を覚えていたに違いない。だからこそ、捜査資料を手元に置き、考え続けていたんだ。そしてあるとき、猛の存在に気がついた。何とか手を打とうとしたが、そのとき、この家は既にゴミ屋敷と化していたのだ」

「でも、猛さんはすべてを見ていたわけですよね。どうして、すぐに通報しなかったんです？」

「それをすれば、失ってしまうものがあるからだ」

「失うもの？」

「雑誌だよ。血のついた雑誌を差しださねばならなくなるだろう？」

「え、でも、それはあくまでもゴミ……」

「ゴミだと思うのは、我々の勝手だ。言っただろう、本人にとっては、何よりも大切な、何としても手放したくないものなんだ。だからこそ、家に持ち帰るんだ」

「そんな理由のために、重要な証拠品がゴミに埋もれていたんですか……」

「その一方で、前島四毛は一年以上、一人で闘ってきたんだよ。息子の手元には証拠品がある。犯人に突き止められたら、それを処分しようとするだろう。だから、二重三重に防備を固めた。自らホーダーとなることで、近隣住人との接点をなくし、近づきがたいイメージを作り上げた。そして、猛の存在を消し、地方に行ったことにした。さらに言えば、雑誌を隠すなら雑誌の中。膨大なゴミを溜めこめば、問題の雑誌を隠すことにもなる」

息子のため世間との接点を切り、黙々と古新聞などを集めていた彼の行動には、鬼気迫るものがある。

四毛は低い声で言った。

「息子がここまで追い詰められたのは、ワシのせいでもある。会社が辛いと何度も相談されたのに、慰めの言葉一つ、かけてやれなんだ。今度こそ、ワシは息子を守ると決めたのでな」

「あんたの行動は乱暴だが、なかなか効果的だった。倉岳たちが事実に気づき、調査を始めても、猛の存在は無視され、注意はホーダーである前島四毛一人に向けられた。見事だよ。おまえは命がけで、息子をかばい通したのだ。人間にしてはあっぱれだ。もっとも……」

犬頭は必死に這っていく倉岳の背を見やりながら、

「この家がゴミ屋敷化したのは、警察側にも都合が良かった。前島四毛の精神状態が疑われ、さらに証拠の品がゴミに紛れてしまえば、問題は一掃される。だからこそ、倉岳たちは実力行使に出ることなく、監視だけを続けたのだ。だがここに来て、事情が変わった」

「例の地上げですね」

「そうだ。雇われたヤクザ共が、生ゴミを投げ入れたり、嫌がらせを始めた。ゴミ屋敷の存在は、たちまち町内の問題となり、行政主導で一斉清掃が行われる可能性まで出て来てしまった」

行政側が一斉清掃のヒントを与えたとき、唯一反対したのが倉岳だった。清掃により、証拠品に日が当たる可能性を恐れてのことだろう。

「静観を目論《もくろ》んでいた倉岳たちだが、そうもいかなくなった。そこに俺たちだ。我慢も限界だったわけさ」

四つん這いのままでジリジリと前進していた倉岳は、ようやく玄関前に達していた。

犬頭は階段に積まれた雑誌類の中から、特に分厚いガーデニングの本を取りだした。それを手裏剣の要領で投げる。クルクルと回転しながら飛んだ本は、倉岳の後頭部に当たった。彼は声もなく、気絶してしまった。

「さあ、通報だ通報だ。言い逃れはできんぞ。さあ、前島四毛、警察に連絡だ。引っ捕らえてもらえ」

四毛は台所へと下がっていく。

「犬頭さん、不法侵入と放火はいいとして、殺人の件はどうなるんです？」

「そいつはまだ判らん。猛のことを考えると、問題の雑誌は、やはり、証拠として提出はできん」

「じゃあ、どうすれば……」

「今やれることは、猛にカウンセリングを受けさせ、少しずつ、心を開かせていくことだ。そうすれば、いずれ、これらの雑誌を手放すことができる。恵美子君、医師の手配を大島不動産販売の手で行うことはできるかな？」

「篠崎さんに相談してみます。この家のゴミをなくすための手段ですから、恐らく大丈夫だと思います」

パトカーのサイレンが近づいてきた。

「さて、我々は帰るとしよう。前島四毛！」

台所の戸口に立つ、四毛を見て、犬頭は右手を上げた。

「がんばれよ」


長い坂を下りながら、恵美子は言った。

「前島さんたち、本当に大丈夫でしょうか。倉岳たちのことが心配です。だって、警察にとっては元身内なわけですよね。上手くもみ消されたり……」

「それは警察に期待するしかない。恐らく大丈夫だと俺は思うぞ。人間、そこまで腐ってはおるまい」

「だといいんですけど」

「恵美子君、たしかに、多田巡査とホームレスの件は気の毒だ。だが、我々の職務は、あのゴミ屋敷問題を何とかすることだ。臭いの因《もと》は断ったし、ゴミ撤去に向けた動きに道もつけた。後は君が上手く報告書をまとめるだけだ。それで、雅弘は守られる」

「そう、そうですよね」

東の空が白み始め、やがて、太陽が少しずつ顔をだしてきた。

ややかすんではいるが、見事な夜明けだった。

「犬頭さん、綺麗ですねぇ」

だが、彼の姿は、もうどこにもなかった。

## 五

自室のベッドの上で、雅弘は本を読んでいた。最近、調子がよいらしく、以前、恵美子が持ちこんだミステリーを片っ端から読んでいる。

部屋の掃除をしながら、恵美子は言う。

「あんまり根を詰めると、体にさわりますよ」

「すごく面白くて、止められないんだよ」

「いま、何を読んでいるんですか？」

「アクロイド殺し」

「それ、すごいですよ。びっくりします」

「僕ね、犯人、判ったと思うんだ」

「本当ですか？」

「うん、絶対、絶対、間違いないと思う」

「雅弘さんには、判らないと思うんですけど」

「あ、酷いなぁ。じゃあ、僕、いま犯人の名前を言うからね。犯人は……」

来客を知らせるベルが鳴った。恵美子は部屋を出て、玄関に通じる階段を下りた。

ホールに立っていたのは、上司の片山だった。灰色のスーツを着て、淀んだ目でこちらを見上げていた。

「やあ。この間の件は、ご苦労様。報告書も読ませてもらったよ。いろいろ、大変だったみたいだね」

「いえ、それほどでも」

「でもあの後、大変なことになってるよねぇ。警察の不祥事が次々出てきてさぁ。人殺しまでしてたっていうんだから驚きだよ。警視庁トップの辞任までいくらしいよ」

「そうですか……」

「それから、前島さん、あの家と土地を売って、引っ越すそうだよ。静岡の方に、治療施設があるらしくて、息子さんはそこに入るんだって。ゴミの撤去も約束してくれたよ」

「そうですか。よかったです」

「ま、そんなことは、君に関係ない。今日は、これを渡しにきたんだ。次の仕事」

片山は脇に挟んだ封筒を、こちらに差しだした。

彼からもたらされる無理難題には、もうすっかり慣れてしまった。恵美子は黙って受け取ると、すぐに中身を確認する。

片山はニヤニヤと嫌な笑みを浮かべると、

「じゃあ、よろしくね。今度はお祓《はら》いとかしていった方がいいかもね」

と逃げるようにして帰っていく。

恵美子は書類に目を通す。何がお祓いだ。居座りだの、借りると死ぬだの、ゴミ屋敷だの、もうこれ以上、何が来ても驚くものか。

だが、冒頭の一行を読み、背筋が凍った。

『家内における怪奇現象の解決について』

夜な夜な、家具が移動する。皿が飛ぶ。不可解な音があちこちからする。勝手に窓ガラスが開く。

「これって、ポルターガイストじゃないの……？」

恵美子は、書類を握りしめたまま、その場にしゃがみこんだ。

# 騒がしい部屋

# 一

窓の拭き掃除を終えた若宮恵美子は、からりと晴れ上がった空を、ガラス越しに見上げた。本格的な秋の始まりを告げるかのような、深い青色が広がっている。朝の眩しい日差しに目を細めながら、今度はベッドで静かな寝息をたてている大島雅弘を見下ろした。

難病を抱える雅弘にとって、秋は油断のならない季節でもある。気温の変動が激しく、また、空気の乾燥が始まる時期でもあった。抵抗力のない彼にとっては、ちょっとした風邪も一大事である。

こんな素敵な日に、窓も開けられないなんて。

やるせない想いを感じつつ、そっとカーテンを閉める。

サイドテーブルの時計は、午前八時を示していた。掃除はひと通り終え、薬の準備もすべて終えた。あとは、専属の医師に引き継ぐだけである。

八時五分きっかりに玄関の呼び鈴がなった。鍵を持つ北島《きたじま》医師は、自分で玄関ドアを開け、階段を上がってくる。遠慮がちなノックがして、部屋のドアが開いた。初老の医師は、恵美子と目を合わせる。

「大丈夫です。よく眠ってますから」

北島は大儀そうにひと息ついて、

「恵美子さんも、こんなに早くから大変だねぇ」

「今日だけです。いつもは重役出勤で許してもらってますから」

「それにしても、雅弘さんのお世話と掛け持ちでは、身が持たないでしょう」

「掛け持ちは毎日と言うわけではないですし、いまのところは、何とか」

恵美子の立場を知る北島医師は、小さくうなずき、大きな枕に埋もれるように寝ている雅弘を見た。

「酷なお願いだということは、重々、判っているつもりですが、雅弘さんの今後は、あなたにかかっていると言ってもいい。何卒、よろしくお願いいたしますよ」

ゆっくりとした動作で頭を下げる。

恵美子は頭を上げるよう懇願しつつ、壁際にある戸棚の中ほどに目をやった。

ガラスのはまった真ん中のスペースには、ボロボロになったぬいぐるみが鎮座している。

雅弘の「ともだち」である「犬太」だ。

恵美子は心の中でつぶやいた。

『今回も、絶対に、大丈夫ですよね』

二

上司の片山を通して調査の指示があったのは、五反田《ごたんだ》と大崎《おおさき》の境にある、五階建ての低層マンションの一室だった。

今回、特別室に相談をもちかけたのは、管理業務を請け負っている熱海《あたみ》という男だった。住人である滝野高《たきのたかし》が妙な騒ぎを起こし、近隣住人が怯えているという。

騒ぎの詳細は、資料に掲載されていなかったため、今日午前十時、マンション一階に住む熱海との面会の約束を取りつけていた。

その約束を守るため、恵美子は午前四時に起き、いつもより二時間早く雅弘の許へと赴き、掃除などの仕事一式、すべて完了させたのだった。

五反田駅に着いた時点で、かなりの眠気に襲われていた。駅前のドラッグストアで、眠気に効くというドリンク剤を飲み、地図を片手に目的地へと向かう。マンションの名前は「センチュリー・鶴久《つるく》五反田」。賃貸専用のマンションだ。問題の部屋は最上階の五〇三号室だった。

秋の爽やかな気候であったが、恵美子の気分は一向に冴えない。こうした案件はこれで四件目となるが、どれもこれも、気の滅入るようなものばかりだった。

目黒《めぐろ》川を横に見ながら進んで行くと、再開発著しい一角がある。碁盤の目に区切られた区画に、高層マンションが並び、真新しい道路と歩道が延びている。

だが、鶴久五反田は、そうした区画からは、道一本入ったところにあった。

再開発から取り残された一帯には、古びた個人宅が並び、草ぼうぼうとなった空き地も目立つ。

覚悟はしていたが、恵美子の気分は落ちこむ一方だった。

やがて現れた鶴久五反田は、周囲の古びた家並みからは、明らかに浮き上がって見えた。ライトブルーの外壁に、ガラス張りのエントランス、さらに、各戸のベランダは、手入れされた植物の緑で覆われ、今にも、幸せそうな家族たちの笑い声が降ってきそうな様子であった。

一方、マンションの両隣は空き家同然の木造家屋で、向かいにあるのは、シャッターを下ろした三階建ての工場である。手元の資料によれば、自動車部品を作っていたが、騒音問題などで近隣住人と揉め、昨今の不況も手伝って今年初めに操業を停止したという。

シャッターの上には、「折田《おりた》工業」と書かれた看板が、右に傾いたまま、風雨にさらされている。建物全体は高い塀で囲われ、中の様子をうかがうことはできなかった。

何となく暗い場所だな。恵美子は手に持っていたジャケットをはおる。高層マンションに遮られ、日差しはまったくとどいていない。空が明るい分、余計に暗く感じられた。谷底に迷いこんだ気分である。

気後れして、その場に佇《たたず》んでいると、エントランスに続くドアが開き、これまた陰気な顔つきの中年男性が出てきた。

腰に手を当て、何事か思案していたその男は、ふと顔を上げ、恵美子と目を合わせた。

「あ……」

と小さな声でつぶやくと、大股で近づいてくる。

「もしかして、大島不動産販売の人？」

「はい……、若宮恵美子と申します。あのぅ、もしかして、管理人の熱海光吉《こうきち》さんですか？」

男は無言でうなずく。顔は青ざめ、こちらを見返す目には、どこか非難めいた色が見える。

約束の時間には遅れていないはずだ。

「あのぅ……」

「遅かったじゃないか」

「は？」

「遅かったよ」

「お約束の時間は十時のはずでは？」

熱海はイライラした様子で、首を横に振る。

「違う、違う。あんたらの対応が遅かった。もう全部、終わっちまったよ」

「それは……どういうことでしょうか」

熱海の声は棘を増した。

「あんた、本気で言ってんの？　まったく……暢気《のんき》というか、無責任というか」

恵美子には、相手の怒りの意味が判らない。

返事もできずうつむいていると、嫌みまじりのわざとらしいため息が聞こえた。

「とにかく、入ってくれ。今後のことも相談したいから」

熱海はさっさとエントランスに戻っていく。ドアはオートロックのシステムになっており、鍵で開けるか、中から解錠して貰うかしないと、入ることはできない。ここで閉めだされたら最後だ。恵美子は閉まりかけのドアに身を割りこませ、何とか中へと入った。

エントランスは白と黒を基調とした洒落《しゃれ》た造りであり、ガラス製のテーブルと茶色い革張りのソファがワンセット置かれていた。恵美子がいた部署の来客用の応接セットより立派だ。

だが、天井のライトは消されており、今はただ、暗く寂れた印象のみが漂っている。

いったい、何があったのか。

不安で胸の動悸が激しくなる。

熱海は鍵束を取りだし、集合ポスト横にあるドアを開けた。ドアには管理人室とある。

「入ってくれ」

明かりをつけると、半分をカーテンで仕切られた、殺風景な部屋が現れた。事務机と椅子が、小さな窓に向かって置かれている。窓からは、エントランスを隅々まで監視することができる。

その反対側、カーテンで仕切られた向こうは、警備用カメラのモニターや各種スイッチ、マスターキーの収納ボックスなどが並んでいるに違いない。

熱海は椅子に腰を下ろすと、再び、ため息をついた。

恵美子は室内を見回したが、他に椅子はない。仕方なく、立ったまま、熱海の出方を待った。

気詰まりな沈黙の後、熱海は言った。

「滝野さんだけどさ、連れてかれたよ」

「は？」

「夜中に大騒ぎして、警察沙汰さ。何か良からぬ薬をやって、病院に運ばれたんだ。昏睡状態になっているらしい」

「それってつまり、逮捕されたということですか」

熱海は太い眉を上げ、恵美子を見上げた。

「詳しくは判らん。あんたの方では何も聞いてないのか？」

「いえ、何も。突然のことなので、びっくりしてしまって……」

熱海は手で机を叩いた。

「何が突然だ。こんなことにならないよう、俺が何度も連絡したのに」

「何度も？」

「そうだ。あんたらは無視を決めこんでいたがね」

怒りの理由が飲みこめた。彼の訴えを大島不動産が相手にせず、手遅れになってしまったということか。

それは恵美子の責任ではないが、それをここで喋ったところで、逆効果だろう。

恵美子はひたすら謝罪を繰り返し、相手の機嫌が上向くのを待った。

やがて、熱海はこの日三度目のため息をつき、机の上に置いた手を握りしめた。

「これで、このマンションも終わりだよ。みんな、出ていくだろうな。何しろ、化け物屋敷なんだから」

「待ってください。その理由を話していただけませんか？」

熱海は天井をちらりと見上げ、

「入れるかどうか判らんが、後で見てくるがいいさ。部屋はメチャクチャだ。食器棚は倒れているし、椅子を投げつけたんだろうな、壁に大きな傷もついてる」

「……それは、滝野さんが？」

「それ以外に何がある。部屋にはヤツしかいなかったんだから。もっとも、本人は否定しているらしいがね」

「否定？　では、誰がやったと？」

「幽霊だとさ。真夜中に妙な音が聞こえ、照明がついたり消えたりし、ラジオが勝手に鳴りだし、食器棚も勝手に倒れたんだそうだ。仰天したヤツは、霊と戦うため、椅子を壁に投げた」

恵美子は返答のしようがなかった。呆気《あっけ》に取られる恵美子の顔を、熱海は意地の悪い笑みを浮かべ見つめた。

「まあ、あの部屋に住んでたわけだから、何が起きても驚かないがね」

「それはどういうことですか？」

「自分で調べるんだな。とにかく、あいつは先週と先々週の都合二度、部屋に幽霊が出ると訴えてきた。俺はその都度、あんたらに連絡をした。頭のおかしい男が部屋を借りている、早く何とかしてくれってな。だが、何度かけてもなしのつぶて。ようやくあんたがやって来たときには、男は病院だ」

「でも、滝野さんが暴れたのは、自分の部屋の中ですよね。それによって、誰か怪我人でも？」

「いや。深夜にどでかい音をたてられ、両隣の住人は寝ていられなかっただろう。だが幸い、自分の部屋から出て、文句を言いに行くような肝っ玉は持ち合わせていなかった。そこが幸いしたんだな」

「では、どうして警察が関わってくるんです？」

「あまりの物音に右隣に住む湯河原《ゆがわら》さんが通報したんだよ。いざ警察が来ると、滝野は錯乱状態だ。目は充血し、涎《よだれ》を垂らし、訳の判らんことを喚《わめ》いていた。警官にも食ってかかっていたし、そのままパトカーに乗せられて行ったよ。睡眠薬の依存症の疑いがあるらしい。もしかすると、禁止薬物もやっていたかもしれん。ついさっきまで、警察が部屋を捜索していたよ」

「何てこと……」

今度は、恵美子がため息をつく番だった。

熱海は蠅を追う仕草をして、

「さあ、上に行って様子を見てきてくれ。俺は寝る」

「その前にもう少し話をきかせてください。昨夜以前も、滝野さんは幽霊がいると訴えていたのですよね」

熱海は勢いをつけて立ち上がった。椅子が後ろにひっくり返る。

「うるせえんだよ。とにかく、俺は眠いんだ。昨夜もさ、折田の息子と遅くまで話し合いをしててさ」

「折田の息子？」

「向かいにあるだろう、工場がさ。今年の初めに止めちまったけど。最初はさ、すぐに建物壊して土地を売っちまおうって話だったの。だけど、この景気だろ？　買い手なんか、つきゃしない。だけど、あんな廃工場があったんじゃ、不用心でしょうがない。今も夜中に外国人やホームレスが入りこんでるって話なんだ。それで、町内会で話し合いを持とうってことになって、昨夜出かけたわけよ。だけど、結局、具体策は何もでなくてさ。折田の息子も頼りないんだよ。先代の社長はいっぱしの男だったけどねぇ。去年、脳卒中で倒れてからは、一度も姿見てないけどさ。いや、それにしても、あの息子ってのは、頼りないよ。借金もあるって……」

熱海はそこではっとした表情を見せ、

「こんなこと、あんたに言ってもしょうがねえよな。とにかく、遅くまで話し合いをして、ようやく帰ってきて、さあ寝ようとしたら、この騒ぎだ。まったくこっちの身にもなれってんだよ」

独り語りをしている内に、苛立ちが再燃してきたらしい。唾を飛ばしながら、恵美子を怒鳴りつけた。

「後は任せたからな。滝野の言ってることは幻覚であるとちゃんと証明してくれ。このままじゃ、借り手もいなくなっちまう。とにかく、部屋を見てきてくれ。いいな。滝野の部屋には警官がいる。そいつに頼んで、中を見せてもらえ。俺は寝るから」

熱海は恵美子を押しのけるようにして部屋を出ると、自室である一〇一号室に入ってしまった。

惨めな思いを嚙みしめながら、エレベーターで五階に上がる。

外廊下の中ほどに、滝野の部屋はあった。

立ち番の警官もおらず、進入禁止を示すテープもない。

拍子抜けしながら、恵美子はドアを開ける。

戸口に鑑識の服を着た女性が立っていた。

「あ、すみません！」

慌てて後ろに下がったものの、相手の女性は微動だにしない。少し驚いた表情のまま、固まっている。

恵美子は彼女の目の前で手を振ってみた。瞬きもしない。左手に書類、右手にペンを持ったまま、静止していた。

そんな女性の背後から、聞き慣れた声がした。

「遅かったじゃないか。一足先に来て、検分していたところだ。ああ、その女は立ち入りを拒《こば》んだので固めておいた。気にすることはないぞ」

「いぬあたまさん！」

「いぬがしらだ！」

「来てくれたんですね」

「おまえのために来たわけではない。雅弘のためだ」

「どちらにしても、うれしいです」

恵美子は固まったままの鑑識課員の脇を抜け、中に入った。

部屋は2DK。ダイニングにキッチン、それと寝室という構成だった。

フローリングのダイニングは、熱海の言う通り、酷い有様だった。食器棚は手前に倒れこんでおり、床には中の食器が粉々になって散らばっている。電気スタンドはテーブルから落ち、壁際には椅子が一脚、転がっていた。熱海が何より気にしていた壁の傷は、ほんの数センチほどで、大して目立つものではなかった。

寝室に通じるドアは開け放たれ、中にあるベッドの上には、くしゃくしゃに丸めた毛布が乗っている。

犬頭は仰々《ぎようぎよう》しく両手を広げ、楽しそうに言った。

「さあ、幽霊屋敷だ」

「不謹慎ですよ、犬頭さん」

「何が不謹慎なものか。滝野は言っているのだろう？　『真夜中に妙な音が聞こえ、照明がついたり消えたりし、ラジオが勝手に鳴りだし、食器棚も勝手に倒れたんだ』」

「犬頭さん、聞いていたんですか？」

「聞いていなくても、判る。さあさあ、真夜中に妙な音が聞こえたとは……」

犬頭は南側にある窓へと歩み寄る。カーテンは引かれたままだ。犬頭はカーテンの後ろに頭をつっこみ、モゾモゾやっている。

「……何を、してるんですか？」

「壁に何かをつけた痕がある。粘着物質が残っているぞ」

「……それは、どういう意味です？」

犬頭は答えず、倒れた食器棚の上に乗る。高い鼻をひくひくさせ、壁と棚を交互に見る。

「棚の裏側にも、傷があるぞ。壁にも……」

犬頭は棚から飛び降り、西側の壁下にあるコンセントの前でしゃがみこんだ。

「タコ足配線だ。まったく。だが、テーブルタップやソケットについている埃が不自然に拭《ぬぐ》われているぞ。ふむふむ」

「……犬頭さん？」

「何が、ふむふむなんです？」

「判らないか。コンセント回りは、何者かによっていじられた痕がある。例えば、オンオフを遠隔操作できる小型の照明器具を、室内にこっそり取りつけたとしたら、どうだ？」

「照明がついたり消えたり、しているように見えます」

「壁と食器棚の間にジャッキのようなものをかませ、やはり遠隔操作で動かしたとしたら、どうだ？」

「食器棚が勝手に倒れたように見えます」

「ラジオも照明と同じ原理だ。勝手に鳴らすことができる。奇妙な音は、何者かが仕掛けた音声の再生装置によるものだ」

黄色いジャケットのすそをヒラヒラさせながら、犬頭は部屋の真ん中でくるりと回った。

「滝野は薬をやっていてしょっ引かれたわけだろう？　睡眠薬だか何だか知らんが、いわゆるハイな状態のときに、そんな現象が起きてみろ。けっこうなパニックになる。椅子をぶん投げ、大暴れをしても不思議ではない。さらに言えば、ダイニングがこれだけメチャクチャなのに、寝室に乱れたところはない。どことなく、作為的じゃないか！」

「つまり、ここは幽霊屋敷などではなく、すべては何者かが仕組んだことだと？」

「誰が幽霊屋敷ではないと言った」

「は？」

「幽霊ならそこにいるぞ。窓の脇に立って、恨めしそうに、君を見ている」

恵美子は犬頭の示す方向を見る。モスグリーンのカーテンがあるだけで、怪しげなものは何もない。

「こんなときに、冗談を言わないでください」

「何が冗談なものか。君はこの部屋の来歴を知らないのだな。ここで、二年前に自殺があった。女性の首つりだ。まあ、理由は割愛するが、とにかく、その女は成仏していないぞ。まだそこにいる」

「今はそんな冗談言ってるときではないはずです！」

「君には見えんだろうが、同居人としてはあまり勧められん。ヤツは人の運気を吸い取るな。住人の滝野がこんなことになったのも、判る気はする。とりあえず、行きがけの駄賃だ、消滅させてやろう。キェエエエエ！　ほら、消えた」

犬頭の言っていることがどこまで本当なのか、恵美子には判断できなかった。だが、ここはとりあえず、調子を合わせておくよりないようだ。

「それで、犬頭さん、これからどうするんです？」

「管理人の熱海が求めているのは、事の真偽をはっきりさせることだろう？　そういうことであれば徹底的にやってやろうじゃないか。幽霊の正体を暴きだし、首謀者を突き止めよう。そして、その顚末を君が報告書にまとめる」

「でも、滝野さんは警察に連れていかれたままだし……」

「やりようはいくらでもある」

犬頭は、壁にかかっているコルクボードに目を向けた。そこには、美容院のチラシがピンで留めてある。

「滝野という男、仕事は美容師のようだ。五反田にある『キリヤマ』というサロンに勤めているらしい」

犬頭はチラシを取ると、ポケットに入れた。

「犬頭さん、いいんですか？　この部屋は警察が……」

「構わん。あんなヤツらに、任せておけんからな」

「でも……」

「さて、すぐにでもこのサロンに飛んで行きたいが、その前に会っておくべき者がいる」

犬頭は意気揚々と部屋を出ていく。

「ちょっと待って」

戸口で固まったままの女性を指して、恵美子は言った。「この人、このままじゃ、可哀想ですよ」

犬頭は「ふん」と鼻を鳴らすと、女性の額を人差し指で突いた。途端に女性は動きだす。

「……ります。ここは立入禁止……え？」

廊下に出て行った犬頭に代わり、恵美子が頭を下げた。

「申しわけありません。よく判りました。もう帰りますから」

女性はしげしげと恵美子を見つめる。

「あなた、どこから出てきたの？　さっきは男の人、一人だけ……」

「とにかく、お騒がせしました」

恵美子はその場を逃げだす。

犬頭がエレベーターのドアを開けて、待っていてくれた。

「さあ、急げ、急げ」

ドアが閉まると、恵美子はひょろりとした犬頭を見上げる。

「あんまり、無茶はしないでください。特に、警察官には」

「警察なんて、大したものではない。いつも、邪魔ばかりだ」

「でも……」

「ここでの用件が済んだら、滝野に会いに行こう」

「無理ですよ。会わせてくれるわけありません」

「大丈夫だ。邪魔する者は吹き飛ばしてやる」

「ダメです！」

「どうして？」

「どうしても!!」

「雅弘のためでもか？」

「たとえ、雅弘さんのためでも、ダメです」

「ふーむ、では仕方がない。別の手を考えるとしよう。まったく、人間というのは、いちいち面倒くさいぞ」

二階に着き、ドアが開く。

犬頭はまっすぐ、一〇一号のドアへと向かう。インターホンを押すと、声高らかに言った。

「開けろ」

しばらくの沈黙の後、インターホンから熱海の不機嫌極まりない声が響いた。

「あんた、誰だ？」

「おまえが呼びつけた、不動産会社の者だ。話がある。さっさと出てこい」

「何て言葉使いだ。出直してこい」

「わざわざ来てやっているのに、何て言い草だ。そもそも、きさまは口のきき方がなっていない。ここにいる若宮恵美子君にも、もう少し敬意を払え」

くぐもった唸り声が聞こえてきた。あまりの怒りに言葉を失っているらしい。

「お、おまえ、名前は何だ？」

「犬頭だ！」

「会社に報告するからな」

「好きにしろ。とにかく、おまえは今すぐ、ここに出てきて、俺と話すんだ」

「バカ！　誰が行くか。さっさと帰れ！」

「俺は人の言うことを素直にきくのが大嫌いなんだ。帰れと言われて、誰が帰るか、バカめ」

犬頭は玄関ドアを蹴りつけた。メリメリと音がして、ドアは真っ二つに裂ける。恵美子が止める間もなかった。割れたドアを煎餅《せんべい》のように引き裂きながら、犬頭は中へと入っていった。

間髪を容れず、熱海の悲鳴が聞こえてきた。

「化け物だぁぁ」

「失礼なことを言うな、人間め」

「ひぃぃぃぃ」

恵美子も中へと飛びこんだ。

廊下の真ん中でへたりこんでいる熱海に、犬頭が歯を剝いて「ウーウー」唸っていた。

「犬頭さん、止めてください」

「止めるかどうかは、こいつ次第だ。こちらのきくことに答えるのか？」

熱海はカクカクと首をたてに振る。

「それなら、さっさと立ち上がって、恵美子君にコーヒーでもいれろ」

熱海は夢遊病者のような足取りで、キッチンの方へと消えた。満足そうに微笑む犬頭に向かって、恵美子は精一杯、厳しい口調で言った。

「ダメだと言ったでしょう！」

「本気で言ってるのか？」

「当たり前です！」

「だが、少しはすっとしたのではないか？」

「……ええ。すっきりはしました」

「ならば、いいではないか」

「まあ、そうでしょうか」

「そういうことだ。行くぞ」

犬頭は足音も荒く、熱海の消えた方へと歩いていく。

またひと悶着あってはかなわない。恵美子も慌てて続く。

だがキッチンでは、熱海がカップにお湯を注いでいるところだった。犬頭はテレビの前にあるソファにふんぞり返って座っている。

「恵美子君も座れ、座れ」

自分の隣を指しながら、犬頭は大声で言う。

恥ずかしさに頰が熱くなったが、ここは言う通りにするしかない。ちいさくお辞儀をして、熱海の前を通った。

犬頭と並んで座っていると、熱海がカップを二つ持ってきた。カップとソーサーがカタカタと音をたてている。震えているようだ。

犬頭は足を組むと、言った。

「インスタントか！」

「すみません、これしかないんです」

「ふん、どっちみち、コーヒーなんて不味《まず》くて飲めん。水か牛乳がいいな」

「それでしたら、すぐに！」

「いや、もういい。座れ」

「はい」

「話せ」

「は？」

「俺のききたいことを話せ」

「……あなたのききたいことと言うのは？」

「滝野のことに決まっているだろう！　そのくらい、判れ」

「は、はいっ」

さきほどまでの居丈高な態度はどこへやら、その場にひれ伏しそうな勢いで、熱海は頭を下げた。

よっぽど怖かったんだろうなぁ。可哀想に思いつつも、やはり少し小気味がいい。恵美子は口を挟まず、黙って見ていることにした。

「それで、滝野の何を話しましょう？」

「まずは、ヤツが警察に連れて行かれた経緯《けいい》だ。何があったか、具体的に話せ」

熱海は救いを求めるかのような視線を恵美子に送ってくる。それを無視しながら、コーヒーに口をつけた。

なるほど、インスタント、しかもかなり薄い。

犬頭が足を踏みならす。

「恵美子君に助けを求めても無駄だ。俺は彼女に雇われているんだ。彼女が噛めと言えば、いつでも噛むぞ」

歯を剥きだす犬頭の前で、熱海は涙目になっていた。

「具体的に何があったか、詳しいことはよく知らないのです。先ほど、若宮さんにも申しましたが、通報したのは、お隣の湯河原さんでして。私は別件で出かけていたものですから」

「役に立たんヤツめ。だが、滝野の部屋に入るときには、同道したのだろう？」

「はい。マスターキーを持っているのは、私だけなので。警官三人と参りました。私がインターホンを押し、ドアを開けるよう言いましたが応答はありませんでした。それで、警官の指示を受け、私が鍵を開けました。警官三人が踏みこんでいきましたが、私はドアの外で待っておりましたので、中の様子は判りません」

「意気地のないヤツめ。目では見ずとも、音くらい聞こえただろう。話せ」

「滝野さんは、半ば錯乱状態でした。警官の説得も聞かず、部屋の中で暴れているようでした。結局、警官三人がかりで、取り押さえたような格好になりました」

「滝野はそのまま、連れて行かれたのだな？」

「詳細は判りませんが、パトカーが何台もやって来て、大騒ぎになりました。私も管理人室に呼ばれて、聴取を受けました」

「聴取の内容は？」

「主に滝野さんのことです。こちらのことをきくばかりで、具体的なことは何も教えてくれず……」

「錯乱の原因に心当たりはあるか？」

「えー……はぁ、まあ」

熱海は曖昧にうなずく。

「どっちなんだ、はっきりしろ。滝野は既に二度、おまえに相談を持ちかけていたのだろう？」

「はい、おっしゃる通りです」

「相談の中身は？」

「ええっと、そのぅ……」

熱海は再び言いよどんだが、やがて意を決したように喋りだした。

「幽霊が出ると……」

犬頭は、満足そうな笑みを浮かべる。

「そうか、出たか！　むほほほほ。最初は二週間前、次が先週。そして、今週の騒ぎか。詳しい日付は判らんのか？」

「そこまでは、ちょっと……」

「ふん、まあいい。とにかく、滝野の部屋で異変があったのは、都合三回ということか。それで？　どんなものが出たのだ？」

「どんなのって言われても……」

「男か？　女か？　足はあったのか？　白かったか？　黒かったか？　鳴き声は何だった？」

熱海は首を捻るばかりである。

「いや、姿形の話は出なかったなぁ。とにかく、言うことが支離滅裂で、ちょっと気味が悪かったのを覚えています。テーブルがひっくり返っただの、天井から音がするだの、棚が動いたとか、明かりが勝手についたり、消えたり……」

「それはまさに、ポルターガイストじゃないか」

熱海が鼻を鳴らして言った。

「そんなバカな」

「キエエエエエ」

熱海の座る椅子が突然、膨張し破裂した。彼は悲鳴をあげ、仰向けにひっくり返った。

恵美子は慌てて助け起こす。熱海はさめざめと泣いていた。

「何で、どうして……」

「犬頭さん、これはさすがにやりすぎです」

「バカと言われたもので、つい」

「どうしますか？　これ以上話をきくのは、難しいかと」

「そうだな。誰か代わりの……そうだ！　通報者の湯河原はどうだ？」

熱海はか細い声で言った。

「気味が悪いからとぉ、事情聴取のあと、実家に帰られちゃいましたぁ」

「ぬぅ。湯河原は右隣だったな。左隣はどうだ？」

「左隣は富士宮《ふじのみや》さんですぅ。でも、あの人のところには、行かない方がぁ」

「どうしてだ？」

「体育教師をしている気難しい人でぇ、質問に素直に答えるようなぁ……」

犬頭は既に歩きだしていた。恵美子の制止もきかない。さっさと部屋を出ていく。

「犬頭さん、ちょっと……」

意識朦朧《もうろう》となっている熱海をソファに座らせると、慌てて後を追う。エレベーターは最上階に上がったままだ。仕方なく、階段を駆け上がった。

三階の踊り場で、何やら物の壊れる音がした。四階まで来たところで、この世のものとは思われない悲鳴が聞こえた。

手遅れと知りつつも、とりあえず、五階まで全力で駆け上がった。

富士宮の部屋のドアは、丸ごと外廊下に投げだされている。

「もう、犬頭さん！」

中をのぞくと、野球のバットが一本、天井に突き刺さっていた。右手の壁には、長さ五メートルほどの亀裂が入っている。

「犬頭さん」

廊下奥のドアを開くと、テーブルや椅子などがすべて壁際に吹き飛び、何もなくなった部屋の真ん中に、富士宮と思われる太った男が大の字になっていた。

犬頭は腕組みをして、ベランダに出るための大きな窓の臭いを嗅いでいる。

「犬頭さん！」

「人の名を連呼するもんじゃない」

「でも、またこんなことを！」

「好きでしたわけじゃない。丁重にドアを開けるよう頼んだところ、熱海と同じく罵詈雑言《ばりぞうごん》を浴びせてきた。仕方ないのでドアをたたき壊したところ、バットを持って襲ってきた。これは……何といったか……そう、正当防衛だ」

「押し入ったのは犬頭さんなんですから、そんなものは成立しません！」

「それならそれでいい、くだらん。放っておけ。さて、このいけ好かないヤツも静かになったようだ。そろそろ質問を始めるか」

恵美子が富士宮の顔に目を落とすと、紙のような顔色で、「止めてくれ、俺が悪かった」とつぶやいている。

恵美子はそっと抱き起こし、声をかけた。

「大丈夫ですか」

「犬、犬の化け物……」

「大丈夫ですよ。化け物なんていませんから」

富士宮の顔に、生気が戻ってきた。

「はっ、私は……」

犬頭が両手を打ち鳴らす。

「さあさあ、語らいの時間だぞ。おまえの知っていることを、洗いざらい、喋れ」

「ひぃぃぃ、化け物……」

「落ち着いてください。化け物なんて、いませんから」

「ほ、本当か!?」

「犬は嘘をつかんぞ。さあさあ、質問に答えろ」

「ひぃぃぃぃ、化け物……」

「犬頭さん、少し黙っていてください。話が進みません」

「ふむ。では、君がやれ」

憮然としながらも、恵美子は横たわったままの富士宮に言う。

「昨夜の件でお邪魔しました。少し、質問をさせていただけますか」

富士宮の目は虚《うつ》ろなままだったが、頬に血の気は戻ってきている。

「昨日のこと……。ああ、隣の男のことか」

「そうです。滝野さんについて、おききしたいんです」

富士宮の顔がさらに赤くなる。

「あの男！　まったく、人騒がせにもほどがある」

「どう、人騒がせだったんですか？」

「部屋に化け物が出ると、何度も大騒ぎしおってな。そのぅ、なんていったか、ウォーターガントド……」

「ポルターガイスト」

「それだ！」

「滝野さんの部屋にポルターガイスト現象が起きたと？」

「本人はそう言っておった。真夜中に起きたら、部屋の中がメチャクチャになっていたとか。

家具調度の配置が変わり、天井から轟音《ごうおん》が鳴り響いたとか」

「轟音ですか。上階の住人の足音だったのでは？」

「そんなはずがないだろう。ここは建物の最上階だ」

「なるほど……」

「窓の外で、妙な光が明滅したとも言っていた。壁から妙な声が聞こえたとも」

「滝野さんがそうしたことを言いだしたのは、いつ頃からですか？」

「はっきりとは判らんが、特に酷かったのはここ二、三週間だ」

この辺りは、熱海の証言とも一致する。

犬頭が身を乗りだしてきいた。

「滝野が騒いだ正確な日付だが……」

富士宮の顔色が変わる。

「ひぃぃぃぃ、化け物……」

「まったくもって、面倒なヤツだ」

「犬頭さんは黙っていてください。ききたいことって何です？」

「滝野が騒いだ正確な日付だ」

「ひぃぃぃぃ、化け物……」

「ああ、もう！」

恵美子は富士宮の頬を張った。彼の目が正気に戻る。

「……はっ、ひ⁉」

「滝野さんがおかしなことを言った日付を教えてください」

「ひ⁉　ひ⁉」

「ひ・づ・け！」

「四日と十一日だ」

犬頭が手を叩いた。

「二回とも土曜日じゃないか。そして、今日は土曜日、つまり騒ぎが起きたのはすべて金曜の深夜だ」

「ひぃぃぃぃ、化け物……」

犬頭が富士宮の額に人差し指を当てた。富士宮は、「はふっ⁉」と叫ぶと、意識をなくして床に横たわった。

「犬頭さん、まさか……」

「殺してなんかいないぞ。目が覚めたときには、正気に戻っているだろう。多分」

「多分？」

「そう、多分だ」

犬頭は横たわる富士宮をまたぎ越え、部屋を出ていく。

恵美子は彼の無事を祈りつつ、後を追った。

三

犬頭はウキウキとした様子で五反田駅前に戻ると、ロータリーを横切り、大崎方面に向かい始めた。

行き先は、恵美子にも予想がついた。滝野の職場、ヘアサロン「キリヤマ」だろう。

歩きながら、犬頭が言った。

「恵美子君は、ポルターガイスト現象に遭遇したことがあるか？」

「あるわけないじゃないですか」

「ポルターガイストの語源はドイツ語で、『騒がしい霊』という意味だ」

「そのくらいは知ってます。映画も見ましたし」

「過去、世界のあちこちで確認されている。基本的には家内にある物体の移動だな。誰もいない部屋などで、瓶が倒れたり、棚から落ちたりする。その際、通常では考えられないほどの大音響を伴うこともある」

「壁の中から音がするとか、そういう話も聞いたことがあります」

「それもあるぞ。壁、あるいは天井から音や歌、人の声などが聞こえる。不審に思った家人が、音のする場所を調べると、白骨死体が出てきたという話がよくあるな」

「滝野さんの証言を聞く限り、そうした現象がすべて起こっているようですね」

だが、昨夜の騒ぎに関しては、すべて人為的な仕掛けによるものと、犬頭が結論づけている。

恵美子は言った。

「熱海さんと富士宮さんの話を聞く限り、騒ぎが起きたのは三回。うち一回は誰かのイタズラと判っているわけですから……」

「待て待て。昨夜の現象がイタズラだからといって、前二回も同じとは限らんぞ。富士宮の話を信じるなら、滝野はテーブルなどの移動も経験している。それに、何より気になるのは、天井と壁のラップ音だ。それらすべてを人為的な仕掛けと判断するのは、今の時点では無理があるだろう」

「ということは、本物のポルターガイストですか？」

「あの部屋は自殺者の出た、訳ありの物件だ。そのくらいのことは、あるかもしれんぞ」

「お、脅かさないでください」

「恵美子君は、超心理学というものを知っているか」

「ＳＦ映画の中で、聞いたことはあります。超常現象などを、科学的に解明しようとすることですよね」

「それほど単純なものではないが、理解としては、まあ、充分だろう。交霊会や悪魔祓いが公然と行われていたころ、それらを学問として扱い、真剣に取り組んだ科学者たちがいたのだ。無論、それらの研究の多くは、まったく認められぬまま、現代に至っているがね」

「その研究の中に、ポルターガイストも？」

「無論だ。ロングアイランドのシーフォード事例など、実に興味深いぞ」

それがどんなものか、恵美子は知らなかったが、詳しく聞くのも怖いので、適当にうなずいておいた。

「ポルターガイスト研究で、何が難しいか判るかね？」

今度は首を振った。

「現象が長く続かないことだ。従って、研究者が現場に赴いたとき、現象はすべて終息しており、データを取ることができないわけだ。現代のように、二十四時間の監視カメラがあれば、話は違っただろうが」

「それですよ！」

恵美子は手を打った。「あの部屋に、カメラをしかければいいんです。そうすれば……」

「カメラを設置したとして、監視はいつまで続けるのだ？」

「え？」

「ポルターガイスト現象がすぐに起きればいいが、何も起きない可能性だってある。一週間？　一ヶ月？　一年も撮り続けるのか？」

ダメだ。事案の解決はなるべく早い方がいい。そんな悠長なことは言っていられない。

「ポルターガイストを調べるとき、まず考慮しなければならないことが一つある。先人の研究によれば、こうした現象の多くに、一つの共通項があるのだよ」

「何です？　共通項って」

「子供だ」

恵美子は、しばし、その言葉の意味を考えた。

「……つまり、子供によるイタズラということですか」

「そうだ。今も言ったように、ポルターガイスト現象をリアルタイムで目撃するのは難しい。実際、物が動いている瞬間を捉えた例は、それほど多くはない。大抵は、別の部屋で物音がしたので確認したところ、棚の上の瓶が床に落ちていた、あるいは、酒瓶が壁に当たって粉々になっていた——そんなものだ。そして、多くの事例で、現象が起きた家には子供がいた。ポルターガイストを検証する場合、現象が起きたとき、子供がどこにいたのかは、大きなポイントなのだよ」

「でも、今回の件に子供は関わっていません。滝野さんは独身で子供もいないし、部屋を見た限り、子供がいた形跡もありませんでした」

「そう。だから、可能性の幅は大きく広がる。幽霊がいるとかいないとか、そんな先入観に囚《とら》われるな。世の中、何だって起こり得るんだ。奇跡も含めてな」

犬頭は奇跡という言葉を強調した。それが雅弘に対するものであることは、すぐに判った。

だが恵美子にとっては、犬頭の存在そのものが、奇跡だった。彼の正体が何なのか、いまだによく判らないけれど、恵美子と雅弘の窮地を、何度も救ってくれたのは、事実である。

「さあ、着いたぞぉ」

厳粛な気分を、犬頭の脳天気な声が吹き飛ばした。

彼が指さす先には、ヘアサロン「キリヤマ」の文字が見えた。

駅から少々離れており、人通りはかなり少ない。だが、一帯は住宅とブティックやレストランが混在する落ち着いた場所であり、五つある椅子はすべて埋まっていた。

入ろうとする犬頭の袖を、恵美子は摑んだ。

「何があっても、問題は起こさないでください」

「そんなのは、向こう次第だ」

「それでも、ダメです。穏便第一ですからね」

「それだと、調子が狂う」

「狂うくらいで丁度いいと思います」

「そんなものか？」

犬頭がドアを押し、中に入った。レジの向こうにいた赤い髪の女性が優しく微笑んだ。

「いらっしゃいませ。初めてでいらっしゃいますね」

犬頭は憮然とした顔で店内を見渡す。女性は犬頭と恵美子を素早く見比べながら、二人の髪をチェックしている。

「本日はカットでいらっしゃいますか」

「何？」

「カットで？」

「カットは嫌いだ」

「は？」

「毛を切られることと体を洗われることは、犬にとって、決して心地のよいことではない。外出時、服を着せるなどもってのほかだ。人間のエゴだ」

女性の笑顔が引きつり始めた。

「ええっと……、お嫌いということは、シャンプーもなさらないということでしょうか」

「どうしても髪を切りたいのなら、この恵美子君のを切ってくれ。それよりもききたいことがあるのだ。滝野の友人と話がしたい」

女性の顔が曇った。

「滝野……ですか」

「ここで働いているはずだ」

女性が声を低くして、言った。

「開店中は困ると言ったじゃないですか。お店が終わってからにすると、そちらの上司の方も納得したはずです」

どうやら、恵美子たちを警察関係者と思っているらしい。

犬頭はクンクンと鼻を鳴らし、女性にささやきかけた。

「グズグズしていると、滝野は本当に監獄行きだぞ。おまえは、ヤツが本当に薬をやっていたと思うのか？」

「とんでもない。あの子はとても真面目でした。若いからときどき、問題を起こすことはあったけど、薬なんかに手はださないわ」

「そこのところを、早く確かめたくはないか？」

「警察の言うことは信じられない」

「あの……」

従業員専用と書かれたドアから、若い男が顔をのぞかせた。

「先生、俺……」

女性の顔に表れた一瞬の動揺を、犬頭は見逃さなかった。

「さては、おまえだな」

大股で歩み寄ると、半開きのドアを全開にした。

「さあ、きかせてくれ。ここで言いにくければ、裏に行こう」

男は「先生」と呼ぶ女性に対し、遠慮がちな視線を投げた。

女性はあきらめたように肩を竦めると、

「いいわ、行ってらっしゃい。ただし、十分だけよ。あと二十分でお客様がいらっしゃるんだから。裏に回る必要はないわ。表で話しなさい」

「はい。ありがとうございます」

男は犬頭と共に、外へと出ていった。後に続こうとする恵美子の腕を、女性が摑んだ。

「私は滝野の身元引受人なの。捜査に進展があったら、私にも知らせてちょうだい。それから、後で差し入れに行きたいの。かまわないわよね？」

この女性に対し、嘘はつきたくなかったが、今の状況を考えると、いたしかたない。

「判りました。上司に伝えておきます」

「お願い」

女性は恵美子に背を向けると、店の奥へと戻っていった。

素敵な人だな、と恵美子は思った。こんな人の許で働けたら、幸せだろう。自分の状況と比較し、素直に羨ましかった。

ドアが開き、犬頭の顔がのぞいた。

「恵美子君、話をきかなくていいのか？」

「あ、すみません、いま行きます」

恵美子は慌てて表に出た。

男は店から五メートルほど離れた道端で、タバコを吸っていた。眉間に皺を寄せ、目には敵意にも似た刺々しい光がある。

タバコの灰を携帯灰皿に落としながら、細身の男は言った。

「なあ、店にはもう来ないと言ったじゃないか。いえば俺の方から出向くからさ、店に迷惑はかけないでくれよ」

一瞬、鼻白んだ犬頭であったが、恵美子を振り返ると言った。

「自己紹介だけは済ませた。この男は沼津《ぬまづ》久《ひさし》と言うらしい。では、恵美子君、本当のところを説明してやれ」

顔を背けてしまった犬頭に代わり、恵美子は不機嫌な面持ちの男の前に立つ。

「私たち、警察の者ではないんです」

大島不動産販売から来た者であること、滝野の室内に不審な点があることなどを、適当にまとめて話した。

「それ、ホントかよ？」

「今、調べています。もし、今回の件が何者かに仕組まれたことであるのなら、薬物の件だって考え直さなければなりません」

恵美子の肩越しに、犬頭が言った。

「どうだ？　答える気になったか？　滝野の身柄は警察に押さえられている。我々には情報が不足しているのだよ」

それでもなお、沼津に気を緩めた様子はない。警察だと思っていた人間が、ただの不動産屋と判ったのだから、無理からぬことではあるが。

「それで？　あんたらに何ができるんだ？」

「何だってできるぞ。月の石をおまえの脳天に突き刺すくらいはできる」

恵美子は犬頭の脛《すね》を蹴り上げた。

「痛いじゃないか！」

「真面目にやってください」

「真面目か。真面目というと……どんな感じか……、ああ、そうだ！　金曜日だ。滝野は毎週金曜日、どこかに行かなかったか？」

沼津の顔に動揺が走った。犬頭は勝ち誇ったように、鼻を鳴らす。

「犬は歩くと、棒だけではなく、何にでも当たるんだ。さあ、話してくれ」

沼津は未練を断ち切るかのように、店のドアに目を走らせると、低い声で言った。

「先生には、内緒にしてくれるか」

「無論だ。だが……」

「判ってる。いずれ、公になるだろうことは。だけど今は、とにかく、今は……」

「判っている。おまえたちが先生と呼ぶ女、人間にしては、なかなかのものだ。悲しませたくない気持ちは判る」

沼津の眉間に、再び皺が寄る。

「人間にしては？　それ、どういうこと？」

恵美子は素早く口を挟んだ。

「別に深い意味はないんです。そのぅ、業界用語みたいなもので」

沼津はなおも首を傾げていたが、やがて、気持ちを固めたようだった。

「あいつ、客で来た女とできてたみたいなんだ。本人は何も言わなかったけど、見てればすぐに判ったから」

「見て判ったとは、どう判ったのだ？」

「毎週金曜になると、そそくさと一人で帰るんだ。仲間内でもけっこう噂になってたんだ。だけど、どうも相手の女が堅気じゃないみたいで。面倒なことにならなけりゃいいなって、心配してたんだよ。そしたら、妙な幻覚騒ぎが起きてさ。もっとも、店にはちゃんと出てきてたし、仕事も最低限のことはきちんとやってた。プライベートに口だししたくはなかったし、客とそういう関係になるのは御法度だって、先生にも言われてたし……」

「我々が聞きたいのは、幻覚についてだ。そのことについて、何か言っていたか？」

「いや、何も」

「では、他に何か、気になったことは？」

沼津は首を捻る。

「さあ。自分のこと、話す方じゃなかったしなぁ……。ああ、そう言えば、しきりと引っ越しをしたがってたな」

「ほほう」

「あいつが入居する前、部屋で何があったか、知ってるだろう？」

「無論だ」

「訳あり物件とか言ってさ、家賃がすごく安かったのよ。あいつ、それに飛びついてさ」

「今回の事例を見る限り、オーナーは告知義務を果たしているようだ。その後、何が起きようと、借り主の自己責任ということになるな」

「俺、幽霊とか信じちゃいないけどさ、やっぱり、住めないよなぁ。あんなとこ」

「だが結局、滝野も引っ越しをしたがっていたわけだ」

「思い詰めてたみたいだった。引っ越し先も探してたみたいだけど、俺ら、給料安いから、なかなか難しいんだよね」

沼津は唇を嚙みしめ、押し黙ってしまった。

「最後に一つだけききたい。滝野にちょっかいをだしていた女だが、身元は判らんのか？」

沼津は再度、店のドアに目を走らせる。

「名前は名簿に書いてあるから判る。勤務先も、滝野と話しているのを聞いた」

「教えてくれ」

「でも、それって個人情報の……」

「そんなものはクソ食らえだ。さっさと教えろ。おまえの尊敬する先生とやらにも、このことは黙っておいてやるから」

沼津は短くなったタバコを灰皿でもみ消した。

「まったく、滝野のヤツ、戻ってきたら、タダじゃすまさねえ」

「だがこのまま行くと、戻ってすら来られなくなる」

「判ったよ。言うよ。名前は平塚《ひらつか》アケミ。店は駅裏にある『ゴダイゴン』さ」

犬頭は満足げにうなずく。

「いろいろ世話になった」

「なあ、本当に滝野のヤツは戻ってくるのか？」

「まだ判らんが、できるだけのことはするつもりだ」

「頼む、何とか助けてやってくれよ。実を言うと、先週、くだらないことで言い合いしちゃってさ。それっきり、目も合わせてなかったんだ。このままじゃ、後味が悪くってさ」

「言い合いか。原因は何だ？」

「先週の金曜日の深夜、というか土曜日の朝、俺、滝野の部屋を訪ねたんだよ。時間は午前四時ごろだった。飲み屋で金使い果たしたんで、ちょっと借りようと思ってさ。でもあいつ、家にはいなかった。で、週明けにそのことを言ったんだ。そしたら、あいつ、自分はずっと自宅にいたって、ゆずらねえんだよ」

犬頭の目が鋭く光った。

「それは興味深いな」

「女の部屋に泊まったんだろうけど、そんなやっかみもあってさ、激しくやり合っちまったんだよ」

「それで、滝野は最後まで自室にいたと主張したのだな」

「そうなんだよ。意外に頑固でさ。譲らなかった」

「だが、部屋にいなかったのは確かなのだな」

「ああ。居留守じゃないかとけっこう粘ってみたんだけど、間違いなく留守だった」

「いやいや、こいつは何よりの情報だった」

犬頭は沼津の肩を二度叩くと、右手を高く掲げながら、体の向きを変えた。

「あんたら、アケミの店に行くつもりかい？　あの界隈は割合物騒だ。用心した方がいい」

「言葉だけ、ありがたくいただいておく。おまえも、人間にしてはいいヤツだな」

犬頭は手を大きく振ると、歩きだした。

「人間にしてはって……」

首を傾げる沼津に一礼すると、恵美子は慌てて背中を追った。

# 四

アケミの勤務先スナック「ゴダイゴン」は、風俗店が入るビルとビルの間にあった。築三十年はたとうという、コンクリートの二階建てで、入り口の引き戸の上には、満月をイメージしたものなのか、金色の丸いオブジェが飾ってあった。

昼間の時間ではあるが、周囲の店は営業中である。客引きの男たちが、好奇の目で犬頭と恵美子を見ていた。

一方の「ゴダイゴン」はと言えば、ひっそりとしており、人が出入りしている様子もない。営業は夜だけのようだ。

「やっぱり、閉まってますね」

「いや、開いている」

犬頭は自信満々だ。

「どうして、そう言い切れるんです？」

「俺が訪ねるからだ」

犬頭は引き戸を開いた。

「あら、お客さん？　珍しい」

派手な化粧をした六十前後の女性がカウンターの向こうでタバコを吸っている。髪はオレンジ色、服は真っ赤なワンピースだ。口紅で真っ赤になった大きな口を、三日月形に歪め、犬頭の全身を睨《ね》め回した。

「あら、いい男。ここは初めてね」

犬頭は鼻をクンクンさせると、

「いろいろな臭いがするな。酒、タバコ、整髪料、香水……ふむ、$C_{21}H_{23}NO_5$の臭いもする」

ママの顔色が変わった。

「ちょっと、あんた、店に入るなり、変なこと言わないでよ」

「するのだから仕方がない」

「犬みたいなこと、言わないで」

「犬だ！」

「ちょっと、なんなのよ、あんた！」

カナキリ声をあげたところで、ママはようやく恵美子の存在に気づいてくれた。

「あんたはなんなの？　この男の連れ？」

「ええ、連れといえば、連れです」

「商売の邪魔だよ。さっさと引き取っておくれ」

犬頭が大声をだした。

「ばあさん、そうキンキン言うもんじゃない」

「ばあさんとは何よ！」

「鏡を見れば、答えは明らかだ。さあ、喚き散らすのはそのくらいにして、俺の質問に答えろ。ここにアケミという女が働いているだろう。呼べ」

「アケアケ……きぃぃぃ」

怒りのあまり、言葉が出てこないらしい。

犬頭が言う。

「恵美子君、水を持ってきてやれ」

仕方なく、カウンターにあったコップに水を入れ、目をつり上げているママにそっと手渡した。

水をひと息で飲み干すと、ママは節だらけの指をキッと犬頭に向け、

「さっさと出てお行き！」

「出て行くのは、おまえが質問に答えた後だ」

「知っていても、誰がおまえに教えるかい！」

背後の棚にあったブランデーのボトルを取ると、犬頭めがけて投げつけた。

犬頭は右手で難なくキャッチすると、それをそっとカウンターに置く。

「もう一度きくぞ。アケミという女に会いたいのだ」

今度はウイスキーのボトルが飛んで来た。犬頭は右手でキャッチし、カウンターに置く。

「滝野という男についてききたい。客として毎週金曜日、ここに……」

飛んできたスコッチのボトルを、犬頭はキャッチする。カウンターに置く暇もなく、バーボンのボトルが飛んできたので、それを左手でキャッチする。

「ここには投げるものがたくさんあるのだな」

犬頭は両手のボトルをカウンターに置くと、

「帰ろうか、恵美子君」

「はい、その方がいいと思います」

恵美子は犬頭の袖を引くようにして、表に出た。ホッと胸をなでおろしつつ、犬頭を見上げる。

「もう、ダメじゃないですか。少しは女性の扱いも考えないと」

「あの店はかなり阿漕《あこぎ》な商売をしているぞ。どこにもメニューの類がなかっただろう。置いてあるのは、安物の酒ばかりだった。いわゆる、キャッチバーだな」

「お客から法外なお金を取るっていう、あれですか？」

「そう。大抵は良からぬヤツの息がかかっている。良からぬヤツというのは、そう、いま、我々に向かって来ているようなヤツらのことだ」

犬頭が嬉々として手を振った。その先には、屈強な男たちが五人いる。黒系の背広を着て、サングラスをかけている。その筋の人間であることは、あきらかだ。

五人の中で一番背の高い、鼻の大きい男が、犬頭の前に立った。

「お兄さん、悪いが、店に戻ってもらえないか」

「それはごめんこうむる。俺は忙しいんだ。それに、$C_{21}H_{23}NO_5$の臭いは鼻にきついのでな」

男は白い歯を見せ、凄みのある笑みを浮かべる。

「それは好都合だ。あの店は狭いからな。俺たちにとっては、少々、動き辛い。すぐそこに、ちょっとしたスペースがある。ご足労ねがえないか」

「喜んで行こう！」

犬頭を五人の男が囲み、雑居ビルの間にある、細い通路へと入っていく。

リーダーと思しき鼻の大きな男が、恵美子に言った。

「あんたはどうする？　来ても来なくても、どっちでもいい」

「い、一緒に行きます」

「そうか。そうこなくっちゃ。ついてきな」

男の顔は邪悪な色に溢れていた。それを見ただけで、恵美子は気が遠くなりそうになった。それでも、ここで犬頭と離れるわけにはいかない。

勇気を奮い起こし、恵美子は男の後ろに従った。

生臭く、暗い通路は、十メートルほど続いていた。その先に、車数台が駐められる正方形のスペースが広がっていた。ビルの壁面に囲まれた、完全なデッドスペースだ。どういう経緯で、こんな空間が生まれたのか判らない。ただ一つ確かなことは、この空間を彼らが最大限に利用しているということだった。

灰色の空間では、四人の男が犬頭を囲んでいた。

リーダー格の男は余裕の表情で、指をポキポキ鳴らしている。

「さて、まずはおまえの素性から明かして貰おうか」

男たちに囲まれつつも、犬頭は平然としている。

「なるほど、店に行って、少し怪しげな振る舞いをしたところ、すぐにおまえたちがやってきた。あの店、名前は何といったか、ゴルバゴス……」

「ゴダイゴンだ！」

「おまえたちと親密な関係にあるらしいな」

「口のへらない野郎だ。少し痛い目に遭わせてやる」

犬頭がパチンと指を鳴らした。その途端、犬頭を囲んでいた四人が、へなへなとその場に崩れ落ちる。

「へ⁉」

犬頭は俯《うつぶ》せになった男の背に足を乗せると、

「たわいもないぞ。指一本でこのざまだ。さてさて、残ったのはおまえ一人だぞ」

男が動揺していたのは、ほんの一瞬だった。首を左右に激しく動かし、不気味な唸り声をあげると、犬頭に向かって歩き始めた。犬頭は後退する気配も見せず、両腕を腰に当て、男を見ている。

二人の間が三メートルほどになったところで、男は太い右腕を上段高くに振り上げた。雄《お》叫《たけ》びと共に踏みこんだ男は、拳を犬頭の頭頂部めがけて振り下ろした。

「なんだ、それは」

拳が当たるより早く、犬頭の右拳が男の顎に当たっていた。

男は右腕を上げたまま、数センチ、浮き上がる。再び着地したとき、彼の襟首は、犬頭によって摑まれていた。

「さあ、ずいぶんと時間を無駄にしたぞ。質問に答えてもらおう……ん？　おまえ、気絶しているのか？　起きろ、起きろ」

犬頭が平手打ちを食わせる。

「……んが！」

男が覚醒した。

「この犬頭に死んだふりは通用しないぞ。さあ、質問に答えろ」

「……んが！」

「それでは答えになっていない！」

犬頭の脇に立ち、恵美子は言った。

「まだ、質問をしていないと思いますけど」

「おや、そうか」

「……んが！」

「うるさいヤツだ。気絶させよう」

「ダメです！　質問に答えてもらうんでしょう！」

「そうだった。おいおまえ、さっさと質問に答えないと、その顔を正方形にしてやるぞ」

「んが、んが」

男はうなずいた。

「ききたいこと、言いたいことは山とあるが、今は時間がない。アケミの所在を言え」

男は真っ青になって首を左右に振る。

「それは知らないと言うことか？　それとも、答えたくないという意思表示か」

「違う、違う」

「どう違う？」

「後ろが違う」

「まずは、おまえの意思表示能力を磨くべきだな。イライラしてきた」

「待って、待って、俺は何も知らないの」

「何も知らないにしては、ずいぶんと居丈高だったではないか？　俺のことをお兄さんと呼んだな」

「も、もういたしません。呼んだりしません」

「そんなことはどうでもいいから、質問に答えるのだ」

「だから、知らないんです。俺、いや、私はただ言われたことをやっているだけで」

「体《てい》のいい逃げ口上だな。おまえの顔を正方形にするのは止めだ。三角にしてくれる」

男は両手両足をばたつかせ、襟首を摑んだ犬頭の手から逃れようとした。だが、犬頭は微動だにしない。男の額にどっと汗が浮かび上がる。

「あのゴンタロウとかいう店がキャッチバーだろうと、おまえたちがその手先であろうと、今は関係ないのだ。聞きたいのは、アケミの所在だ」

「本当に知らないんです。もう店も辞めていて、自宅ももぬけの殻……」

「では、自宅の場所を言え」

「大崎《おおさき》です。大崎にある『メゾン・グラナダス』」

犬頭に締め上げられ、男はマンションの住所を言った。

「ここからなら、歩いて行けるな。ご苦労、ご苦労」

締めをとかれた男は、腰が抜けたように、へたりこむ。

「さあ、恵美子君、行くぞ」

犬頭が背を向けた途端、男が動いた。隠し持っていたドスを抜くと、腰だめに構え、突っこんでいく。

「死ねや」

犬頭は振り向くと、左拳を突きだした。拳はドスを叩き折り、男の拳までを砕く。

「死ねと言われて、誰が死ぬか。バカめ」

長い右足で男の腹を軽く蹴る。巨体が、糸で吊られているかのように、軽々と飛んでいく。緩やかな放物線を描き、体は倒れている仲間たちの真ん中にドスンと落ちた。

「犬頭さん、大丈夫ですか？」

恵美子は駆け寄り、犬頭の拳を見た。擦り傷一つない。

「ヤツめ、さっさと三角にしておくんだった。さあ、恵美子君、次だ。アケミの所に行くぞ」

# 五

目黒川沿いに歩いて五分ほどのところに、「メゾン・グラナダス」はあった。六階建ての高級マンションであり、全室南向き、五階、六階の部屋はテラスまでついている。

恵美子たちがエントランスに入ると、初老の男性が鍵を持って立っていた。恵美子が篠崎を通して話をつけてもらった、マンションの管理人だ。

犬頭と管理人のもめ事には辟易している。不動産業界最大手の権力を使うのも、たまにはいいだろう。

管理人はマスターキーをジャラジャラさせながら、一階奥にある一〇五号に案内してくれた。

玄関を開けて中に入ると、ムッとした空気が溢れ出てきた。床には紙クズやガムテープのカスが散らばり、廊下左右にあるドアはすべて開け放たれていた。

犬頭はドアを一つ一つ閉めながら、廊下奥にあるリビングに入っていく。

「この空気から見て、閉めきられて三日だな。家具類はすべてなし。綺麗なものだ」

小さな庭を眺めることができるリビングは、もぬけの殻だった。ただ、ガランとした空間が広がっている。

「他の部屋を見るまでもない。アケミは消えたようだ。さてさて、今頃はどこでどうしているのやら。地方でのんびり暮らしていればよし、海の底に沈んでいるかもしれないな」

「怖いこと言わないでください」

「可能性の問題だよ。一連の騒動は、ひょっとすると、彼女がきっかけとなっているかもしれん」

「それ、どういうことですか？」

犬頭は恵美子の問いには答えず、窓の外を見た。

道路と敷地の境は生け垣になっている。

「恵美子君、ここは用済みだ。外に行くぞ」

「え？　もういいんですか？」

「もぬけの殻であることを確認したかったのだよ。ああ、それともうひとつ」

犬頭は壁際で小さくなっている管理人に話しかけた。

「ここの住人、平塚アケミについてききたいのだ。彼女を最後に見たのはいつだ？」

初老の男は顎に手を当て、しばらく天井を見上げていたが、

「そうですなぁ、一週間ほど前ですかな。朝、八時ころに、見かけましたな。あの方、夜のご商売のようで、私が出勤する前後にご帰宅されるのが常でしたから」

「様子はどんなだった？」

「酷く調子が悪そうでしたよ。まあ、夜通し働いていたわけですからなぁ、仕方ないのかもしれませんが。目は落ちくぼんで、頭痛もするのか、額を押さえておられました。その手がまた、小刻みに震えているような有様で。思わず、大丈夫ですかと声をおかけしました」

「女は何と言った」

「恐ろしい目で私を睨みつけて、『うるさい』とか『ひっこんでて』とか、酷い言葉を投げつけられました」

「そうか、そいつは災難だったな。だが、大いに助かったよ。世の管理人が、あんたみたいな者ばかりだったら、いいのにな」

犬頭は、ポカンとした顔の管理人を残し、さっさと部屋を出て行く。恵美子は管理人に礼を言ってから、後を追う。

エントランスを出ようとして、犬頭の背にぶつかりそうになった。彼は身をかがめ、じっと表の通りを睨んでいる。

「どうしたんですか?」

「あそこの角に、男が二人いるだろう?」

犬頭の言う通り、数メートル先の四つ角に黒い車が駐まり、その前に男が二人いる。スーツ姿で、鋭い目つきの二人だ。さきほどの男たちと同じ臭いがする。

「恵美子君、あの二人のところに行って、道をきいてくるのだ」

「はぁ？」

「はぁもふぅもへぇもない。行け」

「簡単に言わないでください。あの二人、ヤクザですよ」

「そんなことは判っている」

「判っていて、私を一人で行かせるんですか？」

「大丈夫。危ない目には遭わせないよ」

「彼らに近づくこと自体が、危ないことです」

「仕事に多少の危険はつきものだ。行けぃ」

犬頭は大きな手で、恵美子の背中を押した。つんのめるようにして、表の通りに出る。顔を上げると、男たち二人と目が合った。右に立つ男は坊主頭で、額に刃物傷がある。眉毛はなく、ギラギラと光る目が、はたと恵美子を捉えていた。

恵美子は唾を飲みこみ、ゆっくりと二人に向かって歩きだした。心の中で手を合わせながら。

――犬頭さん、頼みますよ。

二人の前に立つ。左側の男はまだ若く、こめかみに青筋が浮き出ている。前歯を剥きだし、挑むような姿勢で、恵美子を威嚇する。

「何だ？　姉ちゃん」

「えっと、そのぅ、道をききたいんです」

「俺たちゃ忙しいんだ。他に行けや」

「あ、お忙しいのは判ってます。ただ、銀行……いや、郵便局を探していて」

坊主頭が肩をいからせ、顔をしかめる。

若い方が、口から唾を飛ばしながら、甲高い声で言った。

「そんなもん、知るか」

「えぇっと、ご存じなければですね、消防署でもいいです」

「あん？」

「消防署、ご存じですか？」

「そんなとこに行って、何するつもりだ？」

「何って……そのう、消防署だから、火事……、そう火事ですよ」

「火事ってどこが？」

「えぇっと、どこかしら」

「てめえ、俺たちをバカにしてんのか」

犬頭さん、もうダメ……。

「ああ、恵美子君、ここにいたのか」

犬頭の声がした。マンションの方からヒョコヒョコと妙な足取りで近づいてくる。

「急にいなくなるから、びっくりしたよ。こんなところで、いったい、何をしてるんだい？」

坊主頭に向き合うと、両手を広げ、彼を抱きしめた。

「いやあ、恵美子君が見つかったのは、君のおかげだ。ありがとう、ありがとう」

「や、やめろ、苦しい……」

「おや、そうか」

犬頭は両腕を広げる。坊主頭は肩をさすりながら、敵意に満ちた目でこちらを見た。

「何なんだ、てめえら！」

「我々は取るに足らない、犬みたいなものでね。さあ、恵美子君、行こうか」

恵美子の腕を引っ張りながら、犬頭は早足で歩いていく。

坊主頭たちが追ってくる様子もない。

角を曲がったところで、摑まれていた腕をふりほどいた。

「もう、いったいどういうつもりなんですか」

「君はいつも怒ってばかりだな。せっかく、事を荒立てずに目的を達したというのに」

「充分、荒立ってました！」

「だが、相手を殴りも殺しもしなかっただろう？」

「そういう問題じゃあ……」

「とにかく、我々にはこれが必要なんだ」

犬頭がポケットからだしたのは、スマートフォンである。

「何です？　それ」

「坊主頭の持っていたものさ」

「持っていたって……」

坊主頭に抱きつく犬頭の姿が浮かんだ。あのときだ。あのとき、すり取ったのだ。

「それって、泥棒ですよ」

「そう堅いことを言うもんじゃない。正面きってきいたところで、答えるわけもないだろう」

犬頭は電源を入れる。

「ほほう、生意気にもロックがかかっている。そんなものは通用せんぞ。キエエエエ」

意味不明のかけ声をかけているが、そんなことでロックを突破できるとも思えない。

「やっぱり、返してきましょうよ」

「心配いらん。ロック解除だ」

「本当ですか!?」

「犬に不可能はない。おやおや、いろいろな情報が入っているぞ」

そう言われると、興味がわいてくる。画面をのぞきこもうとつま先だちになったが、犬頭はスマートフォンを持った手を高々と上げた。

「君は見ない方がいい」

「どうしてです？」

「知らない方がいいことを、わざわざ知る必要もあるまい。これは君とは関わりのない世界だ」

犬頭は恵美子に背中を向け、スマートフォンのチェックを続けている。

子供扱いされているようで面白くはなかったが、彼の言うことも一理あった。坊主頭たちは堅気ではない。下手に首を突っこむと、身に危険が及ぶということなのだろう。

でも私、二人に顔を見られているんですけど……。

「なあに、心配ない」

背を向けたまま、犬頭が言った。また心を読まれたようだ。

「あいつらは、もうおしまいだ。この機械を警察に届ければ、根こそぎだ。もし警察が動かなければ、俺が叩き潰してやる。だがその前に、我々にはやらねばならないことがあるな」

犬頭が振り返った。その顔には、意外にも穏やかな笑みが広がっていた。

「雅弘のために、案件を解決しないとな」

「はい」

「発信履歴を見たところ、『リッガー＆ベル』という貿易会社にしょっちゅう電話をしている」

「その会社の社員なのでしょうか」

「着信履歴、メール、すべて見てみたが、この会社は、どう見てもまともではない。表向き、企業の形態を取っているが、ひと昔前は立派な暴力団だ。さて、恵美子君、篠崎部長に電話だ。きいてもらいたいことがある」

「はい」

恵美子は携帯をだす。

「『リッガー&ベル』所有の物件をピックアップさせろ。個人情報保護とかそんなことは無視だ。大島不動産販売の権力を利用しろと言ってやれ」

「それ、誰が言うんですか？」

「君以外に誰がいる」

「犬頭さん、言ってくださいよ」

「俺の声を聞くと、あの男は不機嫌になる。あの男の声を聞くと、俺も機嫌が悪くなる」

「判りました、やります」

「ピックアップができたら、絞りこみだ。地域は東京都内、五反田からそう離れた場所ではないだろう。風俗店が密集している場所の可能性が高い。間取りは３ＤＫから３ＬＤＫ。築は二十年以上、高層マンションは除外していいだろう。角部屋の可能性が高いが確かではない。隣と真上の部屋には子供がいる」

「ちょっと待ってください。そんなことまで調べてもらうんですか?」

「入居時に家族構成、同居人の詳細についても書類に記入するはずだ。判らなくはないだろう。それから、向かいには、風俗店かスーパーか、ネオンサイン付きの建物がある。そしてそこは通常、金曜日が休みだ」

恵美子は頭の整理がつかなくなってきた。だが犬頭は、気にした様子もない。

「ただし、先週、もしくは先々週は特別に営業をしていたな」

「待ってください。そんな無茶苦茶な……」

「何が無茶なものか。その物件が特定できたら、教えるように言え。調べがつくまで、こちらは時間を潰している」

犬頭は奪ったスマートフォンを、ポンポン宙に放ってはニヤニヤ笑っている。

恵美子は覚悟を決め、篠崎にかけた。すぐに応答があった。

「連絡があるんじゃないかと思っていたよ」

恵美子の動向は、社内でも注目の的であるらしい。

恵美子は恐る恐る、犬頭の言ったことを繰り返した。

すべて聞き終えた篠崎はしばし無言だったが、

「判った。すぐに調べよう。十分、いや、十五分待ってくれ」

「それだけでいいんですか？」

下手をすれば、まる一日、いや、断られる可能性すらあると思っていたのに。

「こういう形で協力ができるのなら、喜んでやらせてもらうよ。君は既に実績をあげているのだからね」

電話を切ると、犬頭は既に数メートル先を歩いている。

「ちょっと犬頭さん……」

「待っている間に、五反田に戻ろう。ひとつ確かめたいことがあるのだ」

鶴久五反田に戻った犬頭は、マンションには入らず、腕組みをして向かいの工場を見上げた。数秒後、シャッター脇にあるドアのノブに手をかける。

「ちょっと犬頭さん、勝手に入ったら怒られますよ」

「怒られたら、謝ればいい。もっとも、謝るのは大嫌いだが」

ドアには当然、鍵がかかっている。だが、犬頭が力任せに引くと、ドアはガリガリと音をたて、手前に倒れこんできた。犬頭は、それを右手で払いのける。ドアの角がシャッターに食い込み、斜めになって止まった。埃がもうもうと舞い上がり、恵美子はハンカチで鼻と口を押さえた。

犬頭は薄暗い室内に首をつっこみ、クンクンと臭いを嗅いでいる。

「カビ臭いな。猫の臭いもするぞ」

恵美子はそっとハンカチを離し、鼻を鳴らしてみたが、埃にむせただけで、何の臭いもしなかった。犬頭の嗅覚は、やはり特別製らしい。

「でも、こんなところに来て、どうするんです？」

無言のまま、犬頭はガランとした工場内を斜めに横切っていく。その先には、裏に出る扉があった。

「犬頭さん、今度はなるべく……」

恵美子の忠告も虚しく、またドアはメリメリと音をたて、破壊された。床に倒れた鉄製のドアは、重機で左右から押しつぶされたようになっている。

「犬頭さん、このドア、どうするんですか？」

「猫のせいにでもしておけ」

「もう！」

ドアを抜けた先は、外階段になっていた。工場は三階建て。一階、二階は吹き抜けになっていて、三階が事務室として使われていたらしい。

階段を上っていた犬頭が、二階の踊り場で足を止めた。

「見ろ、ここに吸い殻が落ちているぞ」

犬頭は四つん這いとなり、錆と埃だらけの床に顔を近づける。

「掃除したつもりだろうが、何事も完璧にはいかん。吸い殻が三本」

犬頭は手すりから身を乗りだし、下の地面に目をこらす。

「ライターも落ちている。パンの袋もある。この踊り場は喫煙スペースだったようだ」

「でもここは、今年初めに止めて以来、使われていないはずですよ」

「使ってはいないが、出入りしている者はいると聞いたぞ」

「ええ。外国人やホームレスのたまり場になっているとか」

「ふーむ、それにしては、中が綺麗すぎる。この踊り場以外に、ゴミなどは見当たらない。不自然じゃないか。それはそうと、あれを見たまえ」

犬頭が指さした方向には、鶴久五反田がある。

「建物や立木が邪魔をして、工場内の敷地はほとんど見ることができない。だが、この場所から、マンションのある一部屋だけがはっきりと見える。ということは、部屋からもここが見えるということだ」

わずかな隙間から見える部屋の窓、それは滝野の部屋だった。

恵美子の携帯が震えた。篠崎からだった。彼の声はやや興奮気味である。

「いやあ、畏れ入ったよ。君が言った通りの物件が一箇所だけあった」

篠崎が告げた場所は、鶴久五反田から歩いて十分ほどの場所、駅を挟んだ反対側にあった。

「ただ、ネオンの件なんだが、少々、事情が異なっていた。物件の向かい側に、ホテルがある。だが、現在、改装中で営業を中止しているんだ。だから、ネオンはついていない。だが、先週、先々週の金曜日は、電気系統のチェックなどのため、一定時間、明滅させたらしい。どうだい、これなら条件に合うだろう？」

「はい、ばっちりです」

「厄介事を押しつけてしまって、申し訳ないと思っている。だが、今は君だけが頼りなんだよ。何とか、何とか、がんばってくれ」

「大丈夫です。多分、何とかなります」

恵美子は犬頭を見た。彼は会話の内容を既に理解しているようだった。一段飛ばしで階段を下りていく。

「恵美子君、行くぞ。そんな電話、さっさと切ってしまえ」

「はい」

恵美子は後に続いた。

六

篠崎が告げた建物は、両側、向かいを風俗店に囲まれた、八階建てのマンションだった。中心街からは少しはずれた場所にあり、どこか寂れた感じのする一角だった。人通りはまばらであり、客引きの類も見当たらない。

恵美子は犬頭の背に寄り添うように、今までまったく縁のなかった、退廃的な通りを進んでいった。

正面ドアの上には、「コーポ・オカリアン」と書かれた看板が掲げられ、その下には小さく「入居者募集中」という文字もあった。

築年数は不明だが、老朽化は進んでおり、エントランスの壁には大きなひび割れも見える。集合ポストを見たが、名札が掲示されている部屋は一つもなかった。

犬頭はエレベーターの前を素通りし、奥にある階段を上っていく。

三階まで一気に上り、薄暗く細い廊下を進む。目的の部屋は一番奥の三〇一だった。

犬頭がノブを回すが、当然、鍵がかかっている。インターホンを押しても応答はない。

犬頭はノブをそのまま力任せに引いた。何かがへし折れる音がして、ドアが開いた。

今日一日で、何個のドアを壊しただろう。

ずかずかと上がりこむ犬頭の後ろに、恵美子も続く。ドアを閉めようとしたが、ラッチボルトが完全に壊れたらしく、勝手に開いてしまう。仕方ないので、開け放したままにする。

狭い廊下を通り、奥にあるドアを開いて、恵美子は驚いた。

室内は広大なワンルームだった。広さは四十平方メートルはあるだろう。通常なら、2DKくらいにはできるスペースだ。だが、そこには柱や壁、水回りの類も一切なく、ただ、がらんとした空間が広がっているだけだった。

「これは……」

犬頭は満足そうにうなずくと、いつものように、クンクン鼻を鳴らして、室内を一周した後、床に顔を近づけ、細かなゴミやら傷やらをチェックしている。

部屋の状況に混乱する恵美子だったが、声をかけるのも憚《はばか》られ、南側に開いた窓に目を移した。

向かいのホテルの看板が、真正面にある。夜になりライトが点けば、光が窓から入ってきて、何とも不快な思いをすることになるだろう。

四つん這いになっていた犬頭は立ち上がり、ラジオ体操の要領で腰を伸ばしている。

「ふんふん。なかなかいいぞ」

独りつぶやくと、今度は壁に向かった。クモのようにへばりつきながら、何事かを丹念にチェックしている。

声をかけようとしたとき、突然、天井から何かを踏みならす物音が響いてきた。振動を感じるほどの酷さである。

だがその正体は明らかだった。この物音は、子供が駆け回る音だ。恐らく、上階に子供連れの家族が住んでいるのだろう。

そうこうする内、今度は東側の壁から、ドンドンと何かをぶつけるような物音が聞こえてきた。

耳をすませば、悲鳴にも似た、子供の声も聞こえる。これも同じだ。隣に子供連れの住人がいる。そして、子供が壁を叩くか蹴るかしているに違いない。

ようやく、恵美子にも犬頭の意図が理解できた。

「犬頭さん、この部屋ってもしかして……」

「そう、スタジオだよ。床についた傷、壁に残るかすかな汚れ。少し前まで、ここには、滝野の部屋が再現されていたのだよ。同じ家具が同じ配置で置かれ、壁は可動式のパネルをそれらしく模したものだろう。キッチンや水回りなども、それらしく造った偽物だ」

「再現って、どうしてそんなことをするんです？」

「滝野をここに連れこむためさ。自分の部屋に帰ってきたと錯覚させながらな」

「それは無理ですよ。いくら何でも、すぐに気がつくはずです」

「当人が泥酔、もしくは薬などで混乱していたとしたら、どうだ？　彼はアケミという女にいれあげて、毎週金曜日、彼女に会いに行っていたらしい。気になるのは、土曜日に訪ねた友人が滝野の不在を証言し、一方、滝野が在宅を主張していた点だ。一方が嘘をついていると断じるのは簡単だが、双方が正しいことを言っていたとしたら？」

「つまり土曜日早朝、滝野さんはこの部屋にいた。この部屋を自分の部屋だと思いこんで……」

「滝野に使われたのは、睡眠導入剤のようなものだろう。それを酒と一緒に飲ませたわけだ。朦朧とした滝野を、アケミたちはここに送り届け寝かせる。滝野自身も、意識不明となっているわけではないから、漠然と帰宅したという記憶だけは残る。その数時間後、アケミたちは滝野を再度運びだし、今度は本当の自宅に届け、ベッドに横たえる。計画としては、こんなものだったのだろう。実行者共が間抜けで、一つとして上手くいかなかったがな」

犬頭は愉快そうに声をあげて笑った。

「上手くいかなかったって……でもその前に、どこの誰が、どうしてそんなことをしたんです？」

「目の前の工場だよ。外部から外階段の踊り場を確認できるのは、滝野の部屋だけだ」

「よく判らないですけど、つまり、誰かが踊り場を見たくて、滝野さんの部屋に……？」

「そう。何者かが毎週金曜日の深夜、滝野の部屋からあの踊り場を覗き見していたのだよ。だがそれを、住人である滝野自身にも知られたくなかった。となれば、どうするか。彼を外出させるよりない。そのために、この部屋が用意されたのさ」

「でも……」

「そんな面倒なことをする必要はないと言いたいのだろう？　一度くらいなら、適当に外泊させることも可能だろうが、毎週毎週となると限界がある。そしてもう一つ、犯人側のアリバイ工作にも利用されたのだ」

「アリバイですか？」

「不可能証明とでも言えばいいか。犯人側としては、滝野の部屋での張りこみ工作を隠蔽したい。だがもし尻尾を掴まれたとしよう。当然、滝野は尋問を受ける。そのとき、彼が『金曜の夜は自室にいた』と証言すればどうなるか」

「なるほど。滝野さんのアリバイが、犯人たちを守るわけですね」

「そうだ。犯人たちの考えた手順はこうだ。まず滝野にアケミを接近させ、籠絡《ろうらく》する。そして、彼を毎週金曜日、スナック『ゴダイゴン』に連れこむわけだ。そこで酒と共に、睡眠薬を飲ませる。次に、朦朧とした滝野を、ここに連れて来る。内装は彼の自室に似せてある。混濁した意識の中で、滝野は帰宅したと思い、眠りにつく。一方、滝野の自室では、踊り場の監視が行われている。そして、それが終了次第、滝野は再びここから連れだされ、本当の自室に戻される。彼は土曜の朝、二日酔いのむかつきと共に目を覚ます」

犬頭の説明は淀みなく、ただ聞いているだけであれば、納得してしまいそうになる。だが、今回の一件は、そんなものとはまったく別の次元から発しているのだ。ポルターガイストはいったいどうなったのか。

そんな恵美子の顔色を読んだのか、犬頭は壁をコンコンと叩き、

「だが、すべてはそう上手く運ばなかったのだ。それだけでは言葉が足りないな。計画は見事だったが、実行に移したヤツらがバカばかりだったのだろう。何一つとして上手くいかな

かった。だから、こんなにもバカバカしい事案になったのさ」

その一部は、恵美子にも判っていた。

まずは、滝野が言った、天井や壁のラップ音だ。正体は子供がたてる生活音に違いない。滝野の部屋は最上階だ。にもかかわらず天井から物音が聞こえてきたら、意識朦朧としていなくても、驚くはずだ。

「滝野さんは自室にいると思いこんでいたから、天井の物音には驚いたでしょうね」

「隣からの音もそうだ。滝野の部屋の両隣に子供はいないからな」

「窓の外に見えた光の明滅は、向かいにあるネオンサインですね」

「改装中で消えているからと油断したのだろう。まさか、試験的に点灯させるとはな」

恵美子はもう一つの疑問を口にする。

「でも、滝野さんは薬とお酒で意識をほぼ、なくしていたわけですよね。どうして、それほどはっきりとした記憶を持っているのでしょう？」

「アケミだよ。この間抜けな騒動の元凶だな」

「どういうことです？」

「ヤツは睡眠薬の依存症なのだろう。管理人の証言がそれを裏付けている。二週間前の金曜日、アケミは、滝野に与えるべき薬をちょろまかしたんだ。だから、彼は中途半端に朦朧とした状態で、ここに運ばれた。ただの生活音に驚き、ネオンサインの光に怯えたのさ」

「でも、滝野さんはテーブルが動いたとも言ってます」

「この部屋の有様を見ろ。もぬけの殻だ。この間の金曜で、ここは用済みになったんだ。だから、アケミが滝野を運んできたときにはすでに、撤収作業が始まっていたんだよ。壁を壊し、テーブルを動かしている最中に、滝野はノコノコと起きだした。寝室のドアを開けた途端、ダイニングがひっくり返っている。パニックを起こしたんだな」

そのとき、玄関から男たちが入ってきた。皆、筋肉質な体つきで、手にはバットや特殊警棒を持っている。

それを見た犬頭の目には、異様な光が浮かんでいた。

「やっと来たか。待ちわびた」

犬頭の手には、先ほど盗んだスマートフォンがあった。

「こいつで居所を突き止めたのだろう？ 返してやる」

放り投げられたスマートフォンは、床を滑り、最前列にいる男の足下で止まった。

男は右手に持った警棒で自分の肩を叩きながら、口の端を緩めてみせる。

「どこの誰かは知らないけど、ずいぶんなめた真似……」

「犬頭だ」

「あん？」

「どこの誰か教えてやる、犬頭だ。それで？ 折田工業の観察は終わったのか？ 動かぬ証拠は手に入ったのか」

　男の目が泳いだ。

「て、てめえ、どこまで知ってる？」

「何も。知っていることと言えば、おまえたちが工場の踊り場を、滝野の部屋から毎週監視していたことくらいだ。どうしてそんな真似をした？　男たちが裸踊りでもしていたか？」

「なめたやろうだ」

「おまえなぞ、誰がなめてやるものか」

「そんな口をきいていられるのも、今の内さ。一緒に来てもらおう」

「そんな面倒なことはしていられない。ここで話をつけようじゃないか」

「できればそうしたいさ。だが、背後関係をききだせと言われてるんでな」

　犬頭は恵美子を見て笑った。

「背後も何も、俺たちはしがない不動産屋だぞ」

「そんなこと、信じられるか」

「仕方がない。ならば、ここでケリがつけられるように、全部話そう。あの工場の中は$C_{21}H_{23}NO_5$の臭いがした。つまり、ヘロインだ。あそこでは、薬の取引が行われていたんだな。本来、あの辺りはあんたら『リッガー&ベル』の縄張りなんだろう？　噂を聞きつけたあんたらは、滝野の部屋での監視、関係者の洗いだしを始めた。あんたらに喧嘩を売ろうとした組織がどこなのか、俺は知らん。折田工業は、けっこうな借金を抱えていたらしい。その辺からつけこまれ、取引場所を提供していた、そんなところかな。折田工業の経営者、もう身柄は押さえたのか？　それから、アケミはどうなった？　もう海の底か？」

男たちは、浮き足だっていた。犬頭が述べたことは、ほぼ真実であったらしい。

「ない脳みそをしぼり、ここに滝野の部屋を作り上げ、工場の監視を始めた。だが、アケミのせいですべてご破算だ。滝野はポルターガイストだと騒ぎ始める。仕方なくおまえたちは、滝野を本物の薬物中毒患者に仕立て上げることにした。昨夜、彼の部屋に仕掛けをし、ポルターガイストを演出した。滝野は首尾良く錯乱したが、あまりに酷く暴れ回ったため、警察の到着が予定より早くなった。おまえたちは大あわてで仕掛けをはずし逃げ去った。だが細かい痕跡はすべて残っていた。なんともお粗末至極だ」

犬頭は首を左右に動かし、ポキポキと骨を鳴らす。

「さあ、かかってこい……と言いたいところだが……」

犬頭は恵美子の方を向いた。

「こんな殺伐とした場所に、君のようなものがいてはいけない。先に帰りたまえ」

「え……、でも……」

部屋の出口は男たちで塞がれている。

「気にすることはない」

恵美子の周囲に霧のようなものがたちこめてきた。

「ダメ、ダメです、犬頭さん、このままじゃ、やられちゃいます」

「おまえが心配することではない」

犬頭の背中が霧の向こうに消えていく。

「雅弘を頼むぞ」

ふと気がついたとき、恵美子は屋敷の玄関にいた。

「犬頭さん……」

恵美子は階段を駆け上がり、雅弘の部屋に飛びこんだ。

暖かな日差しの中、雅弘は静かな寝息をたてていた。ベッドの向こうにある戸棚の真ん中には、「犬太」がちょこんと座っている。その表情は、どこか笑っているようでもあった。

七

雅弘に薬を飲ませた恵美子は、屋敷一階にある自室に戻り、テレビをつけた。

二時のニュースでは、「リッガー&ベル」の家宅捜索について解説していた。

貿易会社である「リッガー&ベル」はその実、いわゆる企業舎弟であり、麻薬などの密輸を行っていたらしい。警視庁も内偵を進めていたが、なかなか証拠が得られず、会社の中枢部を押さえることができない。そんなとき、五反田のマンションで暴力事件が起き、その現場で取引の詳細に結びつく手がかりを警察が押収したという。

新聞、テレビを通じ、何度となく報道された情報を、恵美子は聞くともなしに聞いていた。警察がマンションに駆けつけたとき、室内には半死半生の組員たちが折り重なっていたらしい。彼らは一網打尽となり、今や「リッガー&ベル」は落城寸前だ。

一方、新聞の片隅には、同じ五反田で、やはり薬物取引を行っていた元工場経営者が逮捕されたとの記事もあった。滝野宅の向かいにあった折田工業である。借金苦に喘《あえ》いだ折田たちが、アルバイト感覚で、脱法ハーブや睡眠剤などの密売を始めたらしい。「リッガー&ベル」から押収した資料に、その件が詳しく載っていたため、芋づる式に検挙されたというわけだ。

だが、実際のところ、「リッガー&ベル」は折田たちを潰すつもりで内偵していたのであり、今回の逮捕劇がなかったなら、彼らは命を失っていただろう。

すべてを仕組んだ犬頭が、そこまで考えていたのかは判らない。それでも、彼は雅弘を守ると同時に、何人かの命を救ったことになる。

玄関ドアが開く音がした。

とたんに、恵美子の心は沈みこんだ。呼び鈴も押さず、勝手に入ってくるのは、一人しかいない。

ホールに出ると、暗い顔をした背広姿の男が立っていた。恵美子の上司である片山だ。手には、いつものように、封筒を持っている。

「やあ」

陰気な笑みを浮かべ、片山は恵美子を見た。

「どうも……」

「いやあ、あの部屋、大変なことになっちゃったねぇ。まさか、暴力団絡みだったなんてねぇ」

「報告書にも書きましたが、滝野さんは巻きこまれただけです。彼に罪はありません」

「そこんとこはよく判ってるよ。彼も無事、退院したらしい。さすがに、引っ越すらしいけどね。新しい物件は紹介済みだ」

「ありがとうございます」

「それから、君が言っていたアケミって女だけど、昨日、警察に保護された。一人で山梨のホテルにいたらしい。挙動不審でホテルから通報されたんだな。睡眠薬依存の症状があって、現在、入院中だ」

「そうですか……」

「この情報を得るのにずいぶん、苦労したんだ。本当に必要なことだったのか？」

「はい。もちろんです」

「ふん」

片山は仏頂面のまま、封筒を恵美子にさしだした。

「次の仕事」

恵美子も無言で受け取る。

片山は居心地悪げにそわそわと体を揺すった後、低い声で言った。

「自分の部屋は整頓しておいた方がいい」

「は？」

「会いたい人がいるのなら、ちゃんと会っておきたまえ」

「それ、どういうことですか？」

「ふふふふふ」

暗い笑いを残し、片山は去って行った。

恵美子は自室に戻り、暗澹《あんたん》とした気持ちで、封筒を開けた。

「な、何よこれ……」

出てきたのは、新聞のコピーだった。

『三鷹《みたか》マンションで男性行方不明』

『女性行方不明。同じ部屋では過去にも同様の事件が』

『呪いの部屋か？　住人が立て続けに失踪！』

恵美子は封筒を取り落とした。

「冗談じゃないわ。どうしよう……」

# 誰もいない部屋

一

三鷹駅近くの喫茶店で、若宮恵美子は封筒の中身をだした。一昨日、片山から渡された書類一式をテーブルに置く。

ネットの情報をプリントアウトしたものや、週刊誌の記事をコピーしたものが、クリアファイルに納まっていた。それらはすべて、三鷹駅近くのマンションで起きた失踪事件を取り上げている。

トップにあったのは、匿名掲示板に載った情報をまとめたものだった。

三鷹にある「ハイツ・ストラ」の五〇六号は呪われた部屋である。部屋を借りた者が、この三年間で三人、原因不明の失踪を遂げている――。一人目は男性、二人目は女性。三人目はその妹とある。

だが、この情報はどう考えても、ガセだった。大島不動産販売の調べで、「ハイツ・ストラ」というマンションは存在しないし、三名の失踪事件も報告されていない。

次は月刊のオカルト雑誌の記事だった。三鷹の「マンション・メイツ」の五〇六号で、住人の失踪事件が起きている。五年で七人、すべて女性。噂が噂を呼び、その部屋は借り手がつかず、マンションから引っ越す者も続出しているとある。

怪しい雑誌とはいえ、情報の信憑性は先のネット記事よりあった。「マンション・メイツ」は実在したし、五〇六号の住人がかなりの頻度で替わっていることも事実だった。

だが、五年で七人はデタラメだ。管理を代行する大島不動産販売の調べでは、居住者の変更は三年で三人。そして、部屋には現在、居住者がいる。

三つ目は、芸能のゴシップを中心とした、新聞だった。四面のコラムに三鷹の件が載っている。情報は前二者に比べ、さすがに正確だ。三年で三人の失踪者。いなくなったのは、すべて女性とあった。

そして最後に入っていたのは、「マンション・メイツ」の管理人の情報だ。携帯番号と足利奈良蔵《かがならぞう》という名前が書かれていた。彼は今回の依頼人でもある。

それを見て、恵美子はため息をつく。

今朝、彼と電話で交わした会話がよみがえった。

『三人じゃないんです。四人目も消えちゃったんです』

どういうことなんだろう。

何とか勇気を奮い起こし、三鷹までやって来たが、どうにも足が竦んでしまう。

だが、逃げるわけにはいかない。この仕事は、恵美子だけのものではないのだ。結果はそのまま、雅弘に跳ね返っていく。失敗は許されない。

書類をファイルに戻し、立ち上がった。

店を出て横断歩道を渡ると、再開発されたばかりの、整った町並みが続く。

「マンション・メイツ」は、再開発地区からほんの半ブロックだけ離れた場所にあった。

細い道路に囲まれた一角は、古びた二階屋が軒を接しており、中には草ぼうぼうの空地となっている所もあった。そんな中にある五階建てのマンションは、嫌でも目立つ。

離れたところから外観を眺めつつ、恵美子はまたため息をついた。

予想通り、ひどく暗い雰囲気の建物だった。一階は店舗となっているが、四店分のスペースはすべて空いており、錆びついたシャッターが下りている。

真ん中にある入り口は、電気も消えており、外からエントランスの様子をうかがうこともできない。

二階から上に目を移す。建物は長方形で、デザイン的に凝ったところもない。安っぽいタイル貼りの壁面は、風雨によってところどころに黒ずみや茶色い水汚れが浮き出ている。

部屋は各階に六つ。こちらから見ると四階分、二十四の窓を眺めることができる。

事前の情報によれば、入居者がいるのは、三分の二ほどであるという。空室はカーテンがかかっていないので、恵美子の位置から見ればすぐに判る。

あれ？

恵美子は首を傾げた。ここから見た限り、空室は下層階に集中している。二階の六部屋はほとんど空いており、三階も入居しているのは一世帯だけだ。一方、四階、五階はほぼ満室の状態である。

呪われた部屋などと言われているのは、五階の五〇六号。普通に考えれば、その部屋の近隣から出て行きそうなものだが。

とはいえ、毎度、恵美子の許に持ちこまれるのは、一筋縄ではいかない案件ばかりだ。入居者の奇妙な偏りも、何か理由があるのかもしれない。

よし、行こう。

歩きだそうとしたとき、「ちょっと」と声をかけられた。

太くてよく通る声。

もしかして……。

「犬あた……ま……」

立っていたのは、風采の上がらない小男だった。無精髭に覆われた顎を掻きながら、太い眉を段違いにさせ、こちらを睨んでいる。シャツにジャケットをはおっているが、どれもしわくちゃで、男の外見を余計、貧相に見せていた。

「あんた、あのマンションをずっと見てるけど、住人に知り合いでもいるの？」

「いえ……」

恵美子は半歩下がりながら、男の正体を探る。会う予定であった足利とは声が違う。パトロール中の警官、刑事にも見えない。

相手は値踏みするような目で、ジロジロと恵美子の全身に目を走らせていた。

どうしよう……。

左右を見たが、ほかに人通りはない。

ふいに男がジャケットの内側に手を入れた。だしてきたのは、真ん中に折れ目のついた名刺である。

「新しく作るの忘れちゃって、こんなのしかないんだ」

名刺には、「ドリー探偵社調査員　坂井学《さかいまなぶ》」とある。

恵美子はあらためて、ひどく印象の悪い男を見た。

「……探偵さんなんですか？」

「一応、調査員ってことになってんだけどね、まあ、そういうことで。えーっと、あんた、大島不動産販売の人でしょう」

「え？　どうして……」

質問を呑みこむ。恵美子が抱えている封筒には、社名がでかでかと印刷されている。

坂井は横目で「マンション・メイツ」を見やりながら言った。

「あそこ、けっこう有名になったみたいだからねぇ。呪われた部屋とか言ってさ」

恵美子は既にガードを固めていた。探偵に情報を漏らせば、どう使われるか判ったものではない。

坂井が言った。

「おっとっと、唇を真一文字にすることはない。くだらないマスコミとは訳が違うんでね、別に興味本位できいてるわけじゃないんだ。あくまで、仕事」

坂井はポケットからあめ玉をだし、口に放りこんだ。

「タバコ止めてるんで、その代わり」

つかみ所のない男は、まだ声をかけた理由を言わない。恵美子は一人、もじもじとうつむくしかなかった。

「五〇六号のこと、調べに来たんでしょう？　管理人の依頼を受けて」

表情を変えないよう努めていたが、無駄だった。自分でも悲しいくらいに、気持ちが表面に出てしまう。

泣きたい気分でいると、坂井は低く笑って言った。

「そんな顔をしなさんな。虐《いじ》めているみたいで、いたたまれなくなっちまう。あんたの仕事を邪魔するつもりはないんだ。だが、こっちも仕事なもんでね」

坂井は指に一枚の写真を挟み、さしだした。女性の写真だった。歳は三十代後半くらいか。黒く深い色の瞳が印象的だ。身分証明用に撮ったものなのか、表情は硬く、肩に力が入っていた。

「四人目だよ」

「は？」

「石浜夕子《いしはまゆうこ》。五〇六の住人さ。三日前の深夜に消えた」

恵美子は返す言葉がない。

そんな恵美子のとまどいをたっぷり楽しんだのか、坂井は子供でもあやすような調子で言った。

「俺はある人に頼まれて、石浜夕子の行方を捜している。何か摑んだら、俺に教えてくれないかな。もちろん、礼はするよ。あのマンションについては、こちらも調査済みだ。いろいろと役に立つ情報を持ってるんでね。情報交換という形で提供しようじゃないか」

坂井は恵美子の顔をのぞきこむ。

「判ってくれた？」

「は、はい」

「よーし、良い子だ。ま、しっかりがんばんな」

坂井は背中を向けると、ぎくしゃくとした不安定な足取りで、離れていった。

なんなのよ……。

完全に出鼻をくじかれた格好だ。まだ、建物に入ってもいないのに。

まったく、先が思いやられる。

しかし、管理人足利奈良蔵の言葉の意味が、ようやく理解できた。呪われた部屋から消えたのは、全部で四人。いったい、どうなっているのだろう。

二

足利奈良蔵は、一階エントランスにある管理人室に、恵美子を通した。彼は見上げるほどに背が高く、そして痩せている。歩くときは左足をかばい、座るときは腰を押さえながら顔をしかめる。あちこちに、持病があるらしい。

前もって貰ったデータでは、七十歳丁度となっている。

老人は恐怖に満ちた目で、恵美子を見た。

「いやもう、怖くて怖くて。ワシが子供のころは、神隠しなんて言葉があったがねぇ。まさか、こんなことが……」

「そのう、五〇六号の住人の方が連続して失踪されているとのことですが」

「そうなんだ。三年前から一年に一人ずつ。今住んでいる石浜さんまでがいなくなってしまった。私はよく注意したんだよ。この部屋は気をつけた方がいいって。だが、聞いてはもらえなかった」

「足利さんは、どのくらい前から、ここの管理人を？」

「もう十年になりますかねぇ。来たばかりのころは、満室でね。築二十年ほどになるんですが、まだ活気がありましたなぁ。再開発区域から外れてから、一気に寂れましてねぇ。あと……まあ、いろいろありましてね」

喋り過ぎたと思ったのか、足利は口を閉じてしまった。

「では、五〇六号の件なのですが……その前に、今お住まいの方も行方が判らないとのことですが、警察には連絡したのでしょうか」

足利はもぞもぞと体をゆすり、手で自分の頬をぴしゃりと叩いた。

「それがねぇ、今はなかなかそうもいかなくて」

「それは、どういうことでしょうか」

「私はあくまで管理人なんでね、勝手に連絡するってわけにもいかんのですよ。なにしろ、向こうは立派な大人なわけで。二、三日、戻らなかったからといってですね――」

「ご家族はどう言ってるんです？」

賃貸とはいえ、契約の際、緊急の連絡先などをきく決まりになっているはずだ。

だが、足利は困った表情のまま、髪がほとんどない頭を掻く。

「それが、連絡先として書かれているのは、大分かどこかの住所でしてね。一応、両親が住んでいるってことになってるんですが、これがダメなんです」

「何が、ダメなんです？」

「電話は不通だし、ざっと調べたところでは、住所そのものも怪しくてねぇ」

「つまり、全部、デタラメだったってことですか？」

「そうなるかねぇ」

足利はあくまで、他人事というスタンスを崩さない。たしかに、管理人とはいえ、あくまで、やとわれの身分だ。おそらく契約社員だろう、緊張感がないのも無理はない。さらに、緊急連絡先のリサーチが徹底されていなかったことは、管理を代行する大島不動産販売の責任でもある。

恵美子は一呼吸置いて、頭を切り換えた。

今は管理人の愚痴を聞くときでも、彼の責任を問うときでもない。

「では、住人が失踪した前後のことをおききしたいのですが」

ここでも、足利は悲しげな目をしてうなだれる。

「それが、お話しできるようなことは何もなくてねぇ。ある日突然、帰ってこなくなるんですわ。荷物も全部、置いたっきりで」

「それでも、ご家族などからは……」

「それもさっぱりでね。たとえ電話が通じても、荷物は適当に処分してくれとか、ホント、冷たいもんですよ」

「判りました。その辺のことについては、あらためてお話をおききしたいんですけど」

「いやぁ、きかれても答えられるかどうか。当時の書類やなんかも、ほとんど残ってないからねぇ」

何とも困った管理人だ。だが、そうした書類なら、会社で保管している可能性が高い。後で閲覧させてもらうよりないだろう。もっとも最近は、個人情報保護法のせいもあり、たとえ社員であっても、閲覧の許可がおりない場合もあった。

それに加え、恵美子は反社長派の急先鋒と見なされている。派閥争いのとばっちりで、拒否される可能性は高かった。

どうにも頼りない状況ではあるが、今はすべてを前向きに考え、進むしかない。

恵美子は言った。

「とにかく、五〇六号を見させていただけませんか。それと、石浜さん失踪前の状況を」

「そりゃあ無理さ」

信じられないことに、足利はこれも拒否してきた。「当人が留守の間に、勝手に鍵を開けるなんて、とんでもない」

恵美子は冷静になれと自分に言い聞かせる。

「ですが、調査を依頼されたのは、あなたです。部屋も見せていただけない、資料もないでは……」

足利は完全に腰砕けとなっていた。

「いや、それならもういいですわ。依頼はなかったことに。ちょっと心配だったんでね、連絡したんだけど、何だか、余計なことしちまったみたいで」

「いえ、ちょっと待ってください。いま、現実に行方不明かもしれない女性がいるわけですから……」

「はいはい、はいはい」

足利は恵美子を突き飛ばすようにして管理人室から追い出すと、ドアに鍵をかけてしまった。

何度かノックしてみたものの、返事はまったくない。

何てことだろう。今回は、部屋にすら入れない。

このまま警察に行こう。説明すれば、多分、判ってくれる……。

「無駄だ、無駄だ」

背後で声がした。もはや聞き慣れた、低く、よく通るあの声だ。

「いぬあたまさん！」

「いぬがしらだ！　恵美子君、警察を頼るなど、無駄骨折りの愚の骨頂だ。止めておけ、止めておけ」

「でも……」

「部屋なぞ、好きなだけ見られるさ。外界と部屋を分けているのは、薄い扉一枚だ。そんなもの、俺が蹴破って……」

「ダメです！　そんなことしたら、後が大変です。犬頭さんから、管理人さんに頼んでみてください」

「このへっぽこ管理人に何ができる。さっさと扉を蹴り破るか、壁を突き崩そう」

「結果は同じです」

「同じなら、壁を突き崩した方が面白い」

「どっちもダメです」

「否定からは何も生まれないぞ。だが仕方がない、恵美子君がそこまで言うのなら、やり方を変えよう」

「ダメです」

「まだ、何も言ってないぞ」

「また誰かを吊るし上げるんでしょう？」

「もちろんだ。まずはそこに閉じこもっている管理人」

「ダメです！」

「ではどうすればいいのだ？」

「もっと穏やかな方法でやってください」

「うーむ、事態は切迫している。無駄な時間ははぶきたいのだがな。ふむ、ではまず五階に行こう」

犬頭は階段をものすごい速度で上り始めた。恵美子も続くが到底、追いつけるものではない。

「ちょっと……犬頭さん……」

恵美子が五階の踊り場に着いたとき、犬頭は五〇五号室の前で手を振っていた。部屋のドアは半開きになっている。

恵美子は外廊下を走り、犬頭に駆け寄る。

「犬頭さん、また何かやったんでしょう」

「大したことはしていない。いつものあれさ」

ドアの陰には、若い女性がいた。だが、ドアを開けようとしたポーズのまま固まっている。きょとんとした表情のまま、微動だにしない。顔の前に手をかざすが、瞬きもせず、じっとドアノブに伸ばした手の先を見つめている。

恵美子は腰に手を当てて、犬頭を見上げる。

「もう、こんなことをして、可哀想じゃないですか」

「人間にとって、これが一番、ダメージが少ないのだよ。帰るとき、元に戻すからいいだろう」

しぶしぶながら、恵美子はうなずいた。

犬頭のやることをすべて否定してしまっては、せっかくの機会を逃してしまう。実際、過去四件の事案は、彼のおかげで解決できたのだ。

「でも、物を壊したりするのは、なしですよ」

「判った、判った」

心のまったく入っていない返事を聞きながら、恵美子は固まっている女性の脇を抜ける。年齢は二十五前後といったところか。眉のきりりとした清楚な感じの顔立ちだった。

部屋は一DK。家具などにはあまりこだわらない性格なのだろう、テーブルも椅子もホームセンターなどで安く売られているものばかりだった。壁際には大きな棚があり、ぎっしりと本が詰まっている。小説、ビジネス書から、フリーペーパーまで、様々な種類のものが、区分けもされず詰めこまれている。床には雑誌類が平積みとなり、テーブルの上にはスリープ状態のパソコンがあった。

仕事はライターか何かなのだろう。

犬頭はそんな部屋をつっきり、ベランダに通じる窓を開けた。

恵美子にも、彼の意図は判っていた。

表がだめなら、横から。

ベランダ同士を隔てる仕切りは、薄い板などでできており、簡単に破ることができる。火災などのとき、ベランダ伝いに逃げられるようにするためだ。

犬頭は両手でベリベリと板を引き裂いた。そのまま、ためらう様子もなく、五〇六号のベランダに入っていく。

そのベランダは、ビールの空き缶とゴミ袋が散らばる、できれば足を踏み入れたくない空間となっていた。

恵美子は、かつて体験したゴミ屋敷事件のことを思い起こしつつ、そっと足を古雑誌の間に入れた。

一方犬頭は、ガラス窓に顔をつけ、室内の様子をうかがっている。

ゴミと缶をつま先で散らしながら、恵美子は彼の横に立った。

カーテンはひかれておらず、室内は丸見えだった。

間取りは隣とまったく同じ、一DKだ。こちらは、家具などはほとんどなく、折り畳み式のテーブル、携帯型ガスコンロなど、人が生活できる最低限のものしか揃っていない。パソコンはおろか、テレビもない。ダイニングの隅には、布団が丸めて置いてあった。

「ふーむ、帰宅していないのは、本当のようだ」

そう言って、犬頭は恵美子を見た。

「君が何も言わなければ、この窓をぶち破り、徹底的に中を捜索できるのだが」

「いや、そこまでやると、ちょっと問題なのでは？」

意外にも、犬頭は素直にうなずいた。

「よく判った。では、引き上げるとしようか」

「え？　いいんですか？」

「いいも何も、壊してはダメなんだろう？」

「ええ、まあ」

「中に入るまでもなく、ヒントを見つけた。この缶ビールを見ろ。ひしゃげている」

「棄《す》てるとき、握り潰したのでは？」

「これは靴で踏んだ痕だ。このベランダには、我々より前に入った者がいる。では、帰ろう」

ひしゃげた缶をつま先で蹴り飛ばし、犬頭は五〇五のベランダへと戻っていく。

犬頭の考えがまるで読めず、恵美子は自分自身への苛立ちを抑えきれない。

何なのよ、もう！

五〇六の室内に一瞥をくれると、恵美子も隣へと戻った。

犬頭は恵美子を待つこともなく、部屋の中をぐるり見回すと、外に出て行こうとする。

「待って！」

「何だ？」

振り向いた拍子に、犬頭の肩が、固まっている女性に当たる。彼女の体がぐらぐらと揺れ、後ろに倒れる。恵美子が抱き留めねば、後頭部を下駄箱で打っていたところだ。

「気をつけてください」

「すまん、すまん。急いでいたのでな」

「この人を元に戻してください」

犬頭は、女性の額を人差し指で突いた。

「……てください。私は……え？」

女性は恵美子を見て、目を丸くする。「あなた、どこから出てきたの？」

「いえ、別にその、怪しいものでは」

恵美子は、外廊下に飛びだした。

犬頭は一人、階段へと向かっている。

「犬頭さん、エレベーターは使わないんですか？」

上ってくるときも、彼はわざわざ階段を使ったのだ。

恵美子の質問には答えず、犬頭はステップを一段飛ばしにして、下りていく。

「もう！」

エレベーターを待とうかと思ったが、犬頭を一人にしたら、何が起きるか判らない。

仕方なく階段を駆け下りた。一階分を下りたところで、彼の背中にぶつかった。

犬頭の背は硬く、板のようだった。鼻をぶつけ、恵美子は尻餅をつきそうになる。倒れこみそうになったところを、太い腕で支えられた。犬頭が抱き留めてくれたのだ。

「歩くときは前を見ろ」

恵美子は鼻の頭を押さえながら言った。

「こんなところで、急に止まらないでください」

「そのくらい、臭いで判るだろう」

「判りません」

「そうか。それよりも、この四階の外廊下だ。面白いと思わないか」

恵美子は六つのドアが並ぶ外廊下を見る。掃除もきちんとされており、整然としている。不審な点はない。

「別におかしな点はないと思いますけど」

「そんなことはないだろう。君は今まで多くのマンションを見てきたはずだ。マンションは集合住宅だぞ。種々雑多な人間たちが一緒に暮らしているんだ。玄関扉の前一つをとっても必ず個性が出る。自転車を廊下に放置する者もいる。傘をドアノブにひっかけて置く者もいる。子供がいれば、バギーが出ている所もある。掃除好きな所もあれば、そうでない所もある」

「つまり、何が言いたいんです？」

「この四階さ。整然としすぎているだろう。掃除の度合いが六世帯すべて同じだ。手すりにたまった埃ですら、同じ。個性がまったく感じられん」

言われて見ればその通りだが、可能性はいくつも考えられる。

「業者の人を頼んで、掃除してもらっているのかも」

「その割に五階、特に五〇六の前は汚れていたぞ。第一、ここは二階、三階がほぼ無人に近い。そんなものを雇う余裕はないだろう」

「では、どうなるんです？」

「まだ判らん。だが、記憶に留めておいた方がいいだろうな」

犬頭は再び、階段を下り始める。恵美子も続くが、やはりあっという間に差を開けられてしまった。

三階、二階は現在、ほぼ無人であり、埃っぽく、荒涼としていた。暗く不気味な感じすらするその様子に、恵美子は一瞬、寒気を覚えた。

一階に下りたとき、犬頭はすでにマンションを出ていた。

てっきり足利の所に行くと思っていた恵美子は、建物の前に佇む犬頭に言った。

「この後、どうするんですか？」

「事態は思ったより深刻かもしれんぞ。ぱっぱと進めようじゃないか」

「深刻？　ぱっぱ？」

「能なしの管理人に話をきくのもいいが、一足飛びに進むのも気分がいいものさ。あそこに駐まっている車は、恵美子君の友達のものだろう？」

犬頭が示した先には、探偵と称する坂井学の車があった。運転席に座る坂井は、建物から出てきた恵美子たちをじっと見つめている。やや訝しげに首を傾げているのは、いずこからともなく出現した犬頭のせいだろう。

犬頭はその視線を手繰っていくかのように、まっすぐ、車を降りた探偵の許へと向かった。

恵美子が追いつく前に、犬頭は探偵への攻撃を始めていた。

「あんたか、学君は」

「見ず知らずのあんたに、君呼ばわりされる謂《いわ》れはないね」

坂井の目は油断なく光り、声もドスがきいている。さきほど、恵美子に対したときとは、まるで別人だ。

犬頭は坂井をジロジロ見つめながら、

「俺は探偵だ。あんたも探偵だろう。探偵同士仲良くやろう。それはそれとして、俺のきくことに答えるんだ」

太い眉が寄って、眉間に深い皺が刻まれた。

「あんた、誰にものを言ってんだ」

「おまえだよ。おまえ以外に誰がいる。五〇六に住んでいる石浜夕子が消えた。おまえは彼女に関する情報を持っていると、さきほどこの恵美子君に言っていたではないか。だから、聞かせろ。さあ、早く」

「やかましい！」

坂井は革靴で犬頭のつま先を踏もうとした。右足を素早く引いた犬頭は、相手の短い足を払う。

「おまえと問答をしている暇はないんだ。早くしろ。俺はこれでもイライラしているんだ」

犬頭は拳を大きく振り上げると、車のボンネットに振り下ろした。すさまじい音がして、車の後部が跳ね上がる。前輪がパンクし、ホイールキャップが飛んだ。ボンネットは、犬頭の拳の形に大きくへこんでいる。

吹き飛んだホイールキャップはカラカラと道を転がり、ひっくり返ったまま唖然としている坂井の股の間で止まった。

「は……ひっ、化け物」

「失礼なことを言うな、犬だ！」

犬頭が再度、拳を振り上げる。

「待った、待った。その車、私物なんだ。買ったばかりなんだ」

「新車は廃車だ。また新車を買え。俺がすぐに廃車にしてやる」

「判った、言う、何でも答える」

「石浜夕子だよ。彼女はどこだ？」

「知るわけないだろう。俺は彼女の行方を捜すよう依頼を受けている」

「依頼人は？」

「それは言えない」

犬頭は股の間にあるホイールキャップを取り、紙のようにピリピリと引き裂いた。坂井の顔色がさらに悪くなった。

「廃車もいいが、廃人も棄てがたい」

「言う、言うよ。大間度浩一《おおまどこういち》という男だ。車のディーラーをやっている」

「依頼主は個人か」

「夕子は大間度の女だった。半年前、夕子は大間度の金三百万を持ち逃げしたんだ。大間度は資産家の息子でな。金はうなるほどある」

「己のプライドをかけ、夕子を見つけだす。そのためには、金に糸目はつけないということだな」

坂井はうなずいた。犬頭は「マンション・メイツ」を眺めやる。

「おまえがどうやってここを突き止めたのかはどうでもいい。そこそこやり手なんだろうな。で？　肝心の夕子はどうなった？」

坂井は盛大にため息をついた。

「俺がここに来たのは四日前だ」

「というと、彼女が姿を消す直前じゃないか」

「その通り」

「どうしてすぐに捕まえなかった？」

「背後関係を突き止めようと、しばらく泳がせておくことにしたんだ」

「だが、相手に気取られた。それで女は逃げたんだ」

「いや、そんなはずはない。下手な聞きこみはしていないし、マルタイに姿を見られた可能性もない」

「大した自信じゃないか。だが、逃げている者は追跡者の影に敏感だ。ちょっとしたことで、気づかれる」

「俺だってプロだ。そんな真似はしない。絶対だ」

「だが夕子は消えた」

「それが不思議でならん。あの日の夜はたしかにいたんだ。部屋に明かりがついていたし、ベランダにゴミを捨てる姿を見ている」

「見た時刻は？」

「午前零時半」

「その夜はここで張りこんでいたのか？」

「そうだ。五〇六号の窓と、マンションの正面玄関がばっちり見える位置にいた」

「失踪に気づいたのは？」

「何となくおかしいと思ったのは、昼過ぎだ。外出した様子はないのに、部屋に動きがない」

「だが、おまえは一人で張りこみをしていたのだろう？　目を離した隙に出ていったのかもしれん」

坂井は忌々しげに鼻を鳴らした。

「そのときはまだ、三人態勢で張りこんでいたんだ。見逃しはあり得ない」

「それで、部屋の方はどうなった？」

「日が暮れても、明かりがつかない。一緒にいた若いヤツを中にやった」

「一階はオートロックのドアだ」

「住人と一緒に入れば、どうってことはない。管理人が名ばかりっていうのは、あんたも知っているだろう？　中に入り、部屋の前まで行ってインターホンを押させた。反応なしだ」

「それで、その若いヤツをベランダに入らせたのか。隣の部屋伝いではないな。屋上だ。屋上に出る鍵なら、簡単に開けられる。手すりにロープを結び、そこから懸垂《けんすい》下降の要領で、ベランダに下りた。なかなかの体術だ」

犬頭の言葉を、坂井はただポカンと聞いていた。

「あんたも、ベランダに入ったのか？　どうやって？」

「そんなことはどうでもいい。夕子がいないことに気づいてから、おまえたちはどうしたのだ？」

「まずは管理人の足利のところに行き……」

「恫喝《どうかつ》して鍵を開けさせた」

坂井は大きく首を振った。

「違う違う。最初はそのつもりだったけど、夕子の姿がないことを告げると、あいつの血相が変わってさ。あっさりマスターキーを渡しやがった。どうぞ、見てきてくださいってな」

「ふむ」

「気になって部屋の来歴について調べてみたら……これが呪いの部屋だって言うじゃないか。住人が消えてるって」

「ふむ」

「で、そんだけ」

「ふむ」

「だから、そんだけ」

「続けろ」

「だからそんだけって言ってんだろうが！」

「俺が続けろと言ってるんだから、続けるんだ、バカめ。話してないことはまだあるぞ。三人で張りこみをしていたのに、今はおまえ一人。それはどういうことだ」

坂井は自棄気味に顔をしかめる。

「つまりさ、俺はしくじったんだよ。方法は判らないけど、夕子のヤツはとんずらしたんだ。俺は、女にいっぱい食わされた間抜け野郎ってこと。別働隊が駅の周りで聞きこみしてるよ。俺は万一を考えて、ここにいる。戻って来るはずもない女を待ってな」

「それで、おまえはまだ、当分、ここにいるのか？」

「ああ。ちょっとした休暇をもらった気分だ。もう少ししたら、一人応援が来る。二人でのんびり、時間潰しさ」

「そうか。それはいい。たっぷり潰せ」

「その前に、おまえが潰したこの車、どうしてくれる？」

「心配するな」

「ほう。弁償してくれるのか？」

「もう少ししたら、おまえに手柄をたてさせてやる」

犬頭は「恵美子君いくぞ」と言い、そのままスタスタと歩きだした。

坂井はひしゃげた車と犬頭の後ろ姿を交互に見ていたが、やがて肩を竦め、あきらめ顔で路肩にしゃがみこんだ。

早足で歩く犬頭に並ぼうとすると、恵美子は駆け足になる。息が切れそうになりながらも、並んで進む。

「犬頭さん！」

「恵美子君の言うことは犬でも判るぞ。次はどこに行くんですか？　だろう」

「違います。坂井さんの話を聞く限り、もう一度ちゃんと事情を説明して足利さんに頼めば、マスターキーを貸してくれたんじゃないですか？」

犬頭の速度がさらに上がった。

「ちょっと、待ってください。あの……次はどこに行くんですかぁ？」

三

犬頭は駅前から続く商店街を、物も言わず歩いていく。歩速は相変わらず速く、なかなか追いつくことができない。犬頭はときおり、こちらをチラチラとうかがうが、待つ気はないらしい。

このまま駅まで行くつもりだろうか。

そう思い始めたとき、犬頭はふいに、チェーンのカフェに入っていった。注文カウンターを素通りし、ずかずかと中に入っていく。店員があからさまに嫌な顔をしていた。

店の奥にある二人がけ用のテーブルに座った犬頭は、店の前で二の足を踏む恵美子を手招きする。

まったく。猫じゃないんですから。

「犬だ！」

犬頭の声が聞こえた。

店員の白い目にさらされつつ、恵美子はコーヒーを二つ買い、奥のテーブルに移動する。

「やあ、恵美子君、待ちかねた」

「どうして、こんな奥の狭い席に座るんです？　もっといい席が……」

「これでいいのだよ。ところで、君はパソコンを持っているな。ネットに繋いでくれたまえ」

会社支給のノートパソコンを持ってはいる。恵美子は電源を入れ、ネットに繋いだ。

「それで、何をすればいいんですか？」

「俺が使う。『マンション・メイツ』五〇六を借り、失踪した三人の情報が知りたいのだ。君があの能なし室長代理から預かってきた資料には、何も書いていないだろう？」

犬頭の言う通りだった。片山が持ってきた資料は、いつものごとく、適当極まりないもので、使えるものと言えば、マンションの所在地くらいのものだった。

「でも、そんな個人情報に関わるようなこと、ネットで見つかるんですか？」

「見つかるさ。マンションの管理会社である大島不動産販売には、部屋を借りた人間の情報などがすべて残っているだろう？」

「他部署の人間は閲覧なんてできませんよ」

「できるさ」

「どうやって？」

「気合いだ」

犬頭が高速でキーを叩いていく。次の瞬間、店内の電気が消えた。一秒ほどのことだったが、店員や客たちは、皆、薄気味悪そうに顔を見合わせている。

「そら出たぞ」

店内のざわめきをよそに、犬頭はパソコンを回し、画面を恵美子の方に向けた。

画面上には、三人の女性の情報が整然と並んでいる。一分足らずの間に、管理部のデータベースにハッキングを行い、得た情報を整理し直したというのか。

当の犬頭は、恵美子が持ってきたコーヒーの匂いをクンクン嗅ぎ、うえっと顔をしかめている。

恵美子は雑音を閉めだし、画面に集中した。

最初の失踪者は、館石邦子《たていしくにこ》、四十五歳。職業はスーパーの従業員とある。丸顔で目が細く、あまり身なりに気を遣わないタイプであったようだ。

五〇六号を契約したのは、今から四年前。その一ヶ月後、家財などを残したまま、失踪している。管理会社は保証人であった田丸郷男《たまるさとお》に連絡。失踪から三ヶ月後、彼の手によって部屋は引き払われていた。

「この田丸という人物は、邦子さんとどういう関係だったのでしょう」

邦子は未婚であり、子供もいないとある。

「その前に、もっと気になることがあるぞ。邦子の仕事はスーパーの従業員。その収入だけで、あそこの家賃を払うのは、苦しいだろう」

「何か副業でもしていたのでしょうか」

「その辺はまもなく判るだろう」

犬頭は店内をくるりと見回し、ニヤリと笑う。

「さあ、恵美子君、次だ」

彼の意図が判らぬまま、次のファイルに目を移す。

邦子失踪により部屋が空いた半年後、清水正子《しみずまさこ》という女性が契約を結んでいた。彼女は四十二歳。スナックの雇われママという、派手な顔立ちの女性だった。保証人は、店のオーナーと思われる男性だ。

「彼女は十一ヶ月、あの部屋に住み、その後、姿を消しています」

正子が店に来ないと、保証人である男性が部屋を訪ね、失踪が発覚。三ヶ月ほど部屋は維持されていたが、まもなく、解約され家財道具は運びだされた。

二人続けて失踪者が出たということで、近隣ではちょっとした話題になった。そのため、次の借り手はなかなかつかず、家賃も相場よりかなり下げざるを得なかったとファイルには記述されていた。

一年以上の空室の後、昨年、鈴木真弓《すずきまゆみ》、四十九歳が契約をした。化粧品のセールスレディをしていたその女性は、家賃の安さに惹かれ、契約を決めたらしい。細面で、目には鋭い力がある。口が大きく、仕事柄か、化粧もかなり濃かった。保証人については、保証人代行サービスを利用していた。

そして、真弓の失踪は早かった。引っ越しを済ませた三週間後には、姿を消している。家財道具などもほとんどなく、部屋にあったのは、布団とラジオだけだったという。

それからさらに約一年。ずっと空き家だった五〇六号に借り手がついた……。

恵美子はパソコンを閉じ、ため息をついた。

「今回の夕子さんで四人目ですか」

犬頭が長い足を組んで言う。

「石浜夕子は、年齢四十歳。無職。保証人は、なんと驚いたことに、大間度浩一本人だ」

「でも彼女は、大間度さんのお金を持ち逃げして……」

「判子などを偽造して、名前は誰か適当なヤツに書かせる。問題は電話だが、果たしてチェックまでしたのかどうか」

犬頭が右手をだした。

「な、何です？」

「携帯電話を貸してくれ。ここにある番号にかけてみよう」

携帯を受け取った犬頭は、番号を押し、応答を待っている。その様子は、貸し金を取り立てる悪辣なヤクザのようにも見えた。

犬頭はすぐに顔をしかめ、携帯を切った。それをポンと恵美子に向かって放る。何とか受け取った恵美子だったが、危うくコーヒーカップの中に取り落とすところだった。

「もう、気をつけてください！」

「予想通り、不通になっていた。まったくもって、管理が杜撰《ずさん》だな。そんなことだから、あらぬ噂をたてられるんだ」

「でも、四人の女性が消えたことは事実です」

犬頭はまた顔をしかめ、蝿を追うような仕草をする。

「そんなのは大したことじゃない。それより、気になるのは、石浜夕子だ。今までと違って、あまり猶予はないぞ」

「どういうことですか？」

「その内、向こうから教えに来てくれるさ。さあ、先に来るのはどちらかな」

犬頭は楽しげに、鼻の頭を指でこすっている。恵美子には彼の言う意味がさっぱり判らない。

「情報収集は終わりました。これから、どうしますか？」

「恵美子君なら、どうするね？」

「大間度さんに会いに行くのは、どうでしょうか。夕子さんのことを知っていると思います

し……」

「無駄だよ。大間度からは何も出てこない」

「なぜ、判るんです？」

「それよりも、館石邦子だ」

「最初の失踪者ですね」

「彼女の保証人となっていた田丸郷男も気になる。攻めるポイントはそこだよ。恵美子君、

また一つ、あの男に調べ物をしてもらおう」

「あの男って、篠崎さん……？」

「そう、それだ。館石邦子について、本籍など判る点だけでいい。早急に調べろと言え」

「だから、たまには自分で言ってくださいよ」

「あの男はムシが好かんと言っているだろう。賞味期限の切れたドッグフードのようだ」

「よく判らない譬《たと》えですけど、篠崎さんはいい人ですよ」

「はん。ヤツが頼りないから、雅弘が苦労する。そして、君もこんな目に遭わされる」

「でも、あの人がいなかったら……」

「とにかく、君が電話してくれ」

犬頭は視線をそらしてしまった。仕方なく、恵美子は携帯に登録してある番号を押す。

篠崎はすぐに出た。

「片山がまた仕事を押しつけたと聞いてね。電話がくるんじゃないかと思っていた」

「いつも申しわけありません」

「とんでもない。私にできることなら、何でもやらせてもらうよ」

犬頭が腕組みをしたまま、「ふん」と鼻を鳴らした。

「それで、今回はまた調べていただきたいことがあって」

恵美子は館石邦子のことを伝えた。

「判った。本籍、出身地など簡単なことしか判らないだろうが、ある程度、情報がまとまったら、連絡する」

「お願いします」

恵美子が携帯を切ると同時に、犬頭は立ち上がった。

「では、こちらも行動を起こすとしよう」

飲み残しや空きカップを棄てる恵美子を手伝おうともせず、犬頭は一人、店を出て行く。

「もう……」

自然と顔が険しくなる。

店を出ると、犬頭はかなり先を行っている。方向から見て、「マンション・メイツ」に戻るようだ。

そんな中、ふと背後に気配を感じた。恵美子たちがいたカフェから、スーツ姿の男性が二人出てきた。これといって怪しい点もない。ただ、感覚的に何か異質なものを、恵美子は感じとっていた。

「犬頭さーん」

駆け足になって、後を追う。その声が聞こえないのか、犬頭は早足のまま、角を曲がってしまった。

「もう……」

すでに、再開発区域に足を踏み入れている。フェンスで囲われた場所、空き地なども多く、人通りも少ない。しかも、犬頭が入った路地は、一方通行だ。道幅も狭く、両側は更地と空き家が並ぶだけの無人地帯である。

「何考えてるんだろう！」

独り言を言いながら、角を曲がる。十メートルほど先の電柱に、犬頭はもたれかかっていた。

「ちょっと、犬……」

言い終わる前に、鋭いブレーキ音がした。振り返ると、路地を塞ぐ形で、黒いバンが駐まっている。しかも、ドアが開き、覆面姿の男が二人、飛びだしてきたところだった。

恵美子は金切り声をあげ、犬頭の背後に回った。

犬頭は声をあげて笑いながら、言う。

「何だ、君だって本気になれば、そのくらい速く動けるんじゃないか。いつも、俺の歩く速度が速いと文句ばかり言っているがな……」

恵美子は犬頭の袖を引っ張る。

「そんなことより、あれ……」

覆面の男が、手にスプレーをかざして近づいてきた。

「これで、鼻と口をおさえていろ」

犬頭がタオル地のハンカチをおしつけてきた。やや黄色みがかった白い生地で、ふわふわとしていて心地よい。そういえば、写真で見た昔の犬太って、こんな生地じゃ……。

「急げ」

犬頭に促され、ハンカチで顔半分を覆う。

男が少し離れた場所から、犬頭の顔めがけ、液体を吹きつけた。

液体をもろに浴びた犬頭だったが、クンクンと鼻を鳴らし、

「ふむ、クロロフォルムとも違うな。特殊な薬剤だ。自家製造だな」

覆面男二人は、お互いに顔を見合わせている。

その隙に犬頭は、相手に向かって進んでいった。

「強力な麻酔剤のようだが、そんなもの、きくと思っているのか」

スプレーを持った男の覆面をむしり取る。恵美子に続いてカフェから出て来た、二人連れの一方だった。

犬頭は相手の手首を摑み、スプレーをもぎ取る。もう片方の手で相手の髪を摑み顔をむしり上げさせると、真正面からスプレーを吹きつけた。

男はすぐに白目を剝き、その場に崩れ落ちた。

「ほほう、これは強力だ」

「この……化け物……」

もう一人の覆面が殴りかかっていく。

「犬だ。バカめ！」

スプレーを顔面に叩きつけた。鼻血を吹きながら仰向けに倒れた男を踏み越え、犬頭は道を塞いでいるバンに向かう。

運転席で慌ただしく動く影が見えた。エンジン音が響き、車体ががくんと揺れる。

仲間たちを置いて逃げようとしているのだ。

「そんなに急ぐことはないだろう」

犬頭が足の先でバンを蹴ると、タイヤが音をたてて破裂した。車体の下からは、黒煙がモクモクと上がる。

犬頭が手を叩く。

「さあ、運転手君、さっさと逃げないと燃えるぞ」

ドアが開き、黒いジャージ姿の男が道に転がり落ちた。

犬頭は相手の前方に素早く回りこみ、首を摑み上げた。

「マンションの前からずっとつけていたな。あの喫茶店でも、入り口脇の席に座っていただろう。服を替えたからって誤魔化されんぞ。どうしてこんな真似をするのか、言ってもらおう」

四角い顔をした男は、恐怖に目を見開きながらも、首を横に振った。

犬頭は親指と人差し指を男の鼻の穴につっこんだ。

「髭の手入れはされているが、鼻毛の処理が今ひとつだ。全部抜いてやる」

犬頭が指を引き抜くと、根本から引き抜かれた鼻毛の束が、弱い風にハラハラと舞う。

「ふげぇぇぇぇ」

涙と鼻水にまみれながら、男が悲鳴をあげる。

「鼻の穴は二つある。もう一方もいこうか。それが済んだら、次はどこがいい？　脇でも耳でも、人には言えないようなところの毛でも、片っ端から引っこ抜いてやるぞ。一番最後はケツの毛だ」

「ふげばやまへへへ」

男は幼児のように、手足をばたつかせるが、犬頭の腕は微動だにしない。

「鼻毛ごときでこの有様か。だらしない」

犬頭は、ジャージのポケットに手を突っこんだ。引っ張りだしたのは、男のものと思われるスマートフォンだ。

電源を入れると、画面を見ながら、キエェェと気合いを入れた。彼がそれをやると、どうしたわけか、セキュリティが無効となってしまう。

犬頭は右手で男を押さえたまま、左手一つで、器用に画面を見ていく。

「おや、これは興味深い」

犬頭はスマートフォンを、恵美子に向かって放り投げた。

「ちょっと、また……」

何とか受け止める。

「危ないから、投げるのはやめてください」

「キャッチングの技術を磨け。犬がフリスビーを取る要領だ。それより、その画面を見ろ」

画面は着信履歴になっていた。その一番上にあったのは、田丸郷男という名前——。

「これは……」

館石邦子の保証人になった男だ。

犬頭は男を放す。

「この手のことには慣れているようだな。身分に繋がるものは何一つ、所持していない。スマートフォンにも、その履歴以外は残っていない。だが……」

犬頭は拳でバンのウインドウを叩き割った。隙間から腕をさし入れ、ダッシュボードを開く。

「ふふーん、こんなことだと思ったぞ」

犬頭が手にしていたのは、お守り袋だった。ピンクの布地に、鐘のマークが縫い込まれている。

「またしても出たぞ『ギヤマンの鐘』だ。信者からお布施《ふせ》と称して金品を巻き上げる……インチキの代表格だな。先日、少し調べてみたが、何年か前、東京支部が何者かに襲撃されるという、ちょっとした騒ぎがあったらしい。警察も介入したようだが、結局、大きな事件には発展しなかったな」

「それで、田丸という人は……」

「新しい東京支部の責任者のようだ。もっとも、表向き新東京支部は存在していないようだが」

「ということは、最初の失踪者、館石邦子は……」

「ギヤマンの鐘の信者であった可能性がある」

犬頭は道にへたりこんだままの運転手を睨みつける。

「詳しいことは、こやつからききだそう」

だが男は怯えきった目で首を左右に振る。

「知らない、我々は何も知らないんです。ただ、あなたがたを連れて来るように言われただけで……」

「まあ、そんなところだろうな」

犬頭は一人うなずいて、歩きだした。

「そこの二人もその内、目を覚ますだろう。さっさと帰って、作戦失敗のお仕置きをたっぷり受けるんだな」

「ちょっと、犬頭さん」

恵美子はスーツの裾を引っ張って止めた。

「何だ?」

「このままにしていいんですか? この人たちは、新興宗教の関係者で……」

「別に構わん。こやつらはいまのところ、雅弘に害をなすわけでもない」

「でも……」

「とにかく、館石邦子の正体に大分、近づいたじゃないか。彼女はギヤマンの鐘の信者だった。だからこそ、教団幹部と思われる田丸が、保証人になったのさ」

「でも、邦子さんはスーパーの従業員だったのですよ」

「ギヤマンの鐘は方針を変えたのだろう。東京支部という根城を構えて商売するのではなく、信者を都内にばらまいて、カモを探す。館石邦子はそうした、詐欺集団の一味だったのさ」

「そんな……」

「だが、気になるのは失踪の動機だ。彼女と教団の間に、何かがあったんだ」

恵美子の頭をかすめたのは、もっとも恐ろしい想像だった。

「まさか、彼女はもう……」

「五分五分だな。我々を拉致しようとしたくらいだ。ヤツらめ、もう自分たちが何をしているのか、判らなくなっている。統制が取れていないのだ。だが、我々にとっては、そこが付け目だ。展望は比較的、明るいぞ」

「つまり、あの部屋の謎は解けるということですか？」

「無論さ。きっちりとした報告書にして、社長派をぎゅうと言わせてやれ」

一暴れできたためか、犬頭はご機嫌だ。

「さて、後はあの男からの連絡待ちだ」

「篠崎さんです。いい加減、名前を覚えてください」

「とるに足らんヤツの名前なんぞ、すぐに忘れる」

「そんな。あの人は一生懸命、私たちの……」

犬頭が目を細めて、クンクンと鼻を鳴らした。

「そろそろ、連絡がきそうだな。そんな臭いがする」

恵美子の携帯が震えた。篠崎からだ。

「館石邦子についてだが、ご期待に添えるような情報は得られなかった。出身地が神奈川であること、彼女の両親がいまだ健在であること、それと、離婚歴があり、子供が一人いることくらいだな」

「子供ですか？」

「そうだ。今年で二十二歳になる女性だ。離婚後、夫側に引き取られている。離婚時期と出産時期を考えると、子供と過ごした時間はほとんどなかったようだが」

「お子さんはいまどちらに？」

「判っているのは、父親とも別れて暮らしていることだけだ」

「いまの名前とか、住所は判らないんですか？」

「名前は木川絵里《きかわえり》。住所は不明だ。すまん。個人情報というヤツでな。短時間では、これが精一杯なんだ。明日の朝まで時間を貰えれば、もっと詳しく判ると思う」

「判りました。続けてお願いできますか」

通話を終えるや、犬頭が「ふん」と鼻を鳴らす。犬頭の耳は、恵美子たちの会話を拾うことができるらしい。

「明日の朝だと？　相変わらず、のんびりしたヤツだ。事件は今日中に解決するぞ」

「今日中って、調査はまだ途中ですよ。清水正子さんや鈴木真弓さんについては、何も判っていないですし」

「そんな二人のことは、放っておけ」

「放っておけって……」

行く手に、「マンション・メイツ」が見えてきた。路地の向こうには、坂井の車もある。タイヤはひしゃげ、少し右に傾いている。ブレーキランプも片方が割れていた。

車の中には、坂井ともう一人、若い男がいた。二人とも、ウインドウを半開きにして、タバコをくゆらしている。

恵美子たちの姿は、バックミラーで確認済みのようだ。運転席側のドアを開け、坂井が現れた。

「お犬様、ようやくお戻りですか」

「見張りは続けていたか？」

「応援ももらったんでね」

「出入りの状況は？」

「管理人の足利が、建物前を掃いていただけ。住人の出入りはまったくなし。ちょっと妙ですな」

「そうか。ご苦労さん。もうすぐ、手柄をたてさせてやるぞ」

「あてにしないで、待ってますよ」

タバコの吸い殻を投げ棄てると、坂井は車内に戻っていった。

犬頭はまっすぐ、マンションに向かっていく。

恵美子は車に向かって頭を下げると、慌てて後を追った。

「さあ、クライマックスだ」

犬頭は両拳の骨をポキポキ鳴らす。

マンションの建物は、しんと静まりかえっており、四、五階の各部屋の窓には、カーテンがひかれている。唯一の例外は、五階の五〇五号と五〇六号である。

犬頭は正面玄関から中に入ると、オートロックになっているドアの前に立つ。その横には、各部屋を呼びだすインターホンがある。

「恵美子君、五〇五号を呼びだせ。そして、中に入れて貰うのだ」

「五〇五って、問題物件の隣ですよね。あの、女性の一人暮らしの……」

犬頭は何も答えず、インターホンのボタンを押していく。

「ちょっと待ってください」

ピンポーンと音が響き、スピーカーから女性の「はい」という声が聞こえた。

何を話したらいいのか、判らない。犬頭に助けを求めるが、「早く喋れ」とインターホンを指すばかり。

「あの、えっと……」

当然、監視カメラもついているだろう。恵美子たちの姿も先方に見られているはずだ。

半ば自棄になった恵美子は名刺を取りだし、カメラのレンズと思しき所に近づけた。

「大島不動産販売から参りました。ちょっとお話をきかせていただけますか」

それにしても、彼女は隣の部屋の騒動をどう思っているのだろう。普通なら、気味悪がって引っ越すだろうに。

「はい、どうぞ」

と声がして、ドアが開いた後も、恵美子は名刺をカメラに突きつけていた。

「恵美子君、そろそろ体の力を抜き給え」

犬頭に言われ、我に返る。

「あ……」

閉まりかけのドアに身を滑りこませた。

犬頭は、今度も階段を使うつもりのようだった。一段飛ばしの軽快な動きで、二階へと上っていく。今朝から歩きづめで、足に疲労がたまっていた。膝も少し痛い。

奥歯を嚙みしめ、必死に階段を駆け上がり、四階の踊り場を過ぎたとき、ガシャンとドアの閉まる音がした。足を止め振り返ったが、外廊下に人気はなく、ただ、静かな空間があるだけだった。

薄気味悪さに背を押されるようにして、五階に辿り着く。

犬頭は五〇五の前に立っていた。インターホンはまだ、押していないらしい。

「犬頭さん、少しゆっくり動いてくださいよぉ。もう足が痛くて」

「今回の案件も、まもなく終了だ。我慢しろ」

「本当ですか？」

「犬は嘘をつかん。早くあの女を呼べ」

「呼んで、どうするんです？　また何か変なことするんじゃないでしょうね」

「人を色情魔みたいに言うんじゃない。ちょっとききたいことがあるだけだ」

半信半疑のまま、恵美子はインターホンを押す。すぐにロックのはずれる音がして、ドアが開いた。

さきほどの女性が、ドアの隙間から顔をのぞかせる。

恵美子は頭を下げ、

「先ほどは失礼しました。私、大島不動産販売の若宮と申します」

名刺を渡す。相手はドアを少し開き、両手で名刺を受け取った。

「あのぅ、それでですね……」

そこから先は、何も考えていなかった。

「君は、隣の部屋のことについて、何か聞いていないかい？」

犬頭が真横に立ち、女性にきいた。相手は訝しげに犬頭の顔を見上げ、

「あの、どこかでお会いしました？」

金縛りにあったときのことは、ほとんど記憶に残らないらしい。

ここから先は、すべて任せてしまおう。恵美子はそっと後ろに下がった。

「会ったかもしれないし、会わなかったかもしれない。人の記憶なんて、実に怪しいものだ」

「はあ……」

「隣の部屋についてだが、最近、妙な噂がたっていることは知っているね」

「はい。週刊誌や新聞に出てるって、人から聞きました。呪われた部屋がどうとか」

「君はそんな部屋の隣に住んでいて、気味が悪くないのかね？」

女性は「ああ」と一人うなずいた。

「私は全然、気にしていません。たしかに、ちょっと怖いけれど、それ以上に、ここは住み心地がいいですから」

「ほう。そんなにいいか」

「ええ。住人の方が本当に親切で。アットホームって言うんですか？　いろいろと助けても

らっています」

「具体的にどんなことを？」

「会うと気持ち良く挨拶してくれますし、荷物を持ってくれたり、宅配便を預かってくれたり」

「なるほど」

「実は私、一度、ストーカー行為を受けたことがあるんです。雑誌の編集者だったんですけど、すごくしつこくって」

「ほほう」

「最後は、このマンションにまで押しかけて来たんです。困り果てていたとき、皆さんが助けてくれたんです。叱ったり、説得したり、時には少し強い事を言ったり。おかげさまで、それ以降、ストーカー行為はなくなりました」

「今時、希有な事例だな。感動的ですらある」

犬頭の顔には感動の欠片もなく、目が怪しく光るだけだった。

女性は、犬頭の邪念に気づくこともなく、ややうつむき加減で話し続ける。

「こんなこと言うと、おかしいと思われるかもしれませんが、このマンションって、私にとってラッキースポットみたいなんです」

「おかしくなんかないぞ。誰にでも、そうしたものは存在するのだ」

女性はそれを聞いて、照れたような笑みを浮かべた。

「そう言ってもらえると、とてもうれしいです」

「それで、聞かせてもらえないか。ラッキースポットの内容を」

「いえ、ホント、私の思いこみだけかもしれないんですけど、ここに住むようになってから、すごく仕事運がいいんです。私、フリーのライターなんです。なかなかいい仕事がなくて、アルバイトとかしてたんですけど……」

「ここに越してきてから、仕事運が良くなった。そういうことなのかな？」

「ええ。最初の内はやっぱりダメで、正直、もっと家賃の安いところに引っ越ししようと思ってたんです。それがここ二年ほどは、すごくいいお仕事がいただけて。フリーペーパーやウェブ関係なんですけど」

「なるほど。もし良ければ、あなたが書いたものを見せていただけないかな。いや、これは個人的な興味なんだ。うちの社でも、君のような人材を捜していてね」

女性の表情がさらに輝いた。

「ありがとうございます。少し待っていてください」

女性が部屋の中に消えると、恵美子は犬頭の脇腹を肘で突いた。

「あんなこと言っていいんですか？」

「これもすべて、事件解決のためだ。それはすなわち、雅弘のためでもある。俺は、そのために、ここにいるのだ」

女性が封筒を持って戻ってきた。

「この中にいくつか入れておきました。ウェブ関係のもののプリントアウトも入っています。一度、読んでみてください」

「判った。ありがとう」

「それから……」

女性は言いにくそうに、切りだした。「お隣のことなんですけど、本当なんですか？　借りた人が次々失踪してるって」

「本当だ。あなたはここに長く住んでいるから、失踪した四人すべてと顔を合わせているわけだな」

「はい。皆さん、それぞれに個性的でしたけれど、とてもいい方たちでした。館石邦子さんは、本当に、実のお母さんみたいに良くしてくれました。あ、私、母親の顔を知らないものですから」

「残る二人はどうだった？」

「清水正子さんは、スナックのママさんで、すごく陽気で面白い人でした。お酒が強くて。気さくな人で、よく立ち話をしました」

「鈴木真弓さんは？」

「正子さんとタイプは違いますが、落ち着いた感じの方でした。隣にいらしたのは短かったんですけど、人生の先輩として、いろいろと教えていただきました」

「四人目の石浜夕子さんは？」

答えるまでに一瞬の間があった。言葉を慎重に選んでいる、そんな感じだった。

「石浜さんは、今までの方とはまったくタイプの違う方で……そのぅ、何て言うか、ちょっと近づきにくいというか」

「それほどの交流はなかったということかな？」

「はい。エレベーターで会っても、挨拶もしない方で」

「なるほど、なるほど」

「あのぅ、お隣のこと、本当に大丈夫なんでしょうか」

「なぁに、心配はいらない。我々がチョイチョイと解決してみせる」

「チョイチョイ……？」

「貴重な話を、感謝する」

犬頭が、適当な敬礼をして頭を下げた。

「あ、待ってください」

女性が、出て行こうとする犬頭を呼び止めた。

「申し遅れました、私――」

名刺を犬頭と恵美子にさしだす。

その名前を見て、恵美子は思わず、「あっ」と叫んでしまった。

名刺には、木川絵里と書かれていた。

四

「こんな偶然、あるんですかね」

恵美子は名刺を顔の前に翳《かざ》しながら、言った。

「偶然のはずがないだろう」

そう、犬頭は言い切る。「彼女は館石邦子の娘だ。母親が娘に会いたがるのは当然だ」

「それで、わざわざ彼女の隣に?」

「そうだ。むろん、木川絵里に母親の記憶はない。そうとは知らず、お隣さんとしての付き合いを続けていたのさ。邦子にとっては、それだけで充分だったのだろう」

犬頭は階段で四階に下りると、外廊下で仁王立ちとなった。

「さて、どこからいくか」

「それは、どういうことですか?」

嫌な予感に足が震える。

「やはり、一番手前だな。ところで恵美子君、今回ばかりは、君の言うことに従えない。ドアは蹴破るし、中にいる者の態度如何《いかん》によっては、殴る蹴る、剥ぐ潰す、などの手をこうじねばならん」

「だ、ダメですよ、そんな」

「人の命がかかっている。俺は雅弘の命にしか興味はないが、行きがけの駄賃というやつだ。救える者は救ってやりたい」

言葉の意味がよく判らないが、紆余曲折ありながらも、犬頭は過去に案件を解決してきた。ここは彼に任せるべきなのだろう。

「判りました。ただし、殴る蹴るまでです。剥ぐ潰すはダメです」

「裂く毟《むし》る、はどうだ？」

「ダメ！」

「判った」

犬頭は一番手前の部屋、四〇一号のドアを蹴りあげた。

鉄製のドアは飴のようにひしゃげ、内側へと倒れこむ。

そのドアを踏みつけ、犬頭は中に入っていく。廊下奥のドアが開き、坊主頭の巨漢が現れた。身長は長身の犬頭より大きく、体重は百キロを超えているだろう。タンクトップに短パンという出で立ちで、丸太のような腕をグルグル回している。

犬頭が腰に手をあてて言った。

「うーむ、違うな。ハズレだ」

「ヌガー」

巨漢が犬頭に摑みかかる。太い腕をするりとかわした犬頭は、左右二つの拳で、男のこめかみを挟み打った。電撃でも受けたように、その場で棒立ちになる巨漢。その大きな腹に、犬頭はさらに蹴りを叩きこんだ。男はゴム鞠のように廊下を転がり、ドアの向こうへと消えていく。

犬頭は恵美子を振り返り言った。

「ここは用心棒の部屋だったようだ。隣に行く」

恵美子の脇を抜け、外に出ていく。次の瞬間、また、ドアを蹴散らすけたたましい音が耳に飛びこんできた。

「ちょっと犬頭さん！」

四〇二号のドアも同じように、内側に倒れこんでいた。

「この階のドア、全部、壊す気ですか」

「当たりを引くまでやるさ」

廊下奥のドアから、細身の男が二人、飛びだしてきた。手にはそれぞれ、銃のようなものを持っている。

二人が引き金を引くと、ワイヤーが犬頭めがけて飛び、両腕に巻きついた。二人はニヤリと笑い、銃の横にあるボタンを押す。パシュンという微かな音がして、犬頭の腕に巻きついたワイヤーから火花が散った。

男たちが持っているのは、ワイヤーを通して電流を流す、スタンガンのようなものらしい。物が焦げる臭気が、廊下に広がる。だが、犬頭は平然と立っているだけだ。

「こんなものを持っているとはこしゃくな」

犬頭はワイヤーを自分で外すと、呆然としている二人の首にそれをグルグルと巻きつけた。

「武器というのは、こうやって使うのだ」

男の手からスタンガンをもぎ取ると、ためらうことなく、ボタンを押す。

パシュンという音と同時に、二人の体が痙攣し、正面から抱きつくようにして、床に倒れた。

「殴る蹴るのほかに、痺れるもあったたか。恵美子君、このくらいは勘弁しろ」

犬頭は倒れた二人を飛び越え、奥のリビングと思しき部屋に入って行く。すぐに、中から擦れた男の悲鳴が聞こえてきた。

「化け物！　助けてぇ……」

「犬だ！」

また始まった。ため息と共に、恵美子は部屋に入った。埃だらけのフローリングの真ん中に、痩せた男が座りこんでいた。その前では、窓からさす夕日を浴び、犬頭が凄みのある笑みを浮かべている。

犬頭がポケットからスマートフォンをだした。路地で襲撃を受けた際、男から取り上げたものだ。

「キェエエエ」

と気合い一閃、セキュリティを突破すると、画面の操作を始める。

まもなく、へたりこんでいる男から、携帯の呼びだし音が聞こえてきた。

「恵美子君、俺はスマートフォンに登録されている田丸の番号にかけてみた。すると、こいつの携帯が鳴りだした。これは偶然かな？」

犬頭がスマートフォンを切ると、呼びだし音も消えた。

「やい、田丸！」

「へ、へぃ……」

「館石邦子について、ききたいことがある」

「タ、タテイシ……」

「おまえたちは、彼女を追っている。それもかなりしつこくだ。その理由を教えろ」

「い、言えない」

「ナントカ言う教祖様への義理立てか。この詐欺師め」

犬頭は田丸の襟についたギヤマンの鐘の紋章をむしり取る。

「次にこうなるのは貴様だぞ」

紋章を手で握る。開いたとき、それは粉々になり、細かな砂と化していた。

「うぎゅぎゅぎゅ」

田丸は体を丸め、泣きだした。

「強情なヤツだ。よし、一秒だけ待ってやる。一！　さあ、粉々に……」

「犬頭さん、一秒じゃ、短すぎます。せめて、三秒」

「ふむ、仕方ない。では、三秒だ。三！　二！　一！」

田丸が叫んだ。

「信者からのお布施、三千万円を持って逃げたんだ！　捕まえないと、私は本部に戻れない」

ギヤマンの鐘の本部は、富士山の麓にあると聞いている。正体不明の教祖の許、小さな村を作り、そこで自給自足の生活を営んでいるとか。

犬頭がさらに凄みをきかせ、田丸の顔をのぞきこんだ。

「三千万など、教団にとっては、はした金だろう。なぜ、彼女にこだわる」

蒼白だった田丸の顔が、火を入れたように赤くなった。恥辱と怒りが入り交じった表情をしている。

それを見て、おおよその所が理解できた。

犬頭は「ふん」と顔をしかめる。

「男として手玉にとられ、金も取られ、プライドはズタズタ。そういうことか。だが、敵ながらあっぱれと言うべきじゃないか。相手は常に、おまえたちの一歩先を行っている」

「もう少し、もう少しだったのに……」

「何がもう少しだ。この間抜けどもめ。それで、石浜夕子はどこにいる？」

恵美子は、犬頭の顔を見た。

「夕子さんって、彼女、このマンションにいるんですか？」

「当然だ。彼女はこやつらに拉致され、今も監禁されている。まさか、殺してはいないだろうな」

田丸は激しく首を横に振った。

「ならば、どの部屋にいるか、さっさと言え」

「奥です。四〇五号」

犬頭は田丸の後ろ襟を摑み、無理矢理、立たせた。そのまま引っ立てるようにして、表に連れて行く。

外廊下には、各戸から出てきた住人が、行く手を塞いでいた。どの顔も、犬頭への敵意に満ちている。

そんな男たちに向かって、犬頭は言う。

「石浜夕子を解放しろ。おまえたちはもうおしまいだ。やりたい放題やってきたツケを払うんだな」

「ツケを払うのはそっちだ」

男たちの壁が左右に分かれる。現れたのは、若くて髪の長い男だ。若い女性を羽交い締めにしている。右手には小型のナイフを持ち、切っ先を女性の首筋に突きつけていた。

「女の命を助けたかったら、支部長様を放せ」

人質となった女性は、目に涙をためながら、厚い唇をわななかせている。着ているのはピンク色のパジャマだけ。薄く茶色に染めた髪は乱れ、足は素足だ。

犬頭が言った。

「恵美子君、ご対面だ。四人目は失踪なんかしていない。悪の教団に拉致されていただけさ」

若い男が声を張り上げた。

「おい、聞いているのか！　女の……」

「俺の任務は、五〇六号を普通の状態に戻すことだ。その女がどうなろうと知ったことではない」

「な……」

「だが、たとえ性悪な女であっても、眼前で酷い目に遭っていては、助けぬわけにはいかない」

犬頭が田丸の背中を蹴りつけた。その勢いで、田丸は男と夕子に突進していく。

「お、おい！」

慌てた男は、ナイフを前方に向ける。切っ先は、田丸に向いていた。

「ちょっと……バカ、ナイフをこっちに向けるんじゃない」

「あ！」

男はナイフを放りだす。次の瞬間、田丸、夕子、男の三人が折り重なって倒れた。

犬頭は素早く三人に近づき、倒れている男の顔面にゲンコツを食らわせた。

「キュウ」

俯せに倒れた田丸は、もはや抵抗する気力も残っていないようだった。

犬頭は夕子を助け起こす。

「さあ、あんたは自由だ」

そのひと言がきっかけとなったように、夕子は素足のまま走り出し、階段を駆け下りていった。

その姿を見送り、犬頭は言う。

「あとは、表にいる探偵に任せようじゃないか。ヤツはなかなかいい働きをしてくれた。汚名返上の機会を与えてやろう。さて」

犬頭は、その場に残った数人の男たちを睨む。

「おまえたちはどうしたい？　おまえたちの神様は、あまり当てにならないようだが」

俯せのまま動かない田丸を指さす。

男たちは顔を見合わせていたが、やがて、田丸と失神している若い男を助け起こすと、こそこそと四〇三号へと入っていった。

ドアが閉まり、鍵をかける音が響く。外廊下には、犬頭と恵美子の二人だけが残された。

「いったい、何がなんだか……」

犬頭は、さきほど木川絵里より受け取った封筒から、彼女がかかわったというフリーペーパーを取りだした。

そう言えば、田丸たちとやり合っているとき、封筒はどこにしまっていたのだろう。

フリーペーパーは、東京のパワースポット特集となっていた。都内にある有名スポットが、写真入りで解説されている。その他、レストランやバーの紹介、ファッション関係のページなど、実に豪華な内容だった。紹介された店などから広告料が出ているのだろうが、ずいぶんと手間がかかっている。

犬頭はペーパーの最終ページを示す。

「ここに編集部の電話番号が載っている。かけてみろ」

言われるがまま、恵美子は携帯の番号を押す。

『おかけになった番号は……』

恵美子の顔を見て、犬頭はニヤリとする。

「次はこれだ」

ネットのページをプリントアウトしたものだった。「社長に聞く」というタイトルで、小《お》木《ぎ》曽《そ》秀臣《ひでおみ》なる社長のインタビュー記事が載っている。小木曽が経営しているのは、「小木曽インターナショナル」という会社で、北海道のわき水を使ったビジネスを展開しているらしい。年齢は三十代後半だろうか。細面の爽やかな青年が、粗いコピーの中で笑っていた。

「さて、このページにアクセスしてみると……」

犬頭が手にしているのは、信者から強奪したスマートフォンである。

「ほら、この通り」

ページが見つからないとの表示が出ている。

犬頭は封筒を手のひらで叩き、

「似たようなものが、まだこの中に入っている。このことからも、明らかだろう」

「何がです？」

「木川絵里のラッキースポットさ。住人はとても親切で、そのうえ、仕事が続々と入ってくるようになった。そんなものはすべてまやかしさ。ギヤマンの鐘の信者たちが一致団結して作り上げた、偽物だ」

「それはそのぅ……、フリーペーパーの出版元も、小木曽インターナショナルも――」

「ギヤマンの鐘傘下にあると見ていいだろうな」

恵美子は信者たちが消えた四〇三号のドアを見て、言った。

「訳が判りません。そんなことして、いったい何になるんです？」

犬頭は五階を指さして言う。

「木川絵里だ。彼女をこのマンションに留めておくためだよ」

「は？」

「彼女が五〇五にいてくれないと、標的をおびき寄せられなくなる」

「標的って？」

「館石邦子だよ。いいか、彼女は長く生き別れとなっていた娘の隣に住んでいた。母親だと名乗りもせずにな。夫とどういう別れ方をしたのかは知らないが、邦子は娘に執着……いや、愛情があったのだろう」

「でも、邦子さんは突然、姿を消しています」

「田丸から金を盗みとったためだ。恐らく、木川絵里が娘であることも秘密にしていたのだろう。とにかく、信者からの追跡を逃れるため、邦子は夜逃げ同然に逃げだした。それが、第一の失踪事件だ」

「それはまあ、理解できます。でも、第二、第三となると……」

「第二、第三など、存在してないのだよ」

「は?」

「逃亡した邦子は、顔を変え、別の身分を得た。そして、大胆にもここへ戻ってきたのさ」

「え……」

「それが第二の女、清水正子だ。邦子は別人として、我が子の傍に戻り、彼女の成長を見続けていた」

「でも、ギヤマンの鐘の人たちに気づかれなかったんですか?」

「邦子と絵里の関係は、当時まだ知られていなかったのだろう。そして、連中もまさか、同じ部屋に標的が戻って来るとは、考えなかった」

「でも、結局はまた、見つかってしまったんですね」

「そうだ。危険を察した清水正子は姿を消す。これが第二の失踪。二人続けて住人が失踪したとなれば、次の借り手も見つけにくくなる。問題物件の誕生だな。借り手はおらず、家賃も下がる。そこに、鈴木真弓が現れた」

「もしかして、鈴木真弓も……?」

「そうだ。同じく顔と身分を変え、引っ越してきたのさ。だが、これはさすがにやり過ぎだ。ギヤマンの鐘だって、すぐに気づく。だから、彼女の滞在は短命に終わったんだ」

「犬頭さん！」

恵美子は彼の袖を摑んだ。

「早く追わないと！」

「誰を？」

「夕子さんですよ。ここを飛びだしていったじゃないですか。坂井さんたちに捕まってしまいます」

「捕まえさせればいいだろう。監禁されたのは気の毒だが、元は人の金を盗んで逃げた女だ」

「でも、木川絵里さんが……」

「え？」

「君は何か勘違いをしていないか、石浜夕子は、館石邦子ではないぞ」

「彼女がいまどこにいるのか、俺も知らん。生きているのか、死んでいるのか」

「そ、それじゃあ、夕子さんは？」

「今も言っただろう、金をネコババして逃げ回っているただの女さ」

「では、この部屋を借りたのは、偶然？」

「妙な噂がたち、家賃も安い。早く借り手を見つけたいから、少々、問題のある者にでも、貸してしまう。後ろ暗いところのある女には、持ってこいの物件じゃないか」

恵美子は夕子の背丈などを思い浮かべる。実際に会ったことはないが、データ上、身長や体重などは、館石邦子とほぼ同じだ。

「つまり、ギヤマンの鐘の人たちは、人違いをしたんですね」

「そういうことだ。夕子が邦子だと思いこんだんだよ。ヤツらは邦子がまた戻って来る可能性を考えていた。だから、四階、五階の部屋を全部、借りたのさ。そして、身分を隠した信者を住まわせ、常に監視していたんだ」

「マンション・メイツ」は、五〇六号と絵里が住む五〇五号を除き、すべてギヤマンの鐘の信者に事実上、占拠されていたのか。

「木川絵里がラッキースポットと言うのも当然だ。信者にとって、彼女は獲物を釣るための大事な餌だ。このマンションを出ていかれたら、元も子もない。そこで、彼女のために、あれこれと世話を焼いた。付きまとわれればそいつを追い払い、仕事がなくなれば、与えてやった」

「そんな中に、石浜夕子さんがやって来た」

「ヤツらは小躍りしただろう。そして、先夜、五〇六号に押し入って、拉致したのさ」

「でも、彼女は別人だったのですね？」

「ヤツらは慌てただろう。こっそりどこかに運びだし、殺してしまおうと思ったに違いない。ところが、彼女を捜す探偵が、マンションの前に陣取っている。下手な真似はできない。半ばパニック状態に陥ったまま、時間だけが過ぎていったのさ」

「このマンション、どうなっちゃうんでしょう……」

「これだけの騒ぎだ。早晩、警察が乗りこんでくるだろう。ギヤマンの鐘はあちこちで、問題を起こしているようだからな」

恵美子は上階を再び見上げた。

「絵里さん、可哀想」

犬頭が封筒を恵美子に差しだした。

「ざっと読んだだけだが、なかなかよく書けている。仕事はできると思うぞ。例の男にかけあって、大島不動産販売の仕事を少し回してやれ」

「それはいいかも！」

「さて、後は君が適当に報告書を書くだけだ」

廊下を歩いて行く犬頭に、恵美子は言った。

「今回もいろいろありがとうございました」

「おまえのためではない。雅弘のためだ」

「実は、雅弘さん、最近、あんまりお加減がよくないんです」

「知っている」

「アメリカに行って、本格的な治療をするっていう話も出ています」

「知っている」

「私、苦しんでいる雅弘さんを見るのが辛くて……」

ふいに、涙が浮かんできた。

いつの間にか、犬頭が目の前に戻ってきていた。大きな手で、頭をポンと叩かれた。

「雅弘は大丈夫だ。心配することはない」

「でも……」

「君が雅弘の傍にいつも居てくれれば、安心なのだがな」

「そんなこと……無理です」

「君が悲しむと、雅弘も悲しむ。くよくよすることはない」

「犬頭さんって、意外と楽天家なんですね」

「犬は楽天的なのだ。悲観的なのは猫だな」

「またそんなこと……」

「君は案じることはない。君は君の道を歩むのだ」

「犬頭さん……」

涙を拭いて顔を上げたとき、彼の姿はもう、どこにもなかった。

# 五

カーテンを閉めると、恵美子は誰もいなくなった部屋を見回した。

雅弘が治療のためアメリカに旅立って、一週間が過ぎた。必要最低限のものだけを持ち、見送る者もほとんどない、寂しい旅立ちだった。

だが、篠崎たちの尽力で、アメリカ側の受け容れ態勢は万全だった。最新の治療を行い、その結果をみる。効果の有無は、一年ほどで判るという。

がんばって。

恵美子は心の中でつぶやいた。

戸口に立ち、いま一度、部屋を見回す。

かつて戸棚のあった場所で、自然と目が止まる。犬太が鎮座していた、戸棚である。戸棚はそのままアメリカへと送られた。むろん、犬太も一緒だ。今は多分、雅弘の病室で、彼の様子をじっと見下ろしているのだろう。

押しつぶされそうな寂しさに追い立てられ、恵美子は部屋を後にした。階段を下り、玄関ホールに立つ。この後、総務課に鍵を返し、このお屋敷での恵美子の仕事は終わる。

社内での恵美子の処遇は、まだ決まっていなかった。別の部署に異動となり、一事務員として働くか、退職し介護関係の仕事に就くか。会社側からはまだ何の打診もなく、宙ぶらりんな気持ちのまま、恵美子は今日という日を迎えたのだった。

唯一気になるのは、雅弘が渡米後も販売特別室室長の地位にあり続けるということである。つまり、社長派による追い落とし工作が、今後も継続される恐れもゼロではない。でもまさか、治療に専念している雅弘を、権謀術数の材料にするなんて……。

玄関ドアが音もなく開いた。

封筒を手に入ってきた片山の姿を見て、恵美子は思わず卒倒しそうになった。

片山は陰気な笑みを浮かべる。

「なんだい、そんな顔することないじゃないか」

封筒を差しだす。

「はい、次の仕事」

「仕事？　仕事って、私……」

「君はまだ異動になっていない。だから、今まで通り、仕事してもらうよ」

「そんな」

「状況は何も変わってないから。嫌なら嫌で、退職願をだして。後任を決めるから」

「いくら何でも、それは酷すぎます」

「僕に怒らないでよ。社長が決めたことだからさ」

怒りに我を忘れた。気づいたときには、封筒をひったくり、中身を出していた。

『悪魔の棲む家。アリゾナ州グレンデール』

「……ちょっと、これ、何ですか!?」

玄関から出て行こうとしていた片山は、肩越しにこちらを振り返り、にこやかに微笑んだ。

「郊外の田舎町にある屋敷らしいんだけど、地元の人も怖がって近づかないんだって。部屋に入っただけで、呪われるらしいよ。それも本人だけじゃなく、家族も全員。この百年で五十人以上が死んでるって」

「そ、そんなアメリカにある家を、どうして、うちの会社が？」

「さあ。社長が趣味で買ったみたいだよ。あ、今回の依頼人は、社長自身なんだ」

恵美子は封筒を取り落とした。

「あ、その中に、航空券も入っているから。君、パスポートは持ってるよね。じゃあ、頼んだよ」

玄関扉が閉まった。静まりかえった屋敷に、カタカタという硬いものが触れあう音だけが響いていた。

恵美子の履いている靴の踵が床に当たってたてている音だった。両足が震えていた。

## 六

悪魔の棲む家と呼ばれる洋館は、立ち枯れた大木に囲まれていた。空はどんよりとした雲に覆われ、風によって舞いあげられた砂埃が、すべての景色を霞ませていた。朽ちた木造の二階建て。西側にある尖塔の先は、雷に打たれぽっきりと折れている。窓ガラスは割れ、補修のため薄板が打ちつけられてあった。電気、ガスなどが通っている様子もない。

空港までは大島不動産アメリカ支社の男性が迎えに来てくれた。だが、途中、ほとんど会話をすることもなく、ハイウェイをただ、猛スピードで走らせるだけだった。少しでも早く恵美子と別れたい。そんな思いが、伝わってきた。

男は、屋敷に近づくのは恐ろしいと一方的に言い、五百メートルほど手前で車を駐め、猛スピードで去っていった。

乾いた枝が風にあおられ、カサカサと音をたてる。

その木の陰から、黒いものが現れた。顔半分は髭に覆われ、髪も腰のあたりまで伸びている。ボロボロになったシャツをまとい、夢遊病者のような足取りで、近づいてくる。

恐怖に立ちすくんでいる恵美子の傍に来ると、大声で喚きだし始めた。

訛《なま》りのきつい英語で、正確な意味は摑めない。それでも、「帰れ」と言っていることは理解できた。おまえなんかの来るところではない、さっさと帰れ。

男は次第に興奮してきたのか、太い腕を振り上げ、恵美子に向かって来た。逃げようとしたところで、足がもつれた。固く乾いた土の上に、倒れこむ。男は眼前にまで迫っていた。

拳大の石が、ものすごい勢いで飛んで来た。石は男の右頬に当たる。「帰れ」と連呼していた男は、反時計回りに二回転すると、俯せに倒れこんだ。

「帰れと言われて帰るヤツがいるか、バカめ」

聞き慣れた声だった。

恵美子は立ち上がり、後ろを向いた。

長身のシルエットが目に入った。乾いた風に黄色いジャケットがヒラヒラとはためいている。

「いぬあたまさん！」

「いぬがしらだ！　何を怖がっている恵美子君。悪魔が棲むだと？　くだらん、アメリカにいるチンケな怪物など、せいぜい、コウモリ男か蜘蛛男くらいだろう。恐るるに足らん。さっさと片づけて日本に帰ろう。いや、せっかくアメリカまで来てくれたのだ。雅弘に会っていくのもいいな。ところで恵美子君」

「何です？」

「この屋敷の玄関扉だが、壊してもいいのか?」

恵美子はうなずいた。

「はい。思う存分、やっちゃってください」

「よしきた!」

犬頭が、玄関ドアを蹴破った。

# 解説

福井健太《ふくいけんた》（評論家）

趣味と経験はクリエイターの資産に違いない。複数の嗜好《しこう》とセンスを備えた作家は、その組み合わせで独自の世界を編《あ》むことができる。ユニークな名探偵の推理とアクションを描く本書『問題物件』はその好例と言えそうだ。

まずは著者のプロフィールを記しておこう。大倉崇裕《おおくらたかひろ》は一九六八年京都府生まれ。学習院大学法学部卒。九七年に「三人目の幽霊」で第四回創元推理短編賞佳作、九八年に「ツール&ストール」で第二十回小説推理新人賞を受け、二〇〇一年に連作短篇集『三人目の幽霊』で単行本デビュー。多くのシリーズを持つ人気作家だが、その作風は豊富な趣味に裏打ちされている。デビュー作を含む〈落語〉シリーズと〈オチケン〉シリーズでは、古典落語にまつわるドラマが展開された。怪獣好きのヤクザ、食玩マニアの私立探偵、おたく青年がプラモデルを奪い合う『無法地帯』は「怪獣が三度の飯より好きです」（ツイッターの自己紹介）という特撮マニアならではの異色作。〇五年には『ウルトラマンマックス』（第七話と第三十二話）の脚本も担当している。テレビドラマ『刑事コロンボ』愛好家としては『殺しの序曲』『死の引受人』の小説版（「円谷夏樹《つぶらやなつき》」名義）を手掛け、女性版コロンボ風の倒叙ミステリ〈福家《ふくいえ》警部補〉シリーズを生み出した。『聖域』『生還』は大学時代の山岳系同好会の経験を活かした山岳ミステリである。

　一三年八月に光文社から四六判ソフトカバーで刊行された『問題物件』は、一一年から一三年にかけて「ジャーロ」に発表された五篇を収めた連作集。本書はその文庫版にあたる。介護関係の専門学校を卒業し、大島不動産販売の総務部に採用された若宮恵美子《わかみやえみこ》は、創業者・大島六朗《おおしまろくろう》の邸宅で「この屋敷の維持管理と、雅弘《まさひろ》様のお世話」を命じられる。六朗の長男にあたる先代社長・信昭《のぶあき》の死後、弟の高丸《たかまる》が社長に就き、信昭の遺児である雅弘（名目上は役員）は寝たきりの状態が続いていた。その連絡係と話し相手を任せるというのだ。恵美子は順調に仕事を進めるが、一年後、突然（所有者を問わない）不動産・物件絡みのクレーム処理係〝販売特別室〟に異動を強いられる。高丸は室長である雅弘の追放を目論《もくろ》んでいた。

――というのがシリーズの基本設定。社長派の上司・片山《かたやま》にトラブル処理を押し付けられた恵美子は、雅弘の居場所を守るため、謎の私立探偵・犬頭光太郎《いぬがしらこうたろう》とともに奔走する。初登場シーンで「背の高い、細身の男」「黒のスラックスに黒のシャツ。その上に、黄色いジャケットを羽織っていた。鼻は高く、さらさらの髪が風になびいている」「まつげの長い、細い目」と描写される犬頭は、人間の身体を癒《いや》し、故人の声を聞き、念動力で敵を退《しりぞ》け、木の葉を札束に変える能力を持っている。「人間にしては、見所がある」という発言からも、人外の存在と見なすのが妥当だろう。雅弘が一歳の誕生日に貰った犬のぬいぐるみ〝犬太《いぬた》〟との関係は、あえて言及する必要もあるまい。

犬頭のキャラクターはエキセントリックに映るが、リアリティに縛られない造型は著者の趣味性に根差したものだろう。大胆な属性に意表を突かれた人も、特撮ドラマと考えれば納得できるはず。これは超常的なヒーローが敵を倒す娯楽活劇なのだ。ただし語弊を避けるために強調するが、本書は謎解きを軸にしたミステリでもある。「借りると必ず死ぬ部屋」のシチュエーションはカーター・ディクスンやコーネル・ウールリッチを彷彿《ほうふつ》させる古典的なものだが、物件絡みのトラブルを発端として隠された意図を暴くホワイダニットのプロットも少なくない。オーソドックスな謎解きを下地として、ヒーローの悪党退治を描くエンタテインメント性の高いシリーズなのである。

ちなみに各話（第一話を除く）の最後では次の部屋が予告されている。エドワード・D・ホックは〈サム・ホーソーン〉シリーズの序盤において、次作の不可能状況を書くスタイルを採ったが、それと同様の趣向と言えそうだ。早めに構想を立てる必要はあるものの、読者への引きとしては強力な手法に違いない。

本書の続篇『天使の棲む部屋　問題物件』は、一六年三月に四六判ソフトカバーで刊行された。一四年と一五年に「ジャーロ」に掲載された四篇（「天使の棲む部屋」「水の出る部屋」「鳩の集まる部屋」「終《つい》の部屋」）を纏《まと》めた一冊である。第四話のタイトルは完結を思わせるが、ラストシーンには恒例の予告が付されていた。現金と携帯電話のある部屋で餓死した男のミイラが発見される「出られない部屋」で幕を開ける第三期が待ち遠しい限りだ。
最後に著作リストを挙げておこう。＃は〈落語〉シリーズ、＊は〈白戸《しらと》修《おさむ》〉シリーズ、†は〈福家警部補〉シリーズ、☆は〈オチケン〉シリーズ、★は〈動物〉シリーズ、◇は〈問題物件〉シリーズを指す。バリエーション豊かな作品群を存分に愉しんでいただきたい。

【著作リスト】
＃『三人目の幽霊』東京創元社（〇一）↓創元推理文庫（〇七）
＊『ツール＆ストール』双葉社（〇二）↓『白戸修の事件簿』双葉文庫（〇五）
＃『七度狐』東京創元社（〇三）↓創元推理文庫（〇九）
『無法地帯　幻の？を捜せ！』双葉社（〇三）↓双葉文庫（〇七）
＃『やさしい死神』東京創元社（〇五）↓創元推理文庫（一一）
『丑三つ時から夜明けまで』光文社（〇五）↓光文社文庫（一三）
†『福家警部補の挨拶』東京創元社（〇六）↓創元推理文庫（〇八）
『警官倶楽部』祥伝社ノン・ノベル（〇七）↓祥伝社文庫（一〇）
☆『オチケン！』理論社（〇七）↓ＰＨＰ文芸文庫（一一）
『聖域』東京創元社（〇八）↓創元推理文庫（一一）

『生還　山岳捜査官・釜谷亮二』山と溪谷社（〇八）↓ヤマケイ文庫（一一）

☆『オチケン、ピンチ!!』理論社（〇九）↓ＰＨＰ文芸文庫（一二）

†『福家警部補の再訪』東京創元社（〇九）↓創元推理文庫（一三）

＊『白戸修の狼狽』双葉社（一〇）↓双葉文庫（一三）

★『小鳥を愛した容疑者』講談社（一〇）↓講談社文庫（一二）

『白虹《はっこう》』ＰＨＰ研究所（一〇）↓ＰＨＰ文芸文庫（一四）

『凍雨』徳間書店（一一）↓徳間文庫（一四）

『夏雷』祥伝社（一二）↓祥伝社文庫（一五）

☆『オチケン探偵の事件簿』ＰＨＰ研究所（一二）↓ＰＨＰ文芸文庫（一五）

◇『問題物件』光文社（一三）↓光文社文庫（一六）※本書

＊『白戸修の逃亡』双葉社（一三）

†『福家警部補の報告』東京創元社（一三）

★『蜂に魅かれた容疑者　警視庁総務部動植物管理係』講談社（一四）

†『福家警部補の追及』東京創元社（一五）

『ＢＬＯＯＤ　ＡＲＭ』角川書店（一五）

★『ペンギンを愛した容疑者　警視庁総務部動植物管理係』講談社（一五）

『ＧＥＥＫＳＴＥＲ《ギークスター》　秋葉原署捜査一係　九重祐子』角川書店（一六）

◇『天使の棲む部屋　問題物件』光文社（一六）
『スーツアクター探偵の事件簿』河出書房新社（一六）

初出（掲載誌はすべて「ジャーロ」）

居座られた部屋　二〇一一年秋冬号
借りると必ず死ぬ部屋　二〇一二年春号
ゴミだらけの部屋　二〇一二年夏号
騒がしい部屋　二〇一二年秋冬号
誰もいない部屋　二〇一三年春号

二〇一三年八月　光文社刊

光文社文庫


問《もん》題《だい》物《ぶつ》件《けん》

著 者　大《おお》倉《くら》崇《たか》裕《ひろ》

2016年7月20日　初版1刷発行
2025年1月20日　2刷発行

発行者　三 宅 貴 久
印 刷　堀 内 印 刷
製 本　フォーネット社

発行所　株式会社 光 文 社
〒112-8011　東京都文京区音羽1-16-6
電話 (03)5395-8149　編 集 部
8116　書籍販売部
8125　制 作 部





落丁本・乱丁本は制作部にご連絡くだされば、お取替えいたします。
ISBN978-4-334-77318-2　Printed in Japan





組版　萩原印刷

光文社文庫　好評既刊

光文社文庫　好評既刊

利休鼠のララバイ　赤川次郎
濡羽色のマスク　赤川次郎
茜色のプロムナード　赤川次郎
虹色のヴァイオリン　赤川次郎
枯葉色のノートブック　赤川次郎
真珠色のコーヒーカップ　赤川次郎
桜色のハーフコート　赤川次郎
萌黄色のハンカチーフ　赤川次郎
柿色のベビーベッド　赤川次郎
コバルトブルーのパンフレット　赤川次郎
菫色のハンドバッグ　赤川次郎
オレンジ色のステッキ　赤川次郎
新緑色のスクールバス　赤川次郎
肌色のポートレート　赤川次郎
えんじ色のカーテン　赤川次郎
栗色のスカーフ　赤川次郎
牡丹色のウエストポーチ　赤川次郎

---

灰色のパラダイス　赤川次郎
黄緑のネームプレート　赤川次郎
焦茶色のナイトガウン　赤川次郎
狐色のマフラー　赤川次郎
セピア色の回想録　赤川次郎
向日葵色のフリーウェイ　赤川次郎
珈琲色のテーブルクロス　赤川次郎
ひまつぶしの殺人　新装版　赤川次郎
やり過ごした殺人　新装版　赤川次郎
とりあえずの殺人　新装版　赤川次郎
一億円もらったら　赤川次郎
不幸、買います　赤川次郎
非武装地帯　赤川次郎
眠れない町　赤川次郎
馬疫　茜灯里
女童　赤松利市
白蟻女　赤松利市